ドS《エス》刑事《デカ》

事実は小説よりも奇なり殺人事件

七尾与史
Yoshi Nanao

幻冬舎

ドS刑事《エスデカ》

事実は小説よりも奇なり殺人事件

1

助手席から降りた代官山脩介《だいかんやましゅうすけ》は、大きく背伸びをする。

都心部が混雑していたこともあってここまで二時間ほどのドライブとなった。

見上げると雲一つない、澄み渡る青い空が、緑に桜色が入り交じった山々に切り取られている。

大きく息を吸い込むと普段の空気とはまるで違うことが実感できる。「空気がおいしい」というのはただの言い回しではないことが分かる。

今日から四月に入ったが、まだ肌寒い。桜は三分咲きといったところか。周囲には果樹園が広がり民家がぽつぽつと散らばっている。

ここは東京都久慈見《くじみ》町。

高層ビルの隙間が人ごみで埋め尽くされるような都心部では空を満足に眺めることもできない。さまざまな障害物に阻まれて遠くを見渡すこともままならないのが実情である。

同じ東京都とは思えない風景。といっても山を一つ越えればそこから先は山梨県である。

大小の山々に囲まれて、小さな盆地となっている人口一万人程度の久慈見町は、ぶどうの名産地として知られている。シーズンになると、ぶどう狩りの観光客で賑わうそうだが、この地を訪れるのは初めてだ。

「天神《てんじん》さん、長時間の運転ありがとうございます」

代官山は運転席から出てきた男性に声をかけた。

彼の名前は天神弥太郎《やたろう》。年齢は代官山と同じだと聞いた。

そんな天神は東京生まれの東京育ち。静岡県浜松市出身の代官山からすれば、生粋の都会人だ。東京の人間だからかどうかは知らないが、彼の運転は相当に乱暴である。カーブを曲がるときはいちいちドリフトさせるし、車の向きを変えるときだってわざわざスピンさせる。まるでテレビゲームだ。

正直、乗っている間は生きた心地がしなかった。背中が冷や汗で濡れている。

「酒を飲まないのは俺だけなんだから、しょうがないだろ」

天神はタバコを口に咥《くわ》えながら言った。

タバコに火をつけないのは、それが本物のタバコではなくてチョコレートだからだ。彼は喫煙もしないと言っていた。チョコレートとはいえ、タバコを口にする彼の姿はサマになっている。

「すんません」

代官山は謝った。今日は飲酒が避けられないので、下戸の人間がドライバーとなる。それが彼というわけだ。

「気にするな。他人の運転に命を預けられるほど、俺は勇敢じゃない」

天神はドラマに出てくるような台詞《せりふ》をよく口にする。

代官山やマヤたちは私服なのに、彼だけは職場と同じスーツ姿だ。

オーダーメイドのようで、鍛え抜いたのであろう、均整の取れた体形に見事にフィットしている。デザインも存外にクラシカルで仕立てが良い。それなりに高価だろうと思われる。スーツには強いこだわりがあるらしい。

それに比べて代官山は桜色の春物ジャケット。ファストファッションブランドだけに高価ではない。もっともファッションにさほど興味はない。

「カトリック久慈見教会駐車場」と掲げられた看板の立つ敷地には、三十台ほど駐車できるスペースがあるが、すでに満車になっている。

代官山たちより後に到着した車は入ることができず、路上駐車を始めている。そこには駐車禁止の標識が立っていた。

代官山は天神と顔を見合わせた。通りは交通量がほとんどないし、人通りも少ない。交通違反には違いないが、ここは大目に見てやるべきだろう。

天神は肩をすくめると車から離れた。

敷地の向こうには、教会堂と思われる建物が見える。ロマネスク様式の重厚な煉瓦造りだ。大きく傾斜する屋根のてっぺんには十字架が掲げられている。五十人以上は収容できそうな、ちょっとした規模のホールだ。

「ど田舎の教会のわりには立派だな」

天神が建物を眺めながら眩《まぶ》しそうに目を細めた。彼はいつだって台詞に皮肉を込める、いわゆる毒舌家だ。

代官山と同年齢だが、妙に渋味のある顔立ちをしている。

黒井《くろい》マヤがジョニー・デップに似ているというようなことを言っていたが、そこまで似ているとは思わない。むしろ昭和の銀幕スターを思わせる。今風のイケメンというより、凛々《りり》しい正統派といった印象である。だからこそ仕立ての良いスーツが似合うのだ。

しかし常に喧嘩腰で口調もきつい。上司に反抗的な態度を努めて取っているようにも見える。同僚たちになじもうともしない。前の部署の七係でも孤立していたようだ。

後部座席にいた黒井マヤと浜田学《はまだまなぶ》、そして新しい上司の箕浦忠志《みのうらただし》は、車を降りてすでに教会堂に向かっている。

代官山も天神と肩を並べて教会堂に向かった。庭園には多くの人たちが集まっている。

「ゾディアック事件解決の功労者がこんなところに飛ばされるなんて、あんたも災難だな」

天神がチョコレートのタバコを唇で器用に転がしながら言った。

「俺の災難は、警視庁に出向したときから始まってますよ」

代官山にとっての災難は、言うまでもなくマヤとの出会いだ。

浜松中部署勤務のころ、静岡県警に出向してきたマヤとコンビを組むこととなった。

浜松市民を震撼《しんかん》させた連続放火殺人事件だったが、マヤの見事にもほどがある推理によって解決となった。

彼女に妙に気に入られた代官山は、彼女の父親、警察庁次長の黒井篤郎《あつろう》の強権によって警視庁捜査一課に異動することになった。そしてマヤとコンビを組まされることとなり現在に到るというわけだ。

だが天神は代官山の身の上話にはさほど興味がないようだ。「ふうん」と気のない相槌を打っている。

やがて二人は人々の集まる教会の庭園に足を踏み入れていた。多くは近隣に住む教会信者のようだが、中には身なりが洗練された、見るからにセレブと思われる者もいる。地元民だけに互いに顔見知りのようで、老若男女それぞれが思い思いの場所で歓談している。

ところどころに置かれたテーブルには料理が小ぎれいに盛られた大皿が並んでいて、それぞれラップが掛けられている。

「代官様、こっちこっち」

先に到着していたマヤが手招きをする。よそ者の代官山たちは、彼らに囲まれる形でひと塊となった。

時計を見ると十二時を五分ほど回っていた。教会堂の前にはステージが設置されていて、「カトリック久慈見教会ぶどう酒祭り」と横断幕が掲げられている。ステージの上にはワインが入っていると思われる大きな樽が置かれていた。

「あれが『クジミ』かな」

箕浦がステージを眺めながら言った。彼は今では代官山たちの直属の上司である。

彼はブルーのシャツの上に茶色のコーデュロイのジャケットを羽織っている。気弱で人の好さそうなおっさんといった風貌で、とても警察官には見えない。

「まさか。あんなに量があるはずないわ」

すかさずマヤが否定する。

クジミというのは久慈見ワイナリーが誇る幻のワインである。よほどのコネクションがないと入手できない、ウルトラレアな逸品だ。クジミの希少性は世界中のワイン通からも注目されており、空ボトルでも高値がつくようだ。それらですら表に出ることはないという。

「でも五十人はいますよ。全員がクジミを試飲できますかね」

小柄な浜田はピョンピョンと跳びはねながらステージの様子を窺《うかが》っている。もはやトレードマークといえる包帯を今日も額に巻いていた。彼は先週五針ほど縫ったばかりだ。

博学の彼は道中でもワインに関する蘊蓄《うんちく》を披露していた。

「さすがに無理ね。もっともここにいる人たちの多くは、今日ここでクジミが出てくることを知らないはずよ」

今日のイベントで幻のウルトラレアワインであるクジミが振る舞われるというのは極秘情報のようで、ごくごく一部の人間しか知り得ないという。

もちろんこの情報を仕入れてきたのはマヤである。言うまでもなく情報源は父親だろう。

たしかにクジミが試飲できるとなれば、それこそ世界中からワイン通たちが久慈見教会に押し寄せてくるだろう。

思えば、このイベントは地元教会が主催する信者向けの感謝祭のようなものにすぎない。

「あれ？　天神さんじゃないすか」

突然、ジャージ姿の男性が天神に近づいてきた。隣にはもう一人、空色のシャツに深緑色のジャケットを羽織った男性がいる。

「おお、高林《たかばやし》じゃねえか。なんでこんなところにいんだよ」

「俺、いま久慈見署勤務なんですよ。今日は非番なんですけどね」

「そうだったのか。こんなところで再会するなんて奇遇だな」

天神は高林の右肩に拳をぶつけた。

「痛いっすよ。相変わらず乱暴だなあ」

彼は大げさに右肩をさすりながら苦笑している。

見たところ二十代のようだ。痩せぎすで頼りない体形をしている。警察官のようだがもう少し鍛えた方がいいだろう。

「知り合いかね」

箕浦が声をかけると、高林は敬礼を向けた。

「久慈見署の高林猛《たけし》巡査です。そしてこちらは俺がお世話になっている久慈見整形外科医院の院長、大島《おおしま》先生です」

「警視庁捜査一課特務係の箕浦です。よろしく」

箕浦も敬礼を返す。

大島医師もにこやかに会釈を返した。五十代前半といったところか。長身で知的な顔立ちをしている。開業医の院長ということもあってジャケットもシャツも高級そうだ。

「特務係？　聞いたことないっすね」

「そりゃそうだ。できたばかりだからな」

「天神さん、どうせ無茶やって飛ばされたんでしょ」

「うるせえよ」

天神は再び高林の右肩をパンチした。

「それはそうと。黒井マヤさんですよね」

高林はマヤを認めるとおもむろに近づいた。

「そうだけどなにか？」

マヤは露骨に迷惑そうな眼差しで相手を見た。

「ゾディアック事件はお見事でした。俺、大ファンなんです。握手してもらってもいいっすか」

「いいわよ」

マヤは素直に握手に応じた。たまにこうやって彼女に握手やサインを求めてくる男性がいる。最初は拒否していた彼女だったが、それも面倒になったのか、最近では形ばかりは応じるようになった。

「マジ、光栄っす。あざっす」

高林は嬉しそうにぴょこんと頭を下げた。

「で、皆さんは、揃いも揃って非番なんですか」

「まあ、そんなところだ。仮に捜査だとしても、おしゃべりなお前なんかに教えられるかよ」

「えぇぇ？　そんなのつれないっすよ。コンビを組んだ仲じゃないっすかぁ」

高林は体ごと天神に寄りかかる。

「キモい、離れろ」

天神は相手を突き飛ばした。取っつきにくい天神にからむなんて、高林はなかなかのお調子者だ。

「俺もとっておきの極秘情報があるんだけど、教えてあげませんからね」

彼は天神に向かってあかんベーをした。

「いらねえよ。どうせ知ってるしな」

「なんで知ってるんすか」

高林が目を丸くした。

「俺は本庁の捜一だぞ。お前程度が知ってる情報なんざ、いつだって入ってくるんだ」

代官山は心の中で失笑した。

その極秘情報はマヤから仕入れたものだ。おそらくクジミのことだろう。

「へいへい。まっ、ここでなにかあったら俺を頼ってください」

「ああ、機会があったらな」

天神が鬱陶しそうに手で払うと高林は舌打ちをしながら離れていった。

「なんであんなのがクジミのことを知ってるのかしら」

マヤが高林の背中を視線で追いながら言った。

「あいつはコソコソ嗅ぎ回るのが上手《うま》かったからな。以前、コンビを組んで仕事をしたときは、上司や同僚の噂とかいろんなことに詳しかった。職場に一人はいる情報通だ」

「なるほどね」

「それにしても、主催者はよくもあのクジミを調達できたもんですね」

浜田がなおもステージを眺めながら言った。

中央部に置かれた樽は、多くの参加者たちの注目を集めている。

「主催者は教会の神父みたいだから、町の名士といえるんじゃないの。クジミは地元の有力者たちの間でやり取りされているらしいわ」

マヤもステージの樽が気になっているようだ。

なるほど、そういうことならうなずける。本来なら自分たちだけで楽しもうとなるだろうが、そうしないのはやはり聖職者だからだろうか。

やがて神父と思われる男性がステージに姿を現した。

いかにもカトリックらしい立襟の黒い法衣を纏《まと》っている。右手に抱えているのは聖書のようだ。そして左手には杖を握っている。足が不自由なのか杖を突きながら、少々おぼつかない足取りでステージの中央部に進んだ。

見た目から五十歳前後といったところか。日本人ではあるが、彫りの深い西洋的な顔立ちをしている。

穏やかな眼差しを参加者たちに向けている。その佇《たたず》まいにどことなく神秘的な雰囲気を感じた。

周囲からは拍手が沸き起こった。

「お、イベントの始まりですかね」

代官山もつられて手を叩く。マヤも浜田も箕浦も周囲に倣《なら》っていたが、天神だけは両腕を組んだまま与《くみ》しなかった。

時計を見ると十二時三十分。パンフレットに掲載されていた開始時刻だ。

「皆さんこんにちは。神父の忽那勲《くつないさお》でございます。今日はお集まりいただき、ありがとうございます。当教会がこの地に開設されてから、今日でちょうど五十年となります」

マイクスタンドの前に立った神父は参加者たちに向けて頭を下げた。

「カトリック久慈見教会があるのも、信者と久慈見町民の皆さんのおかげです。今年も感謝の想いを込めてぶどう酒祭りを開催させていただきました」

拍手の音がさらに大きくなった。

「今日の神父さん、いつもと様子が違うわね」

「メガネをしてないからじゃない」

近くにいる女性たちの会話が聞こえた。

「実はですね……今朝、イエスの前で盛大に転倒してしまってメガネを割ってしまいました。そんなわけで私のトレードマークともなっているメガネは現在修理中です。予備を用意してなかったのが悔やまれます。重度の近眼の私はここからだと皆さんの顔がよく見えません。これも主が私に与えた試練でしょうか」

会場から笑いが起きた。神父も照れ笑いを浮かべている。

「久慈見町のぶどうは神の恵みです。ヨハネによる福音書の一節にこんな記述があります――私はぶどうの木で、皆さんは木の枝です。皆さんが私につながり、私も皆さんにつながっているのなら、皆さんは多くの実を結びます。私を離れては皆さんは何もすることができないからです」

ここで神父は指で十字を切った。さらに続ける。

「これは有名な『まことのぶどうの木のたとえ』の一節です。イエスは教えをよく農耕作業に喩《たと》えました。この話の中でイエスはぶどうの木、信者は木の枝、父なる神は木を育てる農民ということになります。これはどういう話なのでしょう。皆さんがイエスであるぶどうの木に枝としてつながっていれば安心して実を結ぶことができるというわけです。折られて木から離れてしまった枝はどうなってしまうでしょう。養分を得ることができず枯れてしまいます。そして枯れた枝は燃やされて灰になってしまうことでしょう。しかし枝であり続ければやがて多くの実を結ぶことになります。それはぶどうの木の育て人、すなわち父なる神から栄光を受けられるということになります。実を結ぶことは神の御心です。自ら枝を折って木から離れる理由などどこにもありません。木から離れれば枯れるだけの運命です。私たちが枝であり続けるとはどういうことでしょうか。それはイエスを救い主として信じ続ける。それだけのことです。枝であり続ければイエスの霊はもちろん、神の霊である聖霊もすぐ近くに留まってくださるのです。やがて結んだ実は神によって刈り取られ、人々を豊かにしてくれます。これこそが父なる神の祝福なのです」

さらに神父はいくつかの聖書の言葉を引用しては、説法を展開した。ぶどう酒のイベントだけに、ぶどうに関連した内容になっている。

信者ではない代官山にとっては退屈なおとぎ話に聞こえ、何度となく欠伸《あくび》を嚙み殺すこととなった。天神も同じようで、嫌悪の色すら顔に浮かべている。マヤも退屈そうにスマートフォンをいじっていた。

対して信者たちは熱心な様子で神父の言葉に耳を傾けている。中には感極まったのか涙を流している年嵩の女性もいた。

「ダ・ヴィンチの『最後の晩餐』に描かれているイエスと弟子たちの風景を思い出してください。パンを手に取ったイエスは言いました。『これは私の肉体です』と。そしてワインの入った杯を手にして『これは私の血です』とも言った。そしてパンとワインを自分の体と血として飲食する行為をくり返すよう弟子たちに命じました。

皆さん、ご存じの通り、この翌日にイエスはゴルゴダの丘で磔《たっけい》刑に処されることになります。皆さんが愛して止まないワイン。イエスの血でもあるが、久慈見町の血でもありましょう。四世紀のミラノ勅令でキリスト教が公認されて、ローマ・カトリック教会の宣教師たちの布教活動がさかんになり、ミサ用のワイン需要が急増しました。修道院によってワインの醸造が広まっていきます。

つまりなにが言いたいのかというと、ワインの歴史はイエスが作り出したものなのです。そういう意味で久慈見町はイエスの町であると私は信じます」

強引な解釈だなと思うが、熱心に耳を傾けている信者たちは何度もうなずいている。

イエスにつながれば、どんなことでも彼らにとっての福音なのだろう。信仰心の乏しい日本人にはない発想だ。日常に幸せを見出せる機会が多いであろう彼らのことを、羨ましくも思えてしまう。

ともあれ、ぶどうが久慈見町を支えているのは確かである。キリスト教信者でない者たちにとってもぶどうは神の果実同然であろう。

神父は長い話を終わらせると十字を切った。信者たちも神父に倣う。代官山も信者ではないが従った。浜田も代官山と同じようにしている。

天神はやはり与しようとはしない。醒めた様子でステージを眺めている。

「今日は相模公三郎《さがみこうざぶろう》、久慈見町長にもお越しいただいています。町長、よろしくお願いします」

神父が合図をするとでっぷりとした年配の男性がステージに上がった。いかにも町長といった貫禄を漂わせている。

「久慈見町の皆さん、こんにちは。相模公三郎でございます」

マイクの前に立った町長は、にこやかな笑顔で深々と頭を下げる。

それからスピーチが始まった。

冒頭は町民の信仰を守っている教会と神父に対する感謝の言葉だったが、やがて行政に関する話題に移った。

「久慈見町で生まれ育った私としましては、美しい故郷の景観と環境を損ねるリゾート開発を許すわけにはいきません！」

彼の話では久慈見町の森林地区のリゾート開発計画が進められており、木々を伐採するホテルやゴルフ場の建設が予定されているという。

「そうだ！　そうだ！」

町民の何人かが拳を振り上げて支持をアピールしている。

「それらを推進しているのが立花隆史《たちばなたかし》という、政治家の風上にもおけない若造です。去年、開発予定地の山林は例の豪雨で土砂崩れが起きて大きく荒れてしまいました。それをきれいに整えるというのが立花の言い分です。そんなこと嘘っぱちもいいところだ！　久慈見に生まれ育ってない者だから金のためなら我々の故郷がどうなってもいいと考えている。久慈見町を汚す政治家や資本家たちと命がけで戦いたい。どうか皆さん、来月の町長選にはぜひ相模に一票を投じていただきたい！」

数分にわたるスピーチを終えると、町長はステージの上で深々と頭を下げた。

「結局、選挙演説かよ」

天神が吐き捨てるように言った。周囲の者たちがじろりと彼を見る。

「相模町長、ありがとうございます」

神父は町長に木槌を手渡した。二人してワイン樽の前に立つ。

「久慈見町に神の恵みを！」

二人は息を合わせて手にした木槌を樽の蓋に叩きつけた。蓋が割れて中身がはね上がる。

「神父様、今後も久慈見町民を見守ってやってください」

町長はステージ上で神父としっかりと握手を交わすと、満面の笑みを振りまきながらステージを下りた。

支持者らしき者たちが、囃《はや》し立てるように拍手を鳴らしている。

「これだから嫌だねぇ、田舎もんは」

天神が小馬鹿にするようにつぶやいた。またも支持者らしき者たちが彼を睨《にら》む。

「天神さん、やめてくださいよ」

「口が悪くてすまんね」

彼は初対面から意味もなく挑発的な態度だったが、時と場所を選ばないようだ。この先、マヤともトラブルを起こしそうである。

やれやれ、先が思いやられる。

「さて、皆さん。今日は当教会における創立五十周年という記念すべき日です。それにふさわしいサプライズをご用意しております」

神父の高らかな告知に、会場がざわついた。

「来るわよ」

マヤが瞳を輝かせて前のめりになった。代官山もステージ上の神父に視線を戻す。

「教会を支えてくださる信者と町民の皆さんに感謝の意を込めて今回は特別なワインを振る舞いたいと思います。それがなんなのか。久慈見町の皆さんならもうお分かりですよね。そう、クジミです」

会場は「おおっ！」とどよめいた。

それぞれが驚きを通り越したような、唖然とした表情を向けている。

マヤが極秘情報だというだけあって、ほとんどの者たちは知らなかったようだ。

「久慈見ワイナリーが誇る幻の赤ワインです。皆さんがご存じの通り、ほとんど表に出されることのないワインですが、私の方からワイナリーのオーナーである工藤要《くどうかなめ》さんにお願いしました。今回特別にボトル一本だけですが、譲っていただけることとなりました。工藤さん、どうぞ」

六十代くらいの男性がステージに上がった。彼はワインボトルを大事そうに抱えている。

「久慈見ワイナリーの工藤でございます。今日は敬愛する忽那神父様のたってのお願いということで、クジミを届けに参りました」

彼は参加者たちに向けてワインボトルを掲げた。会場から大きなため息が漏れる。

「あれが噂のクジミなのね」

マヤはうっとりとした表情でボトルを見つめている。代官山も実物を直《じか》に目にするのは初めてだ。

「いったいあれ、一本でいくらするんだろうね」

箕浦が代官山も気になっている疑問を口にする。

「でも一本なんですね。全員分にはとても足りないですよ」

浜田の言うとおり、それも気になるところだ。

それについては神父が答えた。

「クジミはとても貴重なワインです。これだけいる会場の全員に振る舞うことはさすがにできません。そこで希望者による抽選にしたいと思います」

「抽選かぁ」

今度は失望のため息が広がった。

「そりゃそうよね。だからこそウルトラレアの逸品よ」

マヤは虚空に両手を放り出した。

「ちなみに工藤オーナーが手にしているボトル。実は空瓶です」

神父の言葉に一同は呆気《あっけ》にとられる。

「ど、どういうこと？」

さすがのマヤも戸惑いを隠せないようだ。

「クジミは温度管理がシビアですからね。当選した方たちに最高の状態で味わっていただくために、今もワインセラーで保管しています」

「そういうことか」

神父の説明にマヤは安堵している。教会のどこかにワインセラーが設置されているようだ。

工藤がボトルを逆さまにした。たしかに空瓶だ。そもそもコルクが抜かれている。会場からは失笑が漏れた。

「高級なワインほどデリケートっていいますからね。短時間でも適正な温度を保たないと損なわれるんでしょう」

浜田がいかにも分かったようなことを言う。

「抽選に外れた方には、こちらの樽ワインをお召し上がりいただきます。久慈見ワイナリーが誇る『デエス』です」

神父は先ほど町長と鏡割りした樽を指した。中身がデエスというわけだ。

「へぇ、デエスとはまた奮発したわね」

「そんなに高価なのか」

珍しく天神の方からマヤに問いかけている。

「お酒のこと本当に知らないのね」

彼女は鼻から息を抜いた。

「ワインなんてチャラい代物に興味なんてねえな」

「クジミには遠く及ばないにしろ、デエスは国産ワインでも立派なブランドよ。ちなみにデエスはフランス語で女神という意味。ボトルだと二万円以上はするかな」

マヤはワインに関しては相当に詳しい。

彼女はレストランを選ぶ際に料理よりも取り揃えているワインに注目する。ワインが充実している店であれば料理も間違いないというのが彼女の持論だ。そして自分のワイン好きは、父親譲りだとも言っていた。

それにしてもハズレでも二万円相当のワインとは気前が良い。創立五十周年記念ということもあるのだろう。

「ぶどうの汁にアルコールを混ぜただけの液体にそんな大枚をはたくなんて、おかしいだろ」

「天神様って面白いわね」

「な……」

天神様という呼称に反応したのか、彼の額に青筋が立った。

「黒井さん、抽選に行きましょう」

代官山はマヤの背中を押してステージに向かった。こんなところでトラブルはごめんだ。

「天神さんも引いてくださいよ」

浜田が天神の袖を引っぱった。

「俺は運転手だ。当選したところで飲めない」

「抽選だけ参加してくださいって話です。当選したら僕たちに譲ればいいでしょう」

「そういうことか」

浜田に促されて天神もやってきた。抽選箱を手にした神父の前には、すでに行列ができている。

「ほぼ全員参加ね。皆さん、真剣だ」

希望者たちはそれぞれ緊張した面持ちである。祈りを捧げている者もいる。

「そりゃそうでしょう。ぶどう酒祭りですからね。参加者はワイン好きばかりですよ。今気づいたんですけど、あそこにいるのはワイン評論家の月島郁郎《つきしまいくろう》ですよ」

浜田が前方に並んでいる五十代らしき男性を指した。

「本当だ。テレビで見たことがあるよ」

箕浦が男性を見つめる目を細めた。

月島郁郎は代官山も知っている。グルメ番組によく顔を出しているし、彼が運営するワインに関するサイトの動画配信も視聴したことがある。ワインの世界ではかなりの有名人らしい。

彼は久慈見ワイナリーのオーナーである工藤と談笑している。二人は旧知の仲のようだ。

「月島ほどの有名人にも今回は忖度なしのようですね」

主催者は公平に抽選するようだ。なるほど、黒井篤郎のコネが通用しなかったというのもうなずける。

「さすがに聖職者が不公平なのはマズいだろ」

天神がステージ上の神父を顎で指した。

「当選者は十人とします」

神父が告げると会場は大きくざわついた。

「十人かぁ……倍率は五倍といったところね」

マヤが会場を見渡しながらため息をついた。

「俺たちの中から一人だけ当選できるくらいの確率ですね」

「ウルトラレアとはいえ、厳しいわね」

マヤは、恨めしそうな目を工藤が手にしているボトルに向けている。

「それでは今から抽選会を始めますが、注意点がございます。当選を他人に譲渡することは禁止とさせていただきます。もし当選辞退者が出ても、追加での抽選は致しませんのでご了承ください」

「譲れないんだったら、俺が並ぶ必要はないな」

天神がさっさと列から抜けた。

「それと同様に、他の人への味見や回し飲みも禁じます。これは私が久慈見ワイナリーから今回クジミを譲っていただくようお願いした際の、約束です。神に誓うことで今回特別にお許しをいただくことができました。そんなわけで皆さん、くれぐれもよろしくお願いします」

神父は深々と頭を下げた。

参加者たちは素直にうなずいている。表立って異論を唱える者はいなかった。

「そんなセコいことをしてまでクジミのプレミアムを守りたいってか。気に入らねえな」

天神が罵《ののし》るような口調で吐き捨てる。どうも彼は権威という権威に噛みつかないといられない性分らしい。

ますますマヤとの食い合わせが悪そうだ。今後のことを思うと気が重くなる。

「まあ、回し飲みは衛生的にも問題ありますから」

代官山は天神をいなした。

やがて神父はステップを下り始めた。

杖を突きながらのおぼつかない足取りだったので、工藤が寄り添っている。

ステージ前に立った神父はスタッフと思《おぼ》しき女性信者から箱を受け取った。大玉のスイカがまるごと一個収まりそうなサイズで表面に白色の模造紙が貼りつけてあり、「抽選箱」と毛筆で書かれていた。箱の上部には丸い穴がくり貫かれている。

「それではこれより抽選会を始めます」

神父は先頭の男性に向けて箱を傾けた。

「中に抽選番号が記入されたプレートが入っていますから、一枚だけ引いてください。発表の際に必要になりますので、なくさないようにしてください」

男性は緊張した面持ちで丸穴に手を入れてプレートを取り出した。プラスティック製のそれの表面には数字が赤く刻印されている。続く者たちも男性に倣って引いていく。

そうこうするうちに、代官山たちに順番が回ってきた。

神父の前に立つと代官山は胸の前で十字を切った。そんなやり取りを彼の傍らに立っている工藤がにこやかに眺めている。

代官山は大きく深呼吸すると箱の中に手を突っ込んだ。

一番最初に手に触れたプレートを取り出す。番号を神父に示すと、そそくさとその場を離れた。

「最悪だぁ」

仲間たちのところに戻ると、思わず額に手を当てる。

「よし、ライバルが一人減った」

数字を覗き込んだマヤが、嬉しそうにガッツポーズを決める。

代官山のプレートには「13」と数字が赤く打たれていた。

「イエスを裏切った弟子のユダは13番目の席についていたからという理由で、13人目の弟子とされてます。またイエスが処刑された日は13日の金曜日といわれてますが、別にそんな確証はありません。すべて俗説なんだけど、13はキリスト教では忌数《いみかず》とされてますよね」

浜田が愉快そうに解説をしてくれる。

理由はともかく、13がキリスト教にとって不吉な数であることは知っている。

「よりによって13だなんて……落選フラグが立ちまくりじゃないですか」

「希望を捨てないでください。イエスは何ぴとも見捨てません」

浜田は神父の口調をまねた。

「で、ですよね。今の俺はぶどうの枝ですから！」

なんとしてでも当選したい。この機会を逃したら、一生クジミを口にすることなどないだろう。

「ぶどうの枝だと？　こんなときだけ信者になるのか。これほど分かりやすい困ったときの神頼みもないな」

天神が呆《あき》れたように言う。

代官山のあとにマヤ、浜田、箕浦が続いた。

それから間もなくして抽選番号が記載されたプレートが、希望者全員に行き渡った。

それを確認した神父は再び杖を突きながらゆっくりとステージに上がった。先ほどと同じように、工藤が寄り添っている。

工藤は表面に「当選おめでとう！」と、抽選箱と同じ筆跡で書かれた箱を抱えている。抽選箱よりは一回りほど小さいサイズだ。彼は神父から抽選箱を受け取ると、代わりに持っていた当選箱を手渡した。

抽選の間に、スタッフがステージの上に小型の丸テーブルを設置したようだ。テーブルの上には受け皿が置かれている。

箱を抱えた神父はステージ中央に立ち、工藤は彼の斜め後ろに退いた。

「それではお待たせしました。当選者の発表です」

神父の呼びかけに、参加者たちは一斉に注目する。

「この箱の中に人数分のピンポン球が入っていてそれらには数字が記入されています。当選者は全部で十人。私がこの中から十個のピンポン球を無作為に取り出します。球の番号と皆さんがお持ちのプレートの番号が一致したら当選です」

代官山は唾を飲み込んだ。

「当たりますように」

近くの男性は手をすり合わせて拝み始めた。

「当選者はオーバーにリアクションしないほうがいいですよ。当たらなかった人に妬《ねた》まれますから」

神父の言葉に引きつったような笑いが広がった。全員が真剣に当選を望んでいることが窺える。もちろん代官山もそうだ。

神父が箱の中に手を入れると、ざわつきがサッと静まった。

彼はしばらく中身を探るように手を動かしている。ガラガラとピンポン球同士がぶつかる音が聞こえる。

「５番！」

神父が取り出したピンポン球に記入された番号を読み上げるとそれを掲げた。同じステージ上に立つ工藤オーナーが拍手を促す。

客たちは拍手をしながらも一斉に周囲を探った。しかし該当者が誰なのか分からない。

神父は手にしたピンポン球を丸テーブル上の受け皿に載せると、再び箱の中に手を入れた。

「39番！」

後ろの方でさんざめく声が聞こえる。本人がいるのだろう。

「12番！」

「くそ、惜しい」

代官山は歯ぎしりをした。

神父は箱の中に手を入れた。代官山は祈るような気持ちで十字を切った。

俺はぶどうの枝だ！

「13番！」

神父のコールが会場に広がる。

「マジ？」

マヤも浜田も箕浦も、そして天神も代官山をポカンとした顔で見つめている。

「やったじゃないですか、代官山さん」

隣に立つ浜田が小声で右肩を肘にぶつけてきた。

「え、ええ……当たっちゃったみたいですね」

代官山も小声で答える。

周囲の人間には気づかれていないようだ。下手に妬みを買いたくない。

それから当選者番号が次々とコールされた。そのたびに、会場にはどよめきとため息が湧いた。

「ああ、もぉ！」

十人分のコールが終わり、マヤが恨めしそうにプレートを見つめている。

浜田も箕浦も表情がさえない。代官山以外、全員落選したようだ。

間もなくして、スタッフがプレートの回収を始めた。またステージの上では他のスタッフが当選箱の中にピンポン球を戻して、丸テーブルを撤収していた。

ステージの隣では地元出身だという四人組が弦楽による演奏を始めた。

「ベートーヴェンの弦楽四重奏曲第13番第5楽章『カヴァティーナ』ですね。一九七七年に打ち上げられた宇宙探査機ボイジャーには地球人の文化や歴史を伝える音や画像が記録されたゴールデンレコードが搭載されているんですよ。そのうちの一曲なんですよね」

すかさず浜田が蘊蓄を傾ける。

「宇宙人なんかにこの曲が分かりますかね」

「代官様、一生分の運を使い果たしちゃったわね」

マヤが恨めしそうに言う。

「これも日頃の行いの結果ですよ」

マヤとコンビを組まされて以来、苦行のような毎日を送っている。たまにはこんな僥倖《ぎょうこう》がないとやっていけない。

「それでは当選者の方は教会堂にどうぞ。その他の方たちはデエスをお楽しみください。デエスはたっぷりと用意してありますが、飲み過ぎにはご注意を。あと、これは言うまでもないことですが、ドライバーの方は飲まないでくださいね。味見もダメですよ。今回は久慈見署の方もいらしてます」

会場の注目が高林に向けられた。彼は手を振って応じている。

人々はステージの前に、またも列を作った。順番にデエスが注がれたグラスが手渡される。

「行ってくればいいんじゃない、裏切り者」

マヤが拗《す》ねたような顔で教会堂を指した。

「そんな、ワインぐらいで大げさな」

「デエスならともかく、クジミだとそうはいかないわ」

彼女は諦めきれないらしい。食べ物、もとい飲み物の恨みは恐ろしいということか。

「たまには気持ちよく、いい思いをさせてくださいよ」

「なによ、代官様のくせに！」

いつも上から目線のマヤが珍しく子供じみたことを言う。愉快な気分になってきた。

「それでは行ってきます」

代官山は胸に手を当てると、慇懃《いんぎん》にお辞儀をした。

「ばっかじゃないの」

マヤはプイと顔を背ける。

「ふん、いいコンビだな」

天神には応じず、代官山は教会堂に向かった。

2

扉を開くと、目の前には聖堂が広がっていた。映画やドラマで見る聖堂そのもので、木製の長椅子が中央通路を隔てて七列ずつ並んでいる。

祭壇には十字架に磔《はりつけ》にされたイエス・キリスト像が掲げられていた。像の背後のステンドグラスが床にカラフルな色彩を投げかけている。

内部は荘厳な空気で満たされていた。扉を閉めると外で奏でられている弦楽曲が小さくなる。

すでに三人の当選者と思われる男女が祭壇を見上げている。しばらく待っているとその人数も増えていった。

「皆さん、前の方へどうぞ」

工藤とともに姿を見せた神父が、当選者たちを祭壇の方へ促す。

代官山たちは、長椅子で挟まれた中央の通路をゆっくりと進んだ。

神父はワインボトルを大事そうに抱えていた。今度こそ空瓶でないクジミに違いない。

「おや、あなたもですか」

声をかけてきたのは高林だった。彼も当選者だという。

「クジミなんて、一生縁がないもんだと思ってましたよ」

「高林さんもクジミの抽選のことは知っていたんですか」

「ここだけの話ですよ」

彼はいきなり声を潜めた。

「なんなんですか」

「町内の居酒屋で一人飲みしていたら、すぐ近くの席にあの神父が座ったんですよ。実はあの人とはいろいろあって気まずかったんだけど、俺には気づかなかったみたいでそのうち電話をし始めたんですよ。その内容が、クジミをイベントで使わせてほしいという依頼でした。当日までは内密にって言ってました。相手は久慈見ワイナリーの工藤さんでしょう」

「盗み聞きですか」

高林は唇を尖らせた。

「人聞きの悪いこと言わんでください。たまたま聞こえちゃったんですって。まあ、それでも当選したらあのクジミですからね。久慈見町民でも選ばれし者しか口にすることができない逸品中の逸品ですよ。ヒラの公務員では絶対に飲むことはかないません。俺もワインには目がないクチですから、一生に一度でいいから味わってみたいと願うのは当然でしょ。その大チャンスが巡ってきたんだ。そうでなければ、こんな辛気くさいイベントにわざわざ足を運びません」

「それはそうと、神父さんとなにかあったんですか」

「あの人、ちょっと被害妄想気味なところがあって、我々とトラブったことがあるんですよ」

我々というのは、久慈見署のことだろう。

「それから間もなく和解できたようなんだけど、俺のことだけは良く思ってないんじゃないかなあ」

高林は弱気に表情を曇らせた。

「まあ、でもこうやって高林さんも当選させてくれるんだからよかったじゃないですか」

なにがあったのか知らないが、そういういきさつなら神父にとって高林の当選は不本意かもしれない。だからといって当選を取り消すことはしないだろう。

「俺も久慈見署に配属されてから三年経ちますけど実物を見るのも初めてですよ。俺たちはラッキーだ。ねえ、大島先生」

高林は隣に立っている久慈見整形外科医院の院長である大島医師に声をかけた。

「そうだね。クジミは地元民であってもなかなか手に入らないからね」

大島も嬉しそうにうなずいている。

「先生ほどの名士でも手に入らないんだから、ホントにレアですよ」

「いやいや、僕は名士とは違うよ」

お調子者のおべっかに、大島は手を振りながら謙遜する。

「よく言いますよ。久慈見町の大物たちの主治医じゃないですか。あの相模町長もそうなんでしょ」

「そういうことは、ほら……個人情報だから」

「いろいろとおいしいコネがあるんじゃないですか」

「ないない、ないですよ」

これ以上探られたくないのか、大島は苦笑いを残しながらそそくさと離れていった。

「ところで天神さんとコンビを組んでいたって聞きましたけど」

代官山が話を振ると、高林は困ったように眉を下げた。

「そうなんです。あの人、なにかとトラブルメーカーでしょう。コンビを組むのは二度とごめんです」

「やっぱりそうなんだ」

「知らなかったんですか」

高林は意外そうな顔をした。

「俺も今の部署に配属されたばかりなんですよ。まあ、ぶっちゃけ左遷なんですけどね」

なにもかもマヤのせいだ。

「それは災難でしたね。天神さん、熱血なのはいいんですけど、相手が課長だろうが管理官だろうが、なにかと嚙みつくんですよ。板挟みになる俺の身にもなれってんだ」

「反骨精神だけは旺盛みたいですね」

天神と初めて顔を合わせた日から、それは感じていた。

「俺の上司は刑事ドラマの見過ぎだって言ってたけど、本当にそんな感じでした」

「参ったなあ」

磔にされたままのイエスに、なんとかしてほしいと祈りを捧げたくなる。キリスト教に改宗することで待遇と状況の好転が確約されるならそうしたいくらいだ。

「それはそうと町長も当選してますよ」

たしかに相模も十人の中に入っている。

「あれはワイン評論家の月島郁郎ですよ」

代官山は小さく顎先で示した。

「他にも町の名士と呼べる人が何人か含まれてる。この抽選、ちょっと八百長臭いな」

高林は犬みたいに鼻をクンクンさせる。天神とは対照的にどこまでもお調子者だ。

「それだったら俺たちなんかを当選させないでしょう。それに神父のような聖職者がそんな不正なんてしませんよ」

代官山は小声で告げた。

「それもそっか……」

高林は釈然としない様子ながらもうなずいた。

「そうですよ」

「そうですね……意図的に選んでいるんだとしたら、代官山さんはともかく、俺だけは絶対に当選させないよなあ」

思えば彼は神父から一番離れた位置に立っている。相手に対して後ろめたい気持ちがあるのだろう。

久慈見署とのトラブルは神父に一方的に非があるような言い方をしていたが、必ずしもそうでもない気がする。とはいえ、これ以上追及するのも野暮だろう。

「八百長はないでしょう。そもそも俺なんて久慈見とは縁もゆかりもないですよ。この町に来るのだって初めてなんです」

そのとき神父がパンと手をはたいて一同の注目を集めると、祭壇の前に設置された長テーブルの前に立った。

「それでは当選者の皆さん、おめでとうございます」

テーブルの上には、きれいに磨きあげられた空のワイングラスが十二脚並べられている。

「こちらがクジミです。つい先ほどまでうちのワインセラーに入ってました」

神父が手にしたボトルを掲げると、当選者たちの感嘆のため息が聖堂に広がった。

彼は満足げに微笑むと、隣に立つ工藤にそれを渡す。工藤はソムリエナイフを使い、慣れた手つきで開栓した。

芳醇なぶどうの香りがした……ような気がした。

工藤はそれぞれのグラスに丁寧に時間をかけてワインを注いでいく。

深みのあるワインレッド。ステンドグラスからの光の加減によっては血の色にも見える。それを見つめている者たちは、一斉に喉を上下させた。

「皆さんはイエスという名のぶどうの木の枝。そしてワインはイエスの血です。それではグラスをお取り下さい」

当選者たちはめいめいにグラスを手にした。神父も工藤もグラスに手をかけている。

「工藤さん、このような機会を与えてくれてありがとう。久慈見町民を代表して感謝申し上げる」

相模町長がグラスを工藤に向けた。

「本来ならお断り申し上げるところなんですが、神父様のたってのお願いです。拒否するわけにはいかんでしょう」

工藤の言葉に神父は小さく頭を下げて、感謝の意を示した。

「それでは皆さん、久慈見町に天の恵みを」

彼は祭壇のイエスに向けてグラスを掲げた。

「乾杯！」

当選者たちは神父に倣うと、今度は互いのグラスをぶつけ合った。

「うわぁ、なんか緊張するなあ」

グラス一杯分とはいえ、いったいどれほどの値がつくのか想像もできない。

「イエスの血だと思って飲みましょう」

上機嫌の相模町長が声をかけてくる。

「ですよね」

代官山は深呼吸をしてグラスに口をつける。芳醇な香りが鼻腔をくすぐる。

そっとワインを口の中に含み、舌を使ってワイン愛好者がするように転がしてみた。

「どうですか」

飲み込んだばかりの高林が感想を尋ねてきた。

「う、うん……なんか、よく分からない」

期待が大きすぎたのか、思ったほどの衝撃はなかった。

これが千円のワインだと言われれば、そのときも「こんなもんか」と思うだろう。

「いやあ、実をいうと俺もです」

高林は困り顔で頭を掻いた。それでも残りのワインを一気に飲み干した。

「さすがはクジミだ。ビロードのような荒々しいざらつきが舌にまとわりついたと思ったらたなびくように消える。謙虚な芳醇さを纏いながらも王者の風格をしっかりと伝えてくるあたりは、他のワインと一線を画しますな」

ワイン評論家の月島がそれらしい評価を口にしている。

「なに言ってんだかよく分かりませんね。あんなんで金がもらえるなんて良いご身分だ」

高林が失笑を漏らした。

ともかく代官山には、幻のワインのどこがどう幻なのか、理解できなかった。むしろもう少し甘めな方が好みである。クジミは普段口にしているワインに比べて苦味が強い。それもかなりの苦味だ。

代官山と高林以外の当選者の何人かは恍惚の表情を浮かべている。彼らにはクジミの真髄が分かっているようだ。

どうやらワインの世界は思った以上に奥が深いものらしい。素人やにわか仕込みでは、味の違いを感じ取ることができないようだ。

以前、マヤと世界的なピアニストのリサイタルに行ったことがある。たしかに素晴らしい演奏だったが、ピアノの上手いアマチュアとさほど大きな隔たりがあるとは思えなかった。それと同じで、分かる人には分かる世界なのだろう。

対してしきりに首を傾《かし》げている者もいる。そんな彼らに親近感を覚えた。

ワイングラスを空けるとそれぞれがグラスをテーブルの上に置いた。当然のことだが残す者などいない。当選者だけをこの場に集めたのも、本人しか口にしてはならないという約束を守らせるためだろう。

「超高級ワインだからかな。ちょっと酔ったかも」

代官山はほんのりと視界が揺らめくのを感じた。足下がフワフワしているように感じる。

「おっと！」

つまずいて転倒しそうになる代官山を、高林がとっさに支えた。

「大丈夫ですか」

「あ、うん。酔いはすぐに醒めるさ」

意識ははっきりとしている。歩くことも問題はないと思う。

「車の運転は絶対にダメですからね」

「もちろん。天神さんがいるから」

「そっか、あの人、下戸でしたよね。ハードボイルド気取ってるくせにだせえっての」

「あははは、ここだけの話にしとくよ」

教会堂の外に出ると、会場ではちょっとした宴会が始まっていた。

弦楽カルテットは先ほどとは違うクラシック曲を演奏している。もちろん曲名も作曲者も分からない。今ごろ、浜田が得意顔で解説していることだろう。

代官山は高林と別れて、マヤたちが集まっているテーブルに向かった。

「クジミはどうだった？」

代官山を認めた箕浦が、さっそく尋ねてくる。

マヤも浜田もワイングラスを手にしていた。

浜田は顔を真っ赤にしている。まるで初めて飲酒した学生のようだ。

「うーん、まあまあですかね」

代官山は正直な感想を返した。舌にはまだワインの味が残っている。妙に苦くて舌が痺《しび》れてきた……ような気がする。

「まあまあですって？　クジミの味が分からないなんて、これだからど底辺の賤民は嫌なのよ」

「ドテイヘンノセンミン？」

「貴重なクジミを無知で蒙昧で暗愚で無価値な人間に消費されるだなんて、それこそ重罪よ！　代官様は公共の敵、パブリック・エネミーよっ！」

落選したやけ酒か、マヤも早くも顔が赤くなっている。酔うといつだって舌鋒に鋭さが増す。

「もぉ、大げさな……黒井さんも浜田さんも飲み過ぎですよ」

「うっさいわねえ」

マヤは残りのワインを流し込んだ。

彼女はアルコールには強い。酔っ払いはするがつぶれているところを見たことがない。

深夜にわたって深酒しても次の日には涼しい顔で出勤してくる。つき合わされた代官山と浜田はいつだって二日酔いだ。

「あれ？　浜田さんは」

いつの間にか浜田が姿を消している。

「我らが警部補殿はあちらだ」

ウーロン茶を手にした天神が、庭園の隅っこを親指で指した。

浜田がゲーゲー吐いている。これもいつもの風景だ。

「飲み過ぎが他にもいるようだね」

箕浦の言うとおり、吐く声が他でも聞こえる。

その数はひとつやふたつではない。徐々に増えていくばかりかそれはうめき声に変わっていった。

「おい！　救急車を呼んでくれ！」

突然、男性の叫び声が飛んだ。

「どうした？」

代官山たちは、声のした方に注目する。なにやら女性が倒れていて人だかりができていた。

「急性アル中かよ」

天神の呆れたような声が背後から聞こえる。

「きゃあ！」

今度は教会堂に近いテーブルから女性の声がした。

そちらには高林の姿が見えた。突然、彼がグラスを地面に落として胸を押さえ始めた。

「お、おい、大丈夫か⁉」

近くにいた男性が高林に近づいた。彼は顔を下に向けて嘔吐し始めた。やがて崩れ落ちるように倒れ込んで、とっさに手をかけたテーブルをひっくり返した。料理やワイングラスが地面にばらまかれる。

「なにが起きてる？」

会場のあちらこちらでさらに何人かが地面に倒れて苦しみ出した。そのうちの何人かは痙攣《けいれん》し始めている。

「おい、しっかりしろ」

天神は近くでいきなり倒れた女性に駆け寄った。彼女は胸元を掻きむしりながら悶《もだ》えている。やがて彼女は口から泡を吹きだした。その向こうでは浜田が相変わらずゲーゲー吐いている。

そのときだった。体から感覚がサッと消えた。

――えっ？

日の温かみ、風の冷たさを感じなくなった。呼吸ができない。胃が激しく痙攣して喉元に胃液がこみ上げてくる。一気に視界が狭まった。音も聞き取りづらい。

気がつけば代官山は倒れていた。

「代官様！」

マヤの声が聞こえる。

「ちょ、ちょっといいかげんにしなさいよ」

彼女は代官山の体を揺さぶっているようだ。

――俺、死ぬのか……。

　こうしている間にも視界はさらに狭まっていく。

　意識が薄くなっていく。

　手足どころか全身の感覚がない。自分の体の存在を実感することすらできない。まるで自分自身が魂になってしまったような感覚だ。

「救急車を呼んでくれ！」

　箕浦の声がうっすらと聞こえる。

　狭くなった視界は解像度を下げた画像のようにぼやけていった。マヤの顔立ちが分からなくなっている。

　彼女は代官山の耳元に顔を近づけた。

「こんな美しくない死に様、許さないからっ！」

　マヤの声が聞こえる。

　――美しくないって……。

　体をまるで制御することができず地面に首を転がした。視界が横転して景色が変わる。

　――浜田さん、まだ吐いてるなあ……。

　ぼやけてはいるがそれが浜田の背中であることが分かった。しかし声も音も聞こえてこない。

　――これが最期に見る光景かよ……。

　次の瞬間、テレビの電源を切ったように視界も意識も消えた。

3

遡《さかのぼ》ること二日前。

「このバカ者っ！」

天神弥太郎は池田《いけだ》班長の怒号を頭上にやり過ごしながら、舌打ちを呑み込んだ。

ここは捜査本部が置かれている室町《むろまち》署三階にある大会議室だ。

室町商店街老女殺人事件。

商店街で時計店を営む八十代の女性が何者かによって店内で刺殺された。目撃情報は乏しく、防犯カメラに写った、時計店に出入りする犯人も覆面を被っていたため、特定には到らない。店内からは現金と金目の物品が多数持ち出されており、強盗殺人と思われる。

か弱い老婦人を手にかけるなんて外道にも劣る。なにがあっても許すわけにはいかない。地獄の果てまで追いかけてでも必ず捕まえてやる。

天神はそんな意気込みを噛みしめた。

午後七時過ぎということもあって、多くの捜査員たちが聞き込みなどを終えて戻ってきている。周囲の冷ややかな視線が全身を撫でてくるのを感じる。

顔を少しだけ上げると、相棒である若い所轄署刑事と目が合った。名前なんていちいち覚えていないし、覚えるつもりもない。彼は呆れ顔をすると「僕は無関係ですよ」と言わんばかりにそっと視線を逸《そ》らした。

彼は天神よりも六歳年下で、捜査に入れ込む情熱も悪を憎む正義感も、そして刑事としての矜持《きょうじ》も持ち合わせていない。面倒ごとやトラブルを遠ざけることしか考えてない、ただのサラリーマン刑事だ。安定した人生設計が見込める公務員になれるのなら、刑事でもなんでもよかったのだろう。ドラマと違ってリアルな警察官はこの手の輩が多すぎる。上司に叱責される先輩をかばうつもりはないようだ。

天神はぎゅっと拳を握りしめた。殴るなら名前も知らない、知ろうとも思えないこのくそったれな相棒にすればよかった。その方がずっと有意義だ。

「すんません」

とりあえず、頭をサッと一瞬だけ下げて謝っておく。

ポケットに手を突っ込んだまま、背筋なんて伸ばさない。口調も投げやり。ポイントは、あくまで反省しているふりだと相手に悟らせることだ。

「ふん、毎度のことながら、まったく反省してるようには見えんな」

班長の言い草に周囲から失笑が漏れた。

「あいにくこういうタチなんで」

ここでも減らず口をたたいておく。そんな自分の表情を確認したいところだが、目のつく範囲に鏡がない。

「ふざけんなよ、お前」

池田は詰め寄ると声を尖らせた。

「別にふざけてなんかないっすよ」

天神は鼻を鳴らした。

池田は警部補で六歳年上だが、とても刑事には見えない。華奢《きゃしゃ》で色白、きっちりと七三に分けた髪型。地方の信用金庫の職員がお似合いだ。こんなのが上司だなんて、仕事のモチベーションがだだ下がりもいいところである。

現場を這いずり回って靴の踵《かかと》をすり減らす刑事にとって、上司や同僚の見てくれだって重要な職場環境の一要素だ。刑事の上司は丹波哲郎とか石原裕次郎みたいな、風格と貫禄ある人間であるべきだ。

池田は彼らとはほど遠い。彼の吹く笛なんぞで踊る気になれない。

「いいか、天神。捜査ってのは、お前が大好きな昭和の刑事ドラマとは違うんだ」

周囲からどっと笑いが起きた。

な、なんだ、こいつら……。

池田は苛立《いらだ》たしげに頭を掻いて、髪の毛をボサボサにした。

「昭和ならともかく、このご時世に殴るとかあり得ないからな！」

彼は天神に人差し指を突きつけながら目を剝いた。

これをされるのは何回目だろう。勲章みたいなものだと思っている。

「ヤツの態度がなってなかったんで」

天神は任意同行でしょっ引いてきた男が横柄な態度で証言を拒んだので、その顔面に拳を叩きつけてやった。鼻の骨が折れるような鈍い感触とともに、男は血を吹き出しながら仰向けに倒れて気を失った。

「バカ野郎！　シロだったらどうすんだよ」

「あいつはやってますよ」

我ながら渋い声だ。声優でもやっていけるんじゃないかと思う。

「なぁにを根拠にそんなことが言えるんだ？」

池田は歯ぎしりしながらなじるように言った。

「目ぇ見れば分かりますよ」

これぞ刑事の真骨頂だ。この台詞を吐きたくて刑事になったと言っても過言ではない。

そしてこの台詞は……。

「それ、ボッキーだよな」

池田の言葉にまたも笑いが起きた。

名無しの相棒もたまらずといった様子で吹き出しているではないか。

あいつ、あとで絶対にぶん殴ってやる！

「な、なんすか、ボッキーって？」

「しらばくれるのもいいかげんにしろ。俺も観てたから知ってんだよ」

「マジすか……」

天神は思わず舌打ちをした。周囲にはまだ失笑が漂っている。

『炎の刑事ボッキー』は、天神が小学生のときに夢中になって観ていた昭和のテレビドラマだ。学校から帰ってきて、夕飯までの時間に放映されていた。両親は共働きで一人っ子だった天神は、彼らが帰宅するまで宿題をしながら番組を観ていた。

といってもボッキーは昭和五十年代のドラマなので、そのころ天神はまだ生まれていない。つまりテレビで放映されていたのは再放送というわけである。

主人公はボッキーこと堀木田《ぼつきだ》刑事。悪を駆逐するためなら自らの命を顧みない。頭脳明晰な彼は乏しい物証と証言から事件の首謀者を割り出す。

ストーリーの展開も実に鮮やかだ。もしその首謀者がマフィアのボスだと判明すれば、ボッキーは拳銃片手に単身、敵のアジトに乗り込んで行く。

犯人逮捕のためなら暴力はもちろん、銃撃も厭《いと》わない。いつだって満身創痍《そうい》で事件を解決する。そして傷だらけのまま、次の日には新たな事件に立ち向かって行くのだ。

そんなボッキーだから、上司とは毎回のように衝突する。悪態もつくし、減らず口もたたく。強面《こわもて》のいぶし銀の上司にどんなに怒鳴られても責められても信念を曲げることはない。

もちろん署内でも孤立している。同僚は冷ややかな視線を向けてくるが、ここの捜査員たちのように同調圧力に屈することはなく、孤高の一匹狼に徹している。

ボッキーのお決まりの台詞が「目ぇ見れば分かる」だ。彼は一目で犯人の悪意や殺意を相手の瞳から読み取ってしまう。そしてそれは決して外さない。

そんなヒーローに少年時代の天神は痺れた。

必然的にボッキーは人生の目標となった。小学校の卒業文集にも「ボッキーのような刑事になりたいです」と綴《つづ》ったし、七夕の短冊にもそう書いた記憶がある。

そして大学を卒業した天神は迷うことなく警察官の道を選んだ。刑事になりたいという情熱は勉学が苦手な天神を励ました。その甲斐あってなんとか警察官になることができた。

ボッキーの所属は警視庁捜査一課である。所轄署ではなく本部の刑事になるためには、有能でなければならない。

都内の派出所に配属された天神はがむしゃらになって職務に当たった。

ある日、気まぐれで職務質問をした男性がたまたま逃走中の犯人という僥倖に恵まれた。その功績が評価されたこともあり、先輩の刑事を通じて捜査一課に引き抜かれた。これでまた一歩、憧れ、そして目標に近づいた。

現在は殺人犯捜査第七係に所属している。ボッキーのような刑事になりたいという願望は、捜一に配属されてますます募るばかりだった。

ハードボイルド然とした彼のスタイル、そして美学。口調や台詞までボッキー色に染められていく。スーツとネクタイに到ってはオーダーメイドというこだわりだ。ボッキーのファッションが完璧に再現されている。これらを纏わないと登庁する気にもなれないほどだ。

明晰な頭脳、頑健な肉体、鋼の精神力。今はまだ本家には遠く及ばないが、それでも近づきつつあるという実感はある。

とはいえ今は昭和ではない。当時とは社会の性質がまるで違う。ありとあらゆる風潮が様変わりした。特にコンプライアンスやモラルにおいては神経質なほどに厳しい。昭和の刑事たちが普通にやっていたことが公然とはできなくなっている。

突然、池田が馴《な》れ馴れしく肩に腕を回してきた。その表情にはどこか諦観めいたゆるみが認められた。

「さすがに今回は俺もかばいきれん」

「別に……かばってもらう気なんて、さらさらないっすよ」

本音としては手厚くかばってほしいところだが、ボッキーならそうは答えないし、そもそも希望しない。

ついでに肩に回された池田の腕を振り払う。ここは強気でいく。

上司に媚《こ》びへつらわない。同僚たちとはつるまない。それがボッキー美学の真骨頂だ。

「そうか。だったら俺が出る幕じゃないな、ボッキー。簗田《ちくた》さんが呼んでる。行ってこい」

ボッキーと呼ばれて、気恥ずかしさと嬉しさがない交ぜになる。しかし池田のその口調からは、随分と嫌味と蔑《さげす》みが感じられた。ボッキーなら殴りつけるところだが、今は昭和ではないのでグッとこらえる。

なんにしても捜一から飛ばされたら本末転倒だ。捜一はボッキーにとってのアイデンティティである。

「一課長が、ですか」

簗田信照《のぶてる》。一課長は言うまでもなく捜査一課を束ねる天神たちのボスである。長年にわたって現場畑を歩んできた、貫禄がある、いかつい強面のオッサンという風情だ。来年あたり定年退職だと聞いた。

「今すぐだ」

池田は背後の雛壇に親指を向けた。

一課長は捜査一課を統率している立場のため、個々の捜査本部に顔を出すことはさほど多くない。今回のような世間的に大して注目されていない事件であればなおさらだ。

天神はため息をついた。あの一課長は苦手である。中学生のときの担任に似ているからだ。その担任にはさんざん怒鳴られて殴られた。天神が悪さをしたとはいえ、今でもトラウマになっているほどだ。

その一課長も成果が出せなければ、さすがに鉄拳制裁はないにしても高圧的に怒鳴り散らしてくる。それだけで過去のトラウマがよみがえってきそうだ。

しかしここで怯《ひる》まないのがボッキーイズムだ。天神は鼻で笑ってやる。

池田が少しだけ驚いたような表情を向けた。彼も一課長には畏怖の念を抱いている。いや、捜一の連中は皆そうだ。どいつもこいつも一課長の顔色を窺っている。

だけどボッキーは違う。天神は大きく深呼吸して表情を引き締めると、雛壇に向かった。

一課長は腕を組みながら、険しい顔で腰掛けている。

天神の気配に気づくと築田は睨みつけてきた。胃の辺りがズンと重くなった気がする。

「絶海の孤島の駐在所に左遷ですか」

努めてふてぶてしい口調で先制攻撃を仕掛ける。一課長のギョロ目がさらに険しくなった。

「お前のヒロイズムには随分と手を焼かされる」

彼は眼光の鋭さはそのままに、口元を歪めた。

「俺はヒーローになりたいわけじゃない。真っ当な刑事になりたいだけです」

これも『炎の刑事ボッキー』第十二話でボッキーが一課長にぶつける情熱的な台詞だ。あの胸熱なシチュエーションを再現できたことに高揚を覚えた。

「だったら真っ当な刑事にふさわしい部署があるぞ」

彼は指を組んでその上に顎を乗せた。口元に意地悪そうな笑みが浮かんだ。

「俺は捜一の人間です。捜一から出るつもりはありませんよ」

こちらは第七話のまさに名シーンといえる台詞である。ドラマでは一課長は意味深にニヤリとするのだが、築田はニコリともしなかった。なんともノリの悪いオッサンだ。

「安心しろ、お前はまだ捜一の人間だ」

天神は心の中でほっと息をつく。

おっと危ない。顔に出てしまうところだった。ボッキーはそんなことで安堵も動揺も見せない鋼の心の持ち主だ。

「それは何より。で、俺を呼んだのは？」

突然、築田が椅子から立ち上がった。

「天神弥太郎巡査。本日付で捜査一課特務係勤務を命ずる」

「トクムガカリ？」

捜一に配属されて数年になるが、そんな部署は聞いたことがない。

「知らないのも当然だろう。最近立ち上がったばかりだからな」

一課長は鼻から息を抜いた。

「なんなんですか」

「特殊任務だから特務だ。いきさつはよく知らんが、警察庁のお偉いさんの一声でできあがった部署だ。若干名ということで、七係からはお前に行ってもらうことに俺がついさっき決めた」

「一課長直々の推薦ですか。ありがたいことですが、俺は名前に特殊とか特別とかがつくものは信用しないようにしてるんです。ああいうのは大抵ろくなもんじゃない。ああ、もちろん特殊犯の連中は除きますよ」

天神はかぶりを振った。

一課長はギョロリと部下を睨《ね》め付《つ》ける。

天神の言う特殊犯とは特殊犯捜査係のことだ。誘拐や人質立てこもり、航空機強取事件など大がかりな案件を扱う捜査一課エリート中のエリートである。ボッキーも第十八話で一時的に配属されていた。

「少し特務で頭を冷やしてこいと言ってるんだ。容疑者でもない市民の鼻を折りやがってどういうつもりなんだ。本来なら懲戒もんだぞ。捜一に留まっていられるだけでもありがたいと思え」

築田は威厳たっぷりに言い放つ。

「そりゃあ、そうですけど」

天神は投げやりな仕草で頭を掻いた。一課長の眼光がさらに鋭くなる。

「言っておくがお前にはほかに選択肢はない。俺が行けと言っているんだから行くんだ。それともお望みどおり、絶海の孤島の駐在所にでも飛ばしてやるか。いいぞぉ、毎日魚釣り三昧だ」

築田は太い指を突きつけた。

「けっ！　権力には勝てねえな。勘弁してくださいよ」

天神はあからさまに言葉を吐き捨てた。

これは左遷に等しい、いや左遷そのものだ。

「以上だ」

一課長は悠然と立ち上がると会議室を出て行った。

同僚たちの忍び笑いが漏れてくる。

笑うなら笑え。ボッキーだってそうやって一匹狼を通してきたんだ。やがて俺の力が必要になる日がやって来るさ。悪を駆逐できるのは本物の刑事だけだ。

天神は一抹の淋しさを振り払って部屋を後にした。

4

天神は憤然たる面持ちで室町署を出ると、電車を乗り継いで警視庁に到着した。

捜査一課のある六階の細い廊下の突き当たりが目的地だった。天井の蛍光灯が不規則な点滅をくり返している。

デスクのある刑事部屋からは随分と離れていて、隣室は備品室となっていた。滅多に人が立ち寄らないせいか、床には埃《ほこり》がたまっている。

発注が間に合わなかったのか、開き戸には「捜査一課特務係」と油性ペンで手書きされたプラスティックのプレートが貼り付けられていた。小学生が書いたような拙《つたな》い字だ。

「まるで陸の孤島だな」

ため息をつきながらノブに手をかけて扉を開く。内部は薄暗く、簡素で殺風景な小部屋だった。

中には四人の男女がいて、足を踏み入れるなり一斉に天神の方を向いた。

「お、新入りさんだ」

小柄で小太りな年配の男性が相好を崩した。

「箕浦さんじゃないすか」

「君はここに来るんじゃないかって思ってたよ」

箕浦忠志は嬉しそうに拍手をしながら天神を迎え入れた。

箕浦は殺人犯捜査第八係の刑事で、他の先輩刑事を交えて何度か飲んだことがある。階級は警部補だったはずだ。

人の好さそうな面構えはとても刑事には見えない。刑事というよりむしろ殺人事件の被害者になりそうなタイプだ。もしミステリドラマだったら箕浦のような人物が真犯人だと意外性が高いかもしれない。

それだけに他人からは舐められやすく、容疑者への事情聴取には苦労していると聞いたことがある。どちらかと言えば「優秀とは言い難い刑事」という評価がもっぱらである。

天神に言わせれば、尊敬に値しない刑事だ。

「どうして俺がここに来ると？」

「だってここは捜一のお荷物が送られる部署だからね。君はアレだろ、取調室で容疑者でもない市民に鉄拳制裁を加えたそうじゃないか。怖いねえ」

箕浦は愉快そうに自分の鼻筋を指でなぞりながら、小太りな体を揺すった。

「もうそんなことまで知ってるんすか」

「まあまあ、しばらく頭を冷やせばまた現場に戻してくれるさ。ここはそういう部署なんだから、気楽にいけばいい」

箕浦は歌うように言う。

「箕浦さんだって飛ばされたんでしょ。なんでそんなに嬉しそうなんすか」

彼はいつだって目尻を下げているが、今はとくに顕著だ。

「いちおう係長に任命されたからね。こう見えて特務係のトップだよ。万年ヒラだと思っていたけど、真面目にやってるとこんなこともあるんだね」

「それって昇進と言えるんすか」

箕浦はすっとぼけた表情で肩をすぼめた。

消極的な昇進ということなのだろう。もっとも箕浦みたいな人材なら八係としてはいてもいなくてもどちらでもいいはずだ。人数集めのためにこちらに回された、そんなところだろう。

どちらにしても箕浦が直属の上司ということになる。こんな見てくれも態度もゆるい上司の下ではモチベーションを維持できそうにない。早くも古巣が恋しくなる。

「ああ、紹介しておくよ。こちらの三人は三係からだ。といっても超有名人だから紹介するまでもないか」

箕浦は他の男女三人に向き直った。

男性二人に女性一人。三係名物の三人組だ。

「マジかよ……」

黒髪の女性は、両腕を組みながら、凍えそうなほどに冷ややかな瞳を天神に向けている。

社会を震撼させたゾディアック事件で世間の注目を集めた女性刑事。警察庁次長・黒井篤郎の愛娘であり、数々の難事件を解決に導いたとされる。ゾディアック事件だって彼女の活躍があったからこそ解決できたと池田が言っていた。

それを聞いたとき、天神は悔しさを噛みしめていた。あのような難事件はボッキーみたいな刑事が解決すべきだ。つまり俺が手がけるべきだった。

黒井マヤ。

陶器を思わせる白い肌に漆黒の長髪。警視庁随一の美形、と男性陣はしばしば彼女に熱い視線を送っている。

しかし誰もマヤに近づこうとはしない。

理由は彼女の父親にある。わずかでも彼女の逆鱗に触れようものなら、父親の強権が容赦なく発動されるという。それこそ絶海の孤島の駐在所に飛ばされたなんて話を何度も聞いたことがある。

そんなわけで警視庁の幹部連中ですらマヤの扱いは丁重にしている。

あの築田一課長ですらそうなのだ。実に嘆かわしい限りである。

「へぇ、ジョニー・デップに似てなくもないわ」

「ジョニー・デップ？」

ハリウッドスターに似ていると言われたのは初めてだ。まあ、悪い気はしないが……。

彼女は冷たい瞳のままフワリと微笑んだ。近くで見るとたしかに稀に見るレベルの美しさだ。

思えばボッキーのドラマにも数多くの美形女優が登場していた。ボッキーとのロマンスも描かれたが、美貌だけなら彼女たちにまるで引けを取らない。あんなガマガエルを思わせる不細工な男の娘とはとても思えない。よほど母親が美形なのだろう。

「姫様、ああいうのがタイプなんですか」

彼女の隣に立つトレンチコート姿の男性が、つぶらな瞳を丸くしている。

身長は頭一つ分ほど、マヤよりも低い。

天使を思わせる巻き毛、童顔にもほどがある童顔で、ブカブカのトレンチコート姿はまるで子供が刑事ごっこに興じているようにしか見えない。名前はたしか……浜田とかいったか。

いつだってマヤにまとわりついている、この中学生みたいな男が東大卒のキャリアだというのだから恐れ入る。そして常に額に包帯を巻いている。その包帯も血が滲《にじ》んでいた。

それにしても「姫様」とは……。

その彼女の身長はざっと見たところ百七十センチほど。女性としては相当に高い方だろう。とはいえ百八十三センチの天神は彼女を見下ろす形となる。

「浜田さん、黒井さんはジョニー・デップのファンなんですよ」

彼女の近くの椅子に座って書類作業をしていた男性が立ち上がった。

こちらは天神と同じくらいの身長で、体型も似通っている。シャープな顔立ちは切れの良いイメージを与えている。

ボッキーの同僚にもこんな刑事がいた。もっとも第五話で殉職してしまったが。

こちらは代官山巡査だ。静岡県警からの出向だと聞いたことがある。

さらには黒井マヤのフィアンセだという噂も耳にした。それを聞いたのはしばらく前のことだが、その後結婚したという話は聞かない。二人はいったいどういう関係なのか。

「姫様、あんなのがいいんですか」

浜田はピョンピョンと跳びはねながら、何度も天神を指さした。

なんなんだ、こいつ。妙に可愛らしいところが気に食わない。いつもだったらぶん殴ってやるところだが、童顔すぎて手が出せない。

言うまでもないことだが、女子供には手を上げないのがボッキーのポリシーだ。

「似てなくもないと言っただけで、似てるわけではないわ。ジョニーとは似て非なる存在、ジョニーもどきね」

マヤは顎先で天神を指しながら、吐き捨てるように言った。

「なにぃ？」

「代官山脩介です」

天神が気色ばんだのを察したのか、代官山が敬礼をしてきた。

「ああ……天神弥太郎です」

思わず敬礼を返してしまう。警察官としての条件反射だ。

「たしか七係でしたよね」

彼らとは仕事はもちろん、会話もしたことがない。同じ捜一のメンバーということで、互いに面識がある程度だ。

もっとも彼らはゾディアック事件で世間の注目を集めた有名人なので、警視庁の人間なら知らない者はいないだろう。

「あんたらは三係だったな。ゾディアック事件を解決に導いたスターがどうしてこんなところにいるんだ」

口調に嫌味を込めてやる。

「いやぁ……それは」

代官山が困り顔で後頭部を掻いた。

「左遷よ、左遷。天神様と同じよ」

答えたのはマヤだ。

「天神……様？」

「彼だけ様呼びなんて不公平でしょ」

マヤは頭を掻いている代官山を顎で指した。

「はぁ？」

彼女の言わんとしていることが分からない。

「様付けで呼ばれて、間の抜けた顔する人なんて初めて見たわ」

マヤが鼻から息を抜いた。

天神は慌てて表情を引き締めた。ボッキーは他人に間抜け面を見せない。筋金入りのハードボイルドなのだ。

「なんだ、この女……」

マヤに詰め寄ろうとしたとき、代官山が慌てた様子で間に割って入った。

「まあまあ。俺が代官様って呼ばれてるから、天神さんも天神様……ってことで」

「なんだそりゃ」

浜田も横でニヤニヤしながらうなずいている。このトリオにしか分からないやり取りがあるらしい。こういう内輪ノリも気に入らない。

「天神様ですか。いいじゃないか」

箕浦も同調するように天神の肩に手を置いた。

天神はその手を振り払った。この上司は代官山や浜田のように警察庁次長の娘に忖度しているに違いない。

なにが天神様だ！

「捜一のリストラ部署、特務係にようこそ。同僚なんだし、仲良くやりましょ」

マヤが馴れ馴れしく手を差し出してくる。

「俺はあんたらとつるむつもりはないね」

天神は握手を返さない。

ボッキーが握手する相手は、彼が心から認めた人間だけだ。

こんな父親の強権に守られた小生意気な小娘に向ける敬意など持ち合わせていない。

「あなたは巡査、私は巡査部長。私はあなたの上司なんだけど。て・ん・じ・ん・さ・ま」

「階級なんてクソ食らえだ。正義に上も下もあるかよ」

「あら、かっこいい」

マヤの口調は棒読みだった。

な、なんだ、こいつ……相手にしているとどうにもテンポを狂わされる。

「リストラ部署に左遷って全部、黒井さんのせいですからね！」

代官山が顔中に不満を満たしている。

「そうなの？」

「もぉ、分かってるくせに。こうなったのも黒井さんが現場から持ち出したのがバレちゃったからでしょ！」

「だからぁ、あれは返すのを忘れちゃったんだってば」

マヤは悪びれる様子もなく肩をすぼめた。

「血のついた包丁をバッグに入れて持ち帰るとかあり得ないですよ！　さすがに今回ばかりはお父さんもかばいきれなかったんでしょ」

「ガイシャに敬意を払ってエルメスのバッグに入れたの。それもクロコのやつ」

「そういう問題じゃない！」

凶器を持ち帰る？　それも血痕つきの包丁をエルメスのバッグに？　返すのを忘れた？

そういえばマヤに関する黒い噂を聞いたことがある。彼女が殺人現場のアイテムを密かにコレクションしていると。

凶器などの遺留品、殺人者や被害者が身につけていたアクセサリー。さらには爪や切り取られた指や耳といった身体の一部までも……。それら殺人現場のアイテムはその手のマニアたちの間でブラックマーケットにおいて高値で取引されているという。

まさか噂は本当だったというのか。こんなことが世間に知れたら警視庁史上に残る大スキャンダルになるだろう。

それなのにマヤは涼しい顔をしている。

「まあ、あれはたしかにしくじったわね。まさか目撃されていたなんて。でも安心して、監察にチクったアマノくんは、パパがちゃんと処理してくれたから」

監察（係）とは警視庁の人事一課、通称ヒトイチに所属する警察官の不祥事を摘発する部署だ。なるほど、正義感あふれるアマノくんがマヤのおぞましい蛮行を監察に告発したおかげで、三人が特務係に飛ばされてきたというわけか。

取り調べで相手を殴るより、ずっとずっと悪質だと思う。

「いやいやいや、アマノくんは全然悪くないでしょ！　また彼をとんでもないところに飛ばしちゃったんですか！」

代官山はマヤに詰め寄ると目を剝いた。

「まだ若いんだし、彼にとってもいい経験になると思うわ。十数年後に帰ってきたときはきっと立派な警察官になっているわよ」

どうやらアマノくんは絶海の孤島の駐在所に飛ばされたようだ。これで彼の出世の道は閉ざされた。自分のキャリアと引き換えに巨悪に一矢報いたというわけだ。そんなアマノくんには心からの賛辞を贈りたい。

ともかくマヤの黒い噂は本当だったらしい。

「いいわきゃないでしょ！　そもそもなんで俺までこんなところに飛ばされなきゃならないんですか⁉」

代官山がなおも唾を飛ばしてマヤを呵責《かしやく》する。

「こんなところで悪かったな」

係長の箕浦が顔をムッとさせる。代官山はあたふたとした様子で「すいません」と手短に謝った。

シャープで端整な顔立ちをしているくせに、ところどころヘタレを覗かせる。刑事ドラマに必ず一人はいる、いじられキャラだろう。

そしてこういうキャラクターが主人公を引き立てるのだ。天神はわずかながら代官山に好感を抱いた。

「きっとパパの粋な計らいね」

マヤがしれっとした様子で答えた。やはりこの人事には警察庁次長の力が働いているということらしい。

「ああ！　もぉっ！」

代官山は頭をクシャクシャと掻きむしると、投げやりに両手を虚空に広げた。警察庁次長であるマヤの父親にはさすがに逆らえないようだ。ボッキーだったら最後まで楯突くところだが。

「まあまあ、代官山さんも落ち着いて」

そんな代官山を、子供のような浜田がよしよしと背中をさすりながら宥《なだ》めている。

ここもドラマなら笑うところだろう。いや、むしろ漫画やアニメのシーンだ。

「落ち着いてなんていられませんよ。この部署だってお父上の鶴の一声で新設されたって話ですよ。今回の一件のほとぼりが冷めるまで、黒井さんの居場所を作るための部署に決まってますよ、絶対」

代官山はキッとマヤを睨んだ。

「代官様までつき合わせちゃって悪いわね。大丈夫よ、そんなに長い期間にならないみたいだから。最近いろいろと大変だったから、骨休めだと思えばいいじゃない」

彼女は髪の毛先をいじりながら言った。黒々とした艶やかな髪は、ヘアサロンでトリートメントを受けてきたばかりのようである。乳白色の肌に映える長い黒髪は彼女のトレードマークにもなっている。

ゾディアック事件で注目されたマヤに女性誌が注目していると、女性職員から聞いたことがある。たしかに女性であれば女性誌の表紙を飾ってもよさそうなマヤの美貌に関心を向けるだろう。彼女の存在によってこんな辛気くさい小部屋もそれなりに華やかに見えてくる。

「なんで浜田さんまで飛ばされちゃうんですか。キャリアの経歴に傷がついちゃったじゃないですか」

代官山は恨めしそうに言った。

「飛ばされたんじゃなくて、自ら希望したんですよ」

「はあ？」

首を伸ばした代官山は、丸くした目で浜田を見下ろした。

「僕は姫様にどこまでもついていきます！」

彼はマヤに向き直るとキリッとした表情で敬礼をした。

「あら、浜田くん。嬉しいこと言ってくれるじゃないの」

マヤはすかさず浜田に近づくと、包帯の巻かれた額を指で弾いた。

「うぎゃあああああっ！」

突然、浜田は額を押さえてうずくまった。

「浜田さん！」

代官山が浜田に駆け寄った。額の包帯の隙間から吸収しきれなかった血液があふれ出している。

代官山は慌ててティッシュペーパーを箱からむしり取って塊にすると、浜田の額に押し当てた。

なんなんだ、今のは？　マヤは指先にカミソリでも仕込んでいるのか……。

「大丈夫かい？」

箕浦が心配そうに浜田に近づいた。

「今回は傷が浅いみたいだから大丈夫っぽいです。縫合糸が切れちゃったみたいです」

押し当てたティッシュペーパーの塊を一瞬だけ離して、患部を確認した代官山が答えた。

当のマヤは彼らには目もくれず爪を整えている。

「黒井さん、本当にいいかげんにしてくださいよ！」

「ちょっとスキンシップしただけよ」

マヤは心外だと言わんばかりだ。

「なにがスキンシップですか。イジメを超えて虐待も超えて、もはや傷害ですよ、犯罪ですからね！」

彼らのやり取りから、これまでもさんざんマヤに振り回されてきたことが窺える。

それにしても三人の一連の掛け合いはコントを見せられているようだ。内容は茶番劇そのものだが、台本が用意されているのではないかと思えるほどにテンポもいいし、三人の息もぴったりである。にわか仕込みではこうはいかない。

それから間もなく、浜田は代官山によって医務室に運ばれた。

その代官山が戻ってきたのでそれぞれがデスクに着いた。

代官山とマヤの席は隣り合っていて、そのマヤと天神は向かい合っている。隣は浜田だがもちろん不在である。箕浦のデスクは少し離れた位置に、部下の方を向いた状態で置かれていた。

「というわけで君たちの顔合わせはもう充分だよな。今日付けで新設された特務係、係長の箕浦忠志です」

箕浦は咳払いをすると。自己紹介という名の自分語りを始めた。

詳細なわりに内容があまりに凡庸すぎる。人生のハイライトは大学のマドンナである女性にプロポーズするというどうでもいいエピソードだ。

ちなみにその女性が今の奥さんである――というわけでもなく、単純にフラれたというしょうもないオチがつく。

それ以外には武勇伝らしい武勇伝も出てこない。公私を通してつまらない人生を送ってきたようだ。

それにしても無駄に長すぎる。

天神は欠伸を嚙み殺した。それでもまだ続いている。

話が終わりそうなころに治療を終えた浜田が戻ってきた。額の包帯が新しいものに取り替えられているようだが、うっすらと血が滲んでいた。それにしても常に額に包帯を巻いているところからして、日常的にマヤのデコピンを食らっているのだろうか。

なのに本人は妙に嬉しそうである。

「傷は大丈夫なの？」

マヤが浜田に声をかける。

「全然、平気のへっちゃらです！」

彼は満面の笑みで小さな胸を叩いた。心の底から嬉しそうだ。

「そう、安心したわ」

お前がやったんだろうがっ！

代官山もつっこもうとしないところをみると、こういったシュールなやり取りはもはや彼らの間では日常なのだろう。

ガイシャの血が付着した凶器を持ち帰るとか、父親のこととか、殺人的なデコピンとか、この女には不可解な点が多すぎる。本当にこんな小娘が数々の難事件を解決に導いてきたのか。にわかには信じられない。

「あの、係長」

内容の薄い、毒にも薬にもならない、聞いても誰も得しない無駄に長い自分語りを続ける箕浦を、代官山が挙手で遮った。

「なんだい、代官様くん」

「様」に「くん」と敬称を重ねる呼び名に大いに違和感を覚えたが、当の本人は眉をひそめることもしない。その呼び名はすっかり定着しているのだろう。

ここは今まで身を置いていた部署とはまるで別世界だ。漫画やアニメの世界に迷い込んだような気分になる。

というより三係がそうだったのか。どちらにしても『炎の刑事ボッキー』の世界観にまるでそぐわないではないか。

こんなところ、俺の居場所では断じてない！

「俺も今日になって急に異動を命じられたのでまったく把握できていないんですが、そもそも特務係ってなにをする部署なのですか」

代官山が問いかけると、箕浦は少しだけ表情を曇らせた。

「だから何度も言っているでしょ。やらかした人間が頭を冷やすところなのよ」

退屈そうに髪の毛先をいじっているマヤが答えた。

「やらかしたのは黒井さんでしょうが！　俺は今までにも現場から遺留品を持ち出すのはダメだって何度も注意しましたよね」

「代官様の異動を決めたのはパパだから。文句があるならパパにおっしゃいなさいよ」

代官山が「ぐぬぬ」と感情をこらえるうなり声を上げている。

「俺も今日いきなり命じられたから職務を把握してないんすよ。こんな辛気くさい部屋でポンコツな連中となにをやれっていうんですか」

代官山が黙ってしまったので、代わりに天神が挑発を込めて質問してやった。

代官山が「どうせポンコツですよ」と拗ねた顔をする。なにかと報われない刑事人生を送っているようだ。少しだけ気の毒になる。

マヤは相変わらず涼しい顔をしているし、浜田に到っては今も嬉しそうだ。彼は肉体的にも精神的にも虐《しいた》げられて喜ぶ体質なのかもしれない。

今風にいえばドＭ刑事だ。ますます漫画やアニメの世界である。

「実は私も今朝辞令が出たばかりなんだ。なんでも過去に起きた歴史的事件を再検証する部署だと聞いている」

箕浦も釈然としない様子で応答する。

「歴史の再検証？　なんだよ、そりゃ。俺たちは刑事で、学者じゃないですよ」

そもそもその業務のどこが「特務」なのか。

「過去に起きた迷宮入りや冤罪がどうして起きたのか捜査員目線で検証して、再発防止を促すことが目的らしい」

「もう完全に追い出し部屋ですね。これは体のいい嫌がらせでありイジメですよ」

ボッキーも何度か捜査から外されて、厄介者扱いされたことがある。しかしさすがに事務職同然の部署に回されたことはない。

「とはいっても我々は警察官だよ。上からの命令は絶対だ。刑事を続けたいのなら従うしかないんじゃない」

箕浦も半ば諦め口調で天神を諭した。

「そうですよ、天神さん。今回は姫様のために警察庁次長が設置した部署ですから、ある程度ほとぼりが冷めたらすぐに復帰させてくれますって」

浜田が励ますように言う。

「俺たちは黒井さんに振り回されっぱなしだ」

斜め前の席の代官山が嘆いている。

「浜田くんの言うとおりよ。ここで大きな結果を出せば現場に復帰させてくれるわ。公務員ってそういうものでしょ」

「あんたにとっては腰掛け部署らしいけどな」

「まあまあ、天神様くん……」

宥めようとする箕浦を思わず睨みつける。その呼び名はまるで幼児向けアニメキャラみたいで気に食わない。

「とりあえず我々は何をすればいいんですか」

気を取り直したのか、代官山が話を軌道に戻した。

「デスクの上の資料を見てくれ」

天神たちのデスクの上には簡易製本された冊子の山が置かれていた。先ほどから気になってはいたが、表紙には「袴田事件」「足利事件」「二俣事件」「松川事件」「布川事件」「貝塚ビニールハウス殺人事件」「東電ＯＬ殺人事件」「山下事件」「和歌山毒物カレー事件」などさまざまな事件名がタイトルとして記されていた。

「なんですか、これは」

「君たちも刑事ならいくつかは知ってるだろ。過去に起きた冤罪事件や冤罪の疑いがある事件、未解決事件のファイルだよ」

「警察の汚点の歴史というわけね」

マヤがクスリと笑う。内容に目を通している彼女の瞳が妙にキラキラと輝いている。

それぞれが冊子を手にしてパラパラとめくった。事件の詳細が克明に記録されていた。画像や図表も印刷されている。

中にはガイシャの遺体が転がる殺人現場の写真もある。とても表に出せない凄惨な現場写真も多数見受けられた。

戦後間もない事件から比較的最近のものまである。刑事たちの無念や絶望が染み渡った、敗北の記録だった。

「これらを再検証して、捜査方法の改善点などをレポートにまとめるのが我々の職務というわけだ」

「やってらんねえ」

天神は冊子をデスクの上に放り投げた。

「天神様くん、ここできちんと結果を出しておかないと現場には戻れないよ」

箕浦が眉毛を八の字にして諭した。

「分かってますよ。やりゃあいいんでしょ、やりゃあ」

天神も投げやりに応じる。

「とりあえず全員で一つの事件に取りかかってくれ。まずはチームワークを整えよう」

箕浦の提案に他の連中は異論がないようでうなずいている。

「で、我らが警視庁のお姫さん。どの事件から始めるんだ」

天神はマヤに嫌味を向けた。

「そうねぇ……これはどうかしら」

彼女は冊子の一つを取り上げた。

そこには「名張毒ぶどう酒事件」と記されている。

毒ぶどう酒？

寡聞にして知らない、タイトルからして物騒な事件だ。

「浜田さん、ご存じですか」

代官山も知らないようで、浜田に振っている。

「一九六一年三月二十八日の夜に、三重県名張市にある葛尾地区の公民館で起きた毒物大量殺人事件です。人口百人ほどの集落の懇親会で振る舞われたワインに混入された毒物で、女性十七人が中毒症状になって、そのうち五人が死亡しました」

浜田がスラスラと淀みなく答える。

事件の発生日や地名や被害者の人数まで正確に覚えていることに天神も心の中で驚嘆した。なにかとツッコミどころ満載な人物だが知識量は豊富らしい。

「ほぉ、さすがは東大卒のキャリアだ。すごいね」

箕浦も感心した様子で唇をすぼめた。

「いやあ、それほどでも」

浜田はまんざらでもなさそうに頭を掻いている。

「ワインに混入された毒物ってなんだったんですか」

代官山が興味深そうに身を乗り出した。

「ニッカリンTという農薬です。正確にはピロリン酸テトラエチルという有機リン酸化合物なんですけどね。今はその強すぎる毒性によって農薬の指定からは外されて、毒物及び劇物取締法によって毒物に指定されてます」

浜田はさらなる蘊蓄を傾けた。まさに彼は歩くウィキペディアだ。

なるほどこれが東大出身者の能力か。その経歴も伊達ではなさそうだ。

「そういえば浜松で勤務していたころ、農薬による死亡事件を担当しましたよ。結局、自殺だったんですけど」

代官山が当時に思いを馳せるように目を細めた。浜松を懐かしんでいるようにも思える。東京で生まれ育った天神には、故郷という感覚が今ひとつ分からない。

「相当に苦しんで死ぬらしいな」

農薬の毒性については捜一に身を置いている天神もそれなりに理解している。

しかし口に含めばかなりの刺激を感じたはずだ。ワインの渋い風味がそれを薄めてしまったのだろうか。

もしかしたら口にした女性たちも酩酊気味で異変をやり過ごしてしまったのかもしれない。犯人がそれを狙っていたとするのなら悪質極まりない。

それにしても中毒者十七人のうち五人が死亡とは重大事件である。

冊子をめくると当時の凄惨な現場写真が掲載されている。座敷部屋で集落の住人と思われる女性が複数倒れており、服毒を免れた者たちの混乱ぶりが窺える。写真から吐瀉物《としゃぶつ》の臭いが漂ってきそうなほどに生々しい。

「同じ昭和の毒殺事件といえば、帝銀事件が有名だね」

箕浦が口を挟んだ。

帝銀事件については捜査員研修でドキュメンタリー映画を観たので大まかには把握している。厚生省技官だと名乗る男が銀行職員たちに赤痢が発生したと告げ、予防薬と偽り毒物を飲ませた、こちらも毒物殺戮事件である。十二人もの職員が犠牲になったというのだから世間が震撼するのも必然だ。その帝銀事件には及ばないものの、毒ぶどう酒事件は死亡者を五人も出している。

　天神も大いに関心を惹かれた。

「で、犯人は捕まったのか」

「はい、当時三十五歳の集落の住人が逮捕、起訴されました。驚くべきは第一審で無罪判決が出たのに、第二審で逆転死刑判決が出されたことです。最終的には最高裁が被告の上告を棄却して死刑が確定判決となりました」

「一審で無罪判決なのに二審で死刑だと？」

　思わず聞き返す。

「こんな極端な逆転判決は、あとにも先にもこの一件だけです」

「被告人にとってはたまったもんじゃないね」

　箕浦の瞳には同情するような色が浮かんでいる。

　それはそうだろう。無罪から一気に死刑である。天国から地獄のどん底に突き落とされる以上の落差である。

　自分がそうなったらなにかの冗談だと思うだろう。

「で、死刑は執行されたんですか」

　再び、代官山が問う。

「複数回にわたる再審請求はすべて棄却されたんですよね。最終的には二〇一五年十月四日、肺炎のために八王子医療刑務所で死亡しました」

「獄中死ですかぁ。もし冤罪ならやり切れないですね」

代官山がため息をつく。

「本当に悲惨なのは被告人の家族の方ね」

マヤの口調はいたましげとはほど遠い。

「そうなんですよ。相当に苛烈な迫害があったそうです。いわゆる村八分ですね。それで家族の方たちは集落を出て行くことになるんだけど、共同墓地にあった家族の墓も敷地外に追い出されたそうです」

「無理もないだろうな。村の人は家族を殺されたんだから」

箕浦はかぶりを振りながら言った。

「もし被告人が犯人だったとして、動機はなんだったんですか」

さらに代官山が尋ねる。

それらについては冊子に書かれていると思うが、浜田に聞いた方が手っ取り早そうだ。

「なんでも被告人が同じ集落の女性と不倫をしていて、奥さんと愛人の三角関係を解消するために犯行に及んだそうです」

「なんだ、そりゃ。メチャクチャじゃねえか」

思わず天神も毒づいてしまう。そんな悪党はボッキーだったら絶対に許さない。もちろん天神も、だ。

逆に言えばそんなことでここまでのことをするだろうかという疑問もある。容疑者はなかなかに端整な顔立ちをしている。愛人の存在も納得できる。

「本人がそう自白しているんですよ」

浜田は両肩をすくめた。

「当時の裁判は今と違って自白が重要視されていた。尋問でも被告に対していきすぎた圧迫があったようだ」

箕浦が言うまでもなく、想像がつく。自白偏重であれば、捜査員はなんとしてでも容疑者から自白を引き出そうとする。そのためには多少、人道を踏み外すこともあるだろう。

……ボッキーや自分がしていることと大差ないことに天神は気づいた。とはいえそれも正義のためなのだ。

「容疑者に手ぬるい対応をしていては舐められる。多少の手荒さは必要でしょう」

とりあえずボッキーと自己の正当性を主張しておく。

「それで冤罪だったら本人やその家族の人生を完全につぶすことになるわね」

マヤが愉快そうに言った。

冤罪被害者に同情しているようにも、天神を責めているようにも見えない。むしろ、茶化しているような気がする。

「こんな昔の事件を検証してなんになるんすか」

「おそらく上層部も冤罪の可能性があると考えているんだろう。長期にわたって死刑が執行されなかったのも、そういうことかもしれない」

箕浦も、今朝辞令が出たばかりで把握しきれていない様子だ。

「天神さんは、ワインはお好きですか」

突然、浜田が尋ねてきた。

「俺は……酒は、やらない」

この質問への回答には、いつだって胸にチクリとした痛みが伴う。

「へえ、好きそうなのに」

箕浦が意外そうな反応をした。

アルコール類は受けつけない体質で、口にすると全身に蕁麻《じんま》疹《しん》が出てしまう。そんなわけで医師からは飲酒を控えるように言われている。

もっとも酒が好きというわけでもない。この点がボッキーと違うところだ。ハードボイルドのボッキーはタバコも酒もヘビーである。

しかし天神の体質はそれらを受けつけない。ボッキーに近づきたくて何度も挑戦を試みたが、どうにもならずに諦めることとなった。なんとも口惜しい。

「そんなことより、お姫さん。なんでこんな事件を選んだんだ」

話題を変えたくてマヤに質問を振った。

「私、ワインが大好きなの。それに毒入りのワインなんてロマンがあるじゃない」

「言ってる意味が分かんねえ……」

マヤとのやり取りに、代官山がプッと吹き出した。

マヤの発言に対する天神の反応が愉快らしい。なんだか彼らのコントに取り込まれているようでいい気がしない。

「よし！　それでは我々の初仕事は毒ぶどう酒事件といこうじゃないか」

箕浦が手をパンとはたいた。

ボッキーに憧れて刑事になったのに、そんな昭和の風化したような事件の検証だなんて。一秒でも早く現場に戻りたい。

「だったらまずは実地研修が必要ね」

「実地研修？」

マヤの提案に箕浦が小首を傾げた。

「ぶどう酒を扱った毒殺事件ですもの。我々はワインのことをよく知るべきよ」

「どうやってワインのことを知るんですか？」

今度は代官山が問いかけた。

「実は明後日の土曜日、あるところでワインのイベントがあるのよ」

マヤはスマホを取り出すと、なにやらしばらく操作をして画面を向けた。天神たちは顔を近づける。

〈カトリック久慈見教会ぶどう酒祭り〉というタイトルのサイトが表示されている。

「久慈見町と言えばぶどうで有名ですよね」

浜田の言うとおり、久慈見町は東京都ではあるが、山梨県との県境に位置する小さな町でぶどうの産地として知られている。

天神も学生のころ、当時つき合っていた恋人とレンタカーを走らせてぶどう狩りに行ったことがある。

その元カノも大のワイン好きだった。結局、天神が下戸であることが原因で別れることとなったが。

「ハードボイルド気取ってるくせに、幻滅したわ」

彼女の捨て台詞だ。あのときショックのあまり一週間ほど寝込んだのはここだけの話である。

「なんたって赤ワイン『クジミ』は唯一無二のブランドよ。久慈見ワイナリーが独特の製法で醸造していて希少性が高い。あのワインは久慈見にある秘伝の栽培をしている農園の、その中でも厳選されたぶどうじゃないと醸造できないらしいの。その基準を満たすぶどうも毎年収穫できるわけじゃなくて、十年に一度と言われてる。収穫自体がミラクルみたいなものだから、その量も極端に少ない。もちろん扱っているのは久慈見ワイナリーなんだけど、よほどの伝手がないと入手できないのよ」

「黒井さんのお父上ならできるんじゃないですか」

代官山がどこか皮肉のこもった口調を向けた。

「ワイン好きのパパもさんざんコネを使って交渉しているけどいまだに手に入らない。なんでも古くからの地元の住人とワイナリー関係者の間でしかやり取りされていないらしいわ。彼らもクジミの希少性を守るために絶対に外には流さないという鉄の掟を遵守している。ワインを守る秘密結社みたいなものよ。クジミを入手するのは総理大臣でも無理だと言われてる。だからどんなに大金をはたいても入手できないの。世界的に有名な某IT企業のCEOすらも断られたというし。もっとも売ることになったとしても、とんでもない値が付くことになるでしょうね」

「へぇ、久慈見町のワインがそんなにすごいとは知らなかったな。そんなんだったら一生に一度くらいは味わってみたいものだね」

箕浦がチロリと唇を舐めた。どうやら彼もワインが好きらしい。

アルコール類に興味がない天神としては、単なる飲み物に過ぎない液体に超高額の値が付くことが信じられない。

「俺もクジミなんて初めて知りました。そこまでレアなら俺たち庶民は口にするどころか、目にすることもできないんじゃないですか」

代官山は諦め口調だ。

「ところが大チャンスが到来したわけよ」

マヤは再びぶどう酒祭りのサイトの画面を向けた。

「まさか、このイベントでクジミが？」

代官山がマヤに向き直った。

「そうなのよ」

「でもそんなことどこにも書いてないですよ」

たしかにワイン試飲会開催とは書いてあるが、クジミの名前は記載されていない。

「そんなこと謳《うた》ったら世界中のワインマニアたちがこの教会に押し寄せてくる。とんでもないパニックになっちゃうでしょ」

「たしかにそうですけど……なんで黒井さんが知ってるんですか」

「あなたたちド底辺の下級国民が絶対に窺い知ることのできない極秘情報よ」

「うわぁ、ずるいなあ」

代官山が失笑しながらも目を輝かせている。どうやら彼もワイン好きらしい。

「というわけで係長。久慈見町に行きたいんですけど」

マヤが箕浦に願い出た。

「いやいやいや、さすがにそんなことに経費は出せないよ」

彼は胸の前で両手をワイパーのように振った。

「毒ぶどう酒事件を検証するためですよ」

「名張じゃないし、そもそも毒も関係ないし。どう考えても遊興としか判断されないよ。無理、無理」

箕浦はけんもほろろに突っぱねる。天神もさすがに許可が下りないと思う。

「頼りにならない上司ね。そんなんだからこんなクズみたいな部署に送り込まれるのよ。いいわ、私から聞いてみるから」

マヤはスマホの画面をタップするとスピーカー部分を耳に当てた。

「ああ、パパ？　実はね……」

通話相手は父親の黒井篤郎らしい。彼女は一分ほどのやり取りのあと通話を切った。

「経費出るって」

「マジで？」

箕浦が目を見開いた。

「条件として係長も同行することって言ってたわ」

「私も？」

箕浦が自身を指した。

「遊興目的じゃないと証明する立場の人が必要だから」

「まあ、警察庁次長がそう言うんだったら」

箕浦は頭を掻きながら了承した。

これが噂の黒井マヤか。

父親の強権を惜しみなく発動させて、思い通りに組織を動かす。

この部署だって彼女の一時的な居場所を確保するために創設されたらしい。つまり自分はその駒に過ぎないのだ。

黒井父娘は警察組織を蝕《むしば》む悪の権化だ。そんな人間の汚れきった手に日本の治安を委ねるわけにはいかない。

くそ、いつかあの女のしっぽを摑んで父親もろとも失脚させてやる！

敵は警察内部にいる！

ボッキー第二十八話だ。ドラマでは刑事部部長が真犯人だった。部長に手錠を掛けたのもボッキーだ。彼は相手がどんな権力者であっても決して忖度しない。

そして俺のラスボスは警察庁次長だ。相手に不足はない。

天神は胸の中で正義の炎がメラメラと揺れるのを感じた。

「もう明後日じゃないですか。楽しみだなあ」

浜田が遠足を待ちわびる小学生のようにつぶらな瞳をキラキラとさせている。

「クジミを口にできるなんて夢みたいですね」

代官山も嬉しそうだ。こいつら仕事をなんだと思っているのだ。

「うふふ、毒入りかもしれないわよ」

「いやあ、そんなにすごいワインで死ねるなら本望ですよ」

代官山は本当にワイン好きらしい。

まさか二人の冗談が現実のものになるとは思わなかった。

5

久慈見教会の庭園はまさに地獄絵図の様相を呈している。

「救急車だ！　救急車を呼んでくれ！」

「お医者さんはいませんか！」

「いったいなにがどうなっているんだ！」

あちらこちらで参加者たちが倒れていて怒号が飛び交っている。会場は半ばパニック状態に陥っていた。

天神は地面に横たわっている桜色のジャケット姿に駆け寄った。

「代官山さん！」

代官山は完全に気を失った状態だ。口元は吐瀉物で汚れている。

地面の芝生に片膝をつけたマヤが、彼の手首に指を当てていた。その視線は代官山の顔に向けられている。だが表情は、植物かなにかを観察しているようだった。

――なんなんだ、この女。

「どうだ？」

とりあえず様子を尋ねてみる。彼女は少しだけ考え込むように首を捻《ひね》ると、

「五十五点がいいところね」

と答えた。

「五十五点？」

「こちらの話よ」

動揺したりショックを受けたりしている様子はまったく見受けられない。まるで他人事だ。

そもそも五十五点の意味が分からない。

「どけ！」

痺れを切らした天神は、マヤから代官山の腕を奪い取った。

指で脈に触れてみる。かなり弱まっているが、胸部と腹部は規則正しく上下に動いている。つまり呼吸は認められる。

「救急車は？」

「すぐに駆けつけてくれる」

スマホを手にした箕浦が答えた。すでに連絡済みらしい。久慈見町には総合病院が一つしかないという。あとは開業医だ。

周囲を見渡す。倒れている者の中に見知った顔があった。

「箕浦さん、ちょっとここを頼んだ」

天神は見知った男性のもとに駆けつける。

「高林！」

男性は元相棒の高林だった。

先に桜色のジャケットを着た男性がしゃがみこんで高林の胸に耳を当てている。

似たような服装だし、髪型や体型が似ていることもあって一瞬代官山かと思ったが、そんなはずもない。

地面には男性の持ち物と思われる雑誌が置かれている。タイトルは『月刊ワイン通』とあった。この男性もタイトル通りのワイン通なのだろう。

「苦しんでいると思ったら急に意識を失ったんです。いったいどうなってるんですか！」

男性はうろたえた様子で天神を見上げた。顔は血の気を失っている。

「こいつはあんたの知り合いなのか？」

「いいえ、僕はただの通りすがりです」

「とにかく替わってくれ」

天神は男性と入れ替わって高林に声をかけた。しかし反応がない。代官山と同じように口元が吐瀉物で汚れている。

「あんた、名前は？」

「い、犬塚《いぬづか》と申します」

男性は声を震わせながら答えた。息づかいも荒くなっている。

「犬塚さん、今すぐAEDを持ってきてくれ」

犬塚は真っ白な顔のままうなずき、小走りでその場を離れた。

「死ぬんじゃねえぞ」

天神はジャケットを脱いでネクタイを緩めると、救急蘇生法を始めた。

やり方は警視庁の合同研修を受けたばかりなので頭の中に入っている。しかし実際に施すのは初めてだ。

胸骨圧迫と人工呼吸を交互に行う。しかし反応がない。胸に耳を当てる。完全に心肺停止状態だ。

「戻ってこい！」

天神は胸部を押し込む手に力を込めた。だが高林の顔はその振動によって揺れるばかりで、目を開かない。

思った以上の重労働だ。早くも額から汗がこぼれ落ちてきた。

「ちょ、ちょっといいですか」

声がしたので顔を上げると、桜色のジャケットが目に入る。

犬塚が立っていた。手には雑誌が握られているだけだ。

「ＡＥＤはどうしたっ！」

思わず声を荒らげる。犬塚は「ひゃっ」と声を上げながら跳ねるように後ずさった。

「他の人に使われているみたいです」

「他にないのか！」

「あんなものが何台も置いてあるわけないでしょう！」

犬塚は泣きそうな声で叫ぶ。

――くそ！

「もういい！」

天神は立ち上がると犬塚を突き飛ばした。彼は逃げるようにして天神から離れていった。

「大島先生！　大島先生はいないか！」

天神は大島の名前を呼んだ。高林と一緒にいた、久慈見整形外科医院のドクターだ。

しかし彼の姿は見当たらない。他の患者に対応しているのかもしれない。

――ちくしょう、どいつもこいつも使えねえ！

天神は腰を落とすと、救急蘇生を再開した。

しかし反応がない。高林の顔が徐々に青くなっていく。

天神は額の汗を拭いながらも手を止めなかった。

代官山の方を見ると箕浦が同じように救急蘇生を施している。切羽詰まったような彼の表情からして、代官山もかなりまずい状況にあるようだ。

その様子をじっと見下ろしている女性がいた。

黒井マヤだ。

彼女は顎に指先を当てて代官山を冷静に観察している。こんな緊迫を通り越した地獄のような状況の中で、一人だけ涼しい顔をしている。

さらに彼女の後方では、相変わらず浜田が地面にうずくまっている。あの一角だけはシュールな光景だ。

それから十数分後。

やっと救急車が二台駆けつけてきた。

「おい！　こっちだ」

天神は救急隊員に呼びかける。隊員のうち二人がやって来た。

「食中毒ですか」

「分からん。とにかく頼む」

若い隊員が高林のバイタルサインをチェックする。

「心肺停止してます。すぐに運ばないと」

隊員は高林を担架に乗せた。

教会堂の方を向くと、玄関から担架を担いだ別の救急隊員が出てきた。

「教会堂の中にもいたのか」

「神父さんらしいです」

高林を乗せた担架を持ち上げた隊員が答えた。

「マジかよ……久慈見町の病院だけで足りるのか」

「近隣の病院にも要請が入っているはずです」

そうこうするうちに、さらにもう一台の救急車が駐車場に滑り込んできた。それから数分後、またもう二台の救急車と一緒に消防車まで入ってきた。

天神は高林が救急車で搬送されるのを見送ると、すぐに箕浦たちのもとへ駆けつけた。そのころには代官山が担架に乗せられていた。

「代官山さんはどうですか」

「心肺停止状態だそうだ。祈るしかない」

箕浦は天を仰ぐと両手を組み合わせた。

「なにが起ぎだんでずが？」

今ごろになって浜田が口元を拭いながら戻ってきた。吐くのに精一杯で状況を把握できていないらしい。足下もおぼつかないようだ。バーバリーのコートも汚れている。こんなのが警察組織の幹部になるのかと思うと、日本の将来の治安が不安になる。

「おっと！　こんなことをしている場合じゃない」

天神はポケットから警察手帳を取り出すと頭上に掲げた。

「警視庁の者です！　全員、物に手を触れないでください。今手にしている物はテーブルの上に置いてください」

声を張り上げて会場に呼びかける。

これから警察の捜査が入る。現場を荒らされては、それもままならない。そのためにも現場保全が不可欠だ。通常は一番最初に駆けつけた警察官が対応することになっている。今だったら天神たちということになるだろう。

同じように箕浦と浜田も呼びかけを始めた。参加者たちは素直に従ってくれた。天神は注意深く、人々の動向をチェックした。今のところ怪しい動きをする人物は認められない。

「ワイン樽には近づかないでください」

箕浦が樽の中身を覗き込んでいた男性に注意をする。

天神はスマートフォンを取り出すと、周囲の状況を録画した。

「天神様」

マヤの呼びかけをマイクが拾ってしまった。

「その呼び方止めろ」

「これってただの食中毒だと思う？」

「ドラマや映画だったら毒ぶどう酒事件だろうが、事実は小説よりも奇なりなんてことはそうそう起こらん」

ボッキーのような活躍を見せたいと常々思っているが、ショッキングでドラマチックな事件に出くわすことは極めて稀だ。今回だってきっとそうに違いない。ゾディアック事件に立ち会えたマヤや代官山たちのことを羨ましく思う。

「つまりただの食中毒なのね」

「食べ物のいずれかが腐っていたんだろう」

「そんなことで心肺停止になんてなると思う？」

マヤが天神の顔を覗き込む。その瞳はキラキラと輝いている。

「じゃあ、なんだ……名張みたいな事件だというのか」

「もしそうだったら特務係の初仕事としては悪くないんじゃない？」

マヤは嬉しそうに微笑んだ。

つい数分前、彼女にとって相棒である代官山が搬送されたばかりだ。

そもそも二人は恋仲ではなかったのか。しかし彼女に代官山の安否を案じている様子はまるで窺えない。

――こいつ、実はボッキー以上にハードボイルドかも……。

「もし毒物事件ならこの中に犯人がいると思うか」

「そりゃそうでしょうね。これだけのことをやるんだから、動機がなんであれ自分が引き起こした地獄絵図を生で見ておきたいでしょう。私が犯人だったら百パーそうする」

マヤは愉快そうに会場を眺めた。

「噂に聞いてる。あんたはかなり早い段階で真相を見極めることができるそうだな。犯人はズバリ誰なんだ。さっさと逮捕してやろうぜ」

「バッカじゃないの。私は超能力者でも魔法使いでもない。そこらへんにいる何の変哲もないただの小娘よ」

「ふん、ご謙遜を」

天神は鼻で笑ってやった。

この女といるとこちらのテンポが崩れる。天神は彼女から距離を取った。

彼女も彼女で天神のことを気にする様子もない。それどころか代官山に対してすらそうだ。

しばらく現場を荒らす者がいないか会場を眺めていると、数台のパトカーがけたたましくサイレンを鳴らしながら駐車場に入り込んできた。

そのとき、天神は背中にぞわりとした感触を覚えた。

——今のはなんだ?

禍々《まがまが》しい殺意、悪意。悲しみ、怒り、憎悪。今まで何度か凄惨な殺人現場に立ち会ってきたが、こんな感覚は初めてだ。おぞましい、禍々しい気配をたしかに感じた。

マヤと目が合う。

彼女は天神の悪寒を見透かしたように目を細めてニヤリとした。

＊

久慈見総合病院。

人だかりのできた集中治療室前の通路で箕浦が白衣姿の医師の説明を受けている。リノリウムの床は蛍光灯の白い光をぼんやりと反射させていた。

「かなり危険な状態です。生死は五分五分だと思ってください。仮に一命を取り留めたとしても意識が戻らないかもしれません。その可能性も高いです」

「つ、つまり植物状態というわけですか」

箕浦は顔を青ざめさせた。

天神たちのいる通路からは、治療室内の様子を窺うことができないようになっている。おそらく代官山の体には多くのチューブや計器類がつながれていることだろう。

「まあ、そういうことです。あとは運次第でしょう」

医師は重苦しい表情で答えた。あまり希望を持っていないようだ。

「そ、そんな……代官山さん」

浜田は治療室の方を向いて泣き出した。

マヤを見ると……相変わらず涼しい顔をしている。少なくとも代官山の絶望的な状況にショックを受けているようには見えない。

そのとき治療室に通じる扉が開いて、別の医師が出てきた。

「岩倉《いわくら》先生」

天神は岩倉を呼び止める。彼とは先ほど話をしたばかりなので互いに面識がある。

「高林はどうですか?」

高林も代官山と同じく集中治療室に搬送された。

「たった今、息を引き取られました」

「嘘だろ……」

「私としても最善を尽くしたのですが……残念です」

岩倉は唇を噛みしめると、天神に一礼してそそくさと離れようとするも他の家族に呼び止められていた。代官山や高林以外にも多数の患者が運び込まれている。

天神は壁に拳骨を叩きつけた。元相棒の死を現実として受け止められないでいる。

「高林くんは既婚者なのかい」

箕浦が天神の落とした肩に手を置いた。

「いいえ、独身だったと思います。それに一人っ子で両親も早くに亡くしています」

「そうか」

死を哀しむ肉親がいないだけ救われていると言わんばかりに、箕浦はポンポンと肩を叩いた。

「代官山さんは?」

「とりあえず静岡県警には連絡済みだ。すぐにでもご両親には連絡がいくだろう」

「そうですか……」

「あのぉ、ちょっといいですか。久慈見教会のイベントに参加されていた方ですよね」

いつの間に入り込んだのか、カメラを持った男性がいきなり近づいてきた。

「なんだね」

箕浦が声を尖らせた。相手は明らかにマスコミだ。騒動が起きてからそんなに時間が経過していないというのにさすがに耳が早い。

「被害に遭われたご家族の方ですか」

「ノーコメントだ」

箕浦が人払いをしながら答える。

「もしかして警察の方ですか」

「だからノーコメントだと言ってるだろ」

なおも食い下がろうとする記者を箕浦は押し戻した。

「主催者である神父や町長、久慈見ワイナリーのオーナーまで亡くなっています。本当にただの食中毒なんでしょうか」

「そんなに死んでいるのか？」

天神は思わず記者に聞き返した。

「はい。他にも何人か亡くなっているみたいですよ」

「高林と一緒にいた……大島先生は？」

「久慈見整形外科医院の院長先生ですね。私もここの出身なので先生のことは知っています。残念ながら……」

「死んだのか⁉」

「みたいです」

高林の救急蘇生を施しているときに助けを求めたが、彼自身それどころではなかったのだ。

天神は息苦しさを覚えてシャツの首回りを引っぱった。つい先ほどまで元気だった人間が何人も帰らぬ人となっている。もはや悲劇を通り越して惨劇だ。

「いったい何人の被害者が出ているんだ」

箕浦が腰に手を当てて落ち着きのない様子で歩き回っている。その近くで子供みたいに声を上げて泣いている浜田の尻をマヤが蹴飛ばした。

「情報が錯綜していますが、十人以上の人がここを含めて近隣の病院に運ばれたようです。何人かは亡くなっているみたいですよ」

記者の表情にも緊迫感が漂っている。

「まあ、食中毒じゃないでしょうねぇ」

突然マヤが訳知り顔で言った。

「なんで言い切れるんだよ」

「感じたの」

「感じたってなにを？」

彼女は天神に向き直った。

「サツイ」

「サツイって、殺す殺意のことか」

突然飛び出した単語がすぐには把握できず、間抜けにも聞き返してしまった。

「ええ。それもとびっきりヤバめなやつ」

先ほどそれと似た気配を天神も感じ取っていた。

おぞましく禍々しい気配。あれは殺意なのか。

彼女の瞳には好奇の色がありありと浮かんでいた。

——恋人が危篤だというのに……なんなんだ、この女は。

被害者の家族や関係者だろう。通路にはさらに人が集まってきた。いずれも不安と絶望の色を濃くしている。

この中に犯人がいるかもしれない。

天神はひとりひとりの顔を脳裏に焼きつけた。

6

事件から二日後。

久慈見署の玄関前では、マイクを手にしたレポーターたちがそれぞれの局のカメラに向かって興奮した様子でレポートをくり広げている。野次馬も集まっており、彼らを取り囲むようにして報道関係車両が停められている。署舎の外はちょっとした騒動になっていた。

久慈見署には、『久慈見町毒ぶどう酒事件』の特別合同捜査本部が立てられた。クジミのボトルやワイングラスから毒物が検出されたからである。久慈見署二階にある大会議室では本庁と久慈見署、さらには周辺の所轄署からも人員がかき集められていた。

ざっと見たところ百人を優に超えている。今後もさらに人員が増えると聞いた。大会議室とはいえ刑事たちは肩を寄せ合って着席している状況だ。椅子が足りず若手の何人かは立ったままである。会場は彼らの熱気でむせ返りそうなほどだ。

雛壇の中央に陣取る簗田信照一課長が、そんな彼らに険しい顔を向けている。

他には東郷誠一郎《とうごうせいいちろう》刑事部長、参事官の大友晴彦《おおともはるひこ》、理事官の石川尚安《いしかわなおやす》、久慈見署署長の磐田政志《いわたまさし》、代官山やマヤたちの所属部署だった三係の係長である渋谷浩介《しぶやこうすけ》、四係係長の高島亮介《たかしまりょうすけ》、さらには紅一点である白金不二子《しろがねふじこ》の姿も雛壇にあった。

「久慈見署生活安全課の高林猛巡査は事件当日の四月一日、十四時四十分に息を引き取った。全員起立」

本庁捜査一課三係の係長である渋谷浩介が号令をかける。彼が捜査会議の司会進行を務める。

他の刑事たちと一緒に天神は立ち上がった。

そして一分間の黙禱を捧げる。「全員着席」の号令で腰を下ろす。高林は生意気でお調子者だったし、決して良い刑事だとは思えなかった。正義よりも自己保身や利害を重んじるタイプだ。それでもごくごく普通の人間だった。どこにでもいる青年、そして善良な市民でもあった。そしてなにより一度はコンビを組んだ関係、元相棒である。胸の中で犯人に対する怒りがたぎっているのを天神は感じていた。

——高林、俺が絶対に犯人を挙げてやるからよ。安らかに眠ってくれ。

ボッキーも、同僚が殉職するたびに犯人逮捕の決意をひとりごつ。

「本庁捜査一課特務係の代官山巡査も、いまだ意識が戻らず生死の境をさまよっている状況だ。さらにはすでに十一人もの尊い命が奪われている。これは一九六一年に三重県で起きた名張毒ぶどう酒事件の死亡者五人を大きく上回る。本件は無辜《むこ》の市民のみならず警察官の命をも狙った、人道にもとる悪質極まりない、犯罪史上類を見ない大量殺戮でありテロリズムだ。我々警察、いや国家に対する挑戦かつ反逆行為に他ならん。故に我々は警察の威信を懸けて可及的速やかに犯人を挙げなければならない。特に久慈見署の諸君にとっては高林巡査の弔い合戦となろう。この戦いは正義と邪悪との真剣勝負でもある。我々にとって敗北はあってはならないことだ。各自、気を引き締めて命がけで捜査に当たってもらいたい」

刑事部のトップである刑事部長の東郷誠一郎警視監がいつもより数倍増しの強い口調で檄を飛ばす。彼の表情には犯人に対する激しい怒りが浮かんでいた。

それは他の刑事たちも同じだった。同僚である警察官の命を奪われたのだ。普段は縄張り意識の強い連中だが、こういうときは仲間意識が勝るようだ。一般市民が被害者となる事件に向き合うときの表情と明らかに違う。いつもより室温が高く感じられた。

特に代官山の元上司で三係係長の渋谷は、一段と険しい表情を覗かせている。絶対に犯人を挙げてやるという強い信念が彼の瞳からも窺えた。

それだけ代官山は彼らに認められていたし、慕われる存在だったのだろう。天神とは大違いだ。

続いて他の幹部連中も短いながらも熱のこもった訓示を送った。刑事たちは張り詰めた空気の中、真剣な態度で受け止めている。これだけのメンツと人員ともなると警察の本気度が窺える。

天神も身を引き締めた。

「まずは毒物の報告を東京都健康安全研究センターの橘《たちばな》課長、お願いします」

管理官の白金が歯切れ良く指示すると、後ろの席の男性が立ち上がった。スーツ姿ではあるが、周囲のいかつい強面の刑事たちとは違って学者然とした風貌である。

東京都健康安全研究センターは都の保健衛生行政の科学的・技術的な中核機関とされる。保健所などの関係機関と連携しながら、感染症や食中毒など公衆衛生に関する情報収集や解析の提供を担っている。

「教会堂の祭壇前テーブルに置かれたクジミのボトルの残留物から、パラキラールの成分が検出されました。パラキラールはスイスに拠点を置く多国籍企業メメントコーポレーションの商品です」

メメントコーポレーションは農薬や種子を主力商品とするアグリビジネスを展開しているという。聞いたことがないが、世界的に有名な企業のようだ。

さらに橘課長は解説を続けた。

「パラキラールは四年前の四月に発売された新型の農薬で、パラコートやジクワットに類する除草剤となっています。被害者の方たちの症状もパラキラールによるものであるとすれば説明がつきます」

「パラキラールが死因の直接的な原因であると？」

「そう断定しても差し支えないかと思います」

白金の問いかけに橘は自信ありげにうなずいた。

さらに彼は農薬成分の化学的構造についてレクチャーを始めた。難解な内容を早口でまくし立てる。

「そんな専門的な話をされても我々には分からん。要点だけ述べてくれ」

一課長が痺れを切らした様子で話を中断させると会場から失笑が漏れた。張り詰めた空気がわずかに緩んだ。橘は憮然としながらもうなずいた。

「詳細は省きますが、パラキラールは違法でないとはいえ、独自の製法が施されており、他の商品に比べて毒性が強くなっているという報告もあります。去年、全国でパラキラールによる自殺が三件も起きていて、現在農林水産省が規制を検討中とのことです」

「パラキラールが検出されたのはクジミだけなのかね」

「はい。クジミ以外の飲食物からは検出されておりません」

一課長の質問に橘が即答する。

つまり当選者たちは幸運どころか、とんでもない災厄を引き当ててしまったということになる。

「農薬を口に含めば強い刺激があるのではないですか」

白金が橘に問いかける。

たしかに農薬がワインに混入されていたのであれば、飲用した者は味覚の異変に気づくだろう。

「おっしゃる通りパラキラールは口に含めばすぐに吐き出さずにはいられないほどの強烈な刺激があります。しかし、ワインに混入することでワインの風味を変化させることなく、臭いや味の刺激が『一時的』に大きく軽減されることが分かっています。そのわりに毒性は低下しません。それらのメカニズムは不明ですが、ぶどうの成分であるポリフェノールがなんらかの形でパラキラールの成分構造に作用しているのではないかと考えられます」

つまりパラキラールをワインに混ぜれば、気づかずに飲ませることができるということか。さらに橘は続ける。

「ただし『一時的』と言ったとおり、それにはタイムリミットがあります。何度か実験してみましたが、刺激が完全に取り除かれるのは三十分前後といったところです。それ以降は強い刺激が復活するどころか、ワインの風味が激変しますからとても飲めたものではなくなります。つまり犯人は被害者たちが飲用する比較的直前にパラキラールを混入させたと考えられます」

刑事たちは熱心な様子でメモを取っている。

橘は彼らがメモを終えたタイミングで話を再開した。

「去年の自殺三件もいずれもパラキラールをワインに混ぜています。その情報はネット上でもぽちぽちと出回っているようなので、今後パラキラールを使った事故や事件が増えるのではないかと当職としては懸念しております」

「遠くまでご足労ありがとうございました」

白金が感謝の意を示すと、橘は一礼して着席した。

「犯人はパラキラールによる服毒自殺を知っていた、もしくは調べていた可能性があるな」

一課長が白金に告げると、彼女も同意したように首肯した。

「次、毒物の混入経路について」

司会役の渋谷が指示すると、四係の刑事が立ち上がった。

「犯人は注射器を使って毒物をワインボトルの中に注入したと思われます。注射器は医療用ではなく、塗料や接着剤の注入に使われるタイプで一般に流通しているものです。シリンダーに装着する針の先端はフラット加工された状態で販売されていますが、尖った状態に再加工されていました。その注射器は会場に設置のゴミ箱として使用されていたポリバケツの中に、ティッシュにくるまれた状態で放り込まれていました。そしてボトルのコルクにも注射針による貫通の痕が三箇所認められます。犯人は適正な注入位置を模索していたと思われます」

「言い忘れましたが、その注射器からもパラキラールが検出されています」

挙手をした橘課長が補足する。

「だったらゴミ箱に注射器を捨てた人間が、犯人の可能性が高い。防犯カメラの映像には写っていないのですか」

白金の問いかけに今度は三係の刑事が起立した。

「会場に設置された防犯カメラの画角からゴミ箱は外れているため確認できません。しかし当日は多くの参加者が会場の様子を撮影していて、その画像や動画をSNSにアップしています。その中に注射器をゴミ箱に捨てる瞬間の人物が写っているかもしれません。現在、SNSからの映像を集めて精査している段階です」

「SNSにアップされていない分もお願いします。当日撮影された画像や動画は漏れなくチェックするように」

白金の指示を了承した刑事が着席すると、それからも捜査員たちによる聞き込みの報告がなされた。

しかし、犯人を特定するような決定打には到らなかった。

「天神」

会議が終了して廊下に出ると、三係の渋谷係長が声をかけてきた。彼とは以前、一度だけコンビを組んだことがある。天神がまだ所轄署勤務だったころだ。十年も前の話である。

「久しぶりだな」

彼は自販機で缶コーヒーを買うと、それを投げて寄こした。

「お久しぶりです。今回はとんでもないことになりましたね」

熱い缶をキャッチしながら小さく頭を下げて謝意を示す。

「代官様があんなことになろうとはな……」

「俺もびっくりしましたよ。まさか犯罪史上に残るような殺戮事件を目の当たりにするなんて」

二人は廊下にあるベンチに腰を下ろした。

渋谷は事なかれ主義で人の好いタイプであるが、代官山のことで今回ばかりは穏やかではいられないらしい。口調の端々から憤りや苛立ちが伝わってくる。

「お前たち特務係も捜査に参加するんだってな」

二人のプルタブを引く音が重なった。

「といってもオブザーバーですよ。たまたま昔の名張毒ぶどう酒事件をリサーチしていたんで、見学を許可されたって話です」

「それは違うと思うな。こんな重大事件で見学なんてさせてくれると思うか」

渋谷は缶コーヒーに口をつけながら言った。

「たしかに、俺も妙だとは思っていました。いったいどういうことなんですか」

警察という組織は縄張り意識が特に強い。自分たちが手がける現場に部外者が立ち入ってくるのをことさらに嫌う。今回の場合、特務係は明らかな部外者だ。

「見学なんてのは、上の連中の方便だよ。捜査に姫を参加させたかったのさ」

「姫って……黒井マヤのことですよね」

彼女のことは浜田も姫様と呼んでいた。

「ああ。今回は警察官が二人もやられているんだ。組織の威信を懸けたヤマになる。マスコミだって大注目しているだろう。そういう事件にこそ彼女は駆り出されるんだ」

「人並み外れた洞察力の持ち主だとは聞いていたんですが、そんなにすごいんですか」

渋谷は天神を見るとゆっくりと首肯した。渋谷もさんざん見せつけられてきたことらしい。

「おかげで俺たち三係は重大案件ばかり回されてきた。これまでなんとかやってこられたのも彼女のおかげだ。彼女がいなかったら俺の首なんてとっくに飛んでる」

渋谷は自分の喉元に手刀をよぎらせた。

「あの小娘、なにを考えているのかさっぱりです」

天神も缶に唇をつける。コーヒーの苦味が口の中に広がった。ミルク入りとあるが砂糖不使用だ。どちらかといえば甘めが好みである。むしろココアがよかったのだが。

「これまでは代官様があの子をうまーくコントロールしてきたからな」

「その代官山さんもあのザマですよ」

天神は肩をすぼめる。

「だからお前がやるんだよ」

おもむろに渋谷が天神の背中を叩いた。

「俺っすか？」

「浜田くんには無理だろう。彼は姫にとって下のさらに下、最底辺の下僕同然だからな。あんなん

「じゃ犯人を捕まえる前に殉職しかねない」

渋谷の言うとおり、浜田はマヤから人間扱いされていない。今日も額に包帯を巻いている。それなのにフワフワと彼女にまとわりついて離れないのだ。

そもそも特務係への異動も、本人のたっての希望だと聞いた。「姫様」を追いかけてきたようだ。

――やっぱりドM？

もしそうであれば殉職も本望だろう。そして彼は感心するほどに打たれ強い。それもドMゆえの体質だろうか。

「俺がやるって、いったい全体なにをやればいいんですか」

「とにかくおだてろ。彼女のことをソフィー・マルソーだと思え」

「誰ですか？　それ」

聞いたことのない名前だ。

渋谷は五十代後半といったところだ。三十代半ばの天神とは世代が違う。

「そっか……知らんのか。いまだったらそうだな、エマ・ワトソンあたりか」

「それならギリ知ってます」

映画の『ハリー・ポッター』シリーズに出ていた女優だ。

実は原作をすべて読んでいるほどの大ファンで、映画は公開初日に鑑賞しているのだが、どうにもハードボイルドのイメージと合わないのでそのことはひた隠しにしている。もちろんエマ・ワトソンもお気に入りの女優である。

そんな彼女を黒井マヤに当てはめるなんて……いや、美貌だけなら決して引けを取っていないか。

「あの子はかなり早い段階で真相をお見通しだ。だけどそのことを自分から表に出すことはない」

「なんで？」

「それはきっと……殺人現場が好きだからだろう」

渋谷は眉をひそめた。

「なるほど、心当たりがありますよ」

「悪いことは言わないから、そのことについて詮索するな。お前もとんでもないところに飛ばされるぞ」

「もう飛ばされてますよ」

天神は投げやりに言った。特務係なんてどう見てもリストラ部署だ。

「といっても、捜一を追い出されたわけじゃないだろ。まあ、とにかく姫の嗜好について詮索するんじゃない」

「ふん、いつかあの女の本性を暴いてやりますよ」

なんにせよ父親の威光を笠にのさばっているのは気に食わない。

「とりあえず今は捜査に協力してくれ。姫から真相を引き出すんだ。ここだけの話、部長も一課長もそのことをお前に期待してる」

渋谷は顔を近づけて声を潜めた。

「二人ともそう言ってるんですか」

「口には出さないがそういうことなんだよ。いつものことだからな」

「なんなんだよ、それ。人をバカにしてるんすか」

「腐るな。お前だって現場に戻りたいだろ」

渋谷もいつの間にか宥め口調だ。それこそ幹部連中がさし向けたメッセンジャーなのかもしれない。こういう役回りが得意そうなお人好しの顔立ちをしている。

まったく足下を見てくれる。

思わず舌打ちが出てしまう。

「推理した真相を吐かせればいいんですよね。手っ取り早く締め上げちゃっていいすか」

ボッキーは女に甘くない。かといってさすがに女に手を上げるようなマネはしたことがないが。

「バカなこと言うな。そんなことすれば次の日には東京湾にお前の死体が浮かぶぞ。黒井篤郎を甘く見ない方がいい。とにかく代官様がやっていた通りに、そのままお前がやるんだ」

黒井篤郎の名前を出す渋谷の声がわずかに震えた。直接には関わったことがないが、楯突く相手には容赦がないと聞いている。

——やはり俺のラスボスは、黒井篤郎だ。

「だからなにをやれってんですか」

「姫が推理したことをお前が推理するんだ」

「はあ?」

天神の頭の中でクエスチョンマークが飛び交った。

「今回はシャレにならん数の犠牲者が出てる。町長や神父まで殺されてるんだぞ」

「まあ、大変なことですよね」

「人ごとみたいに言ってんじゃないよ。つい先ほど忽那神父の父親が搬送先の病院に到着された」

「父親がいたんですね」

「かなりの高齢で施設に入っているそうだ。頭のほうははっきりしているようだが、足腰が弱って て車椅子だ。そんな状態で施設から駆けつけてきたらしいぞ。あんな年齢で子供に先立たれるなん て無慈悲にもほどがある。すでに奥さんも亡くされていて息子だけが唯一の血縁者だという話だ」

渋谷は首を振った。

「犯人、許せませんね」

神父だけではない。犠牲者には彼らを愛する家族や友人知人がいる。

「本当にそう思うなら頼んだぞ」

渋谷は天神の背中を叩くと離れていった。

7

次の日。

天神は背伸びをした。体の節々が痛む。

帳場が立つと刑事の一日は朝八時半からの捜査会議で始まる。

早朝の会議はその日の捜査方針や、前日までに収集した情報の整理に充てられる。

その捜査会議が終わったばかりだ。時計を見ると午前十時。捜査員たちは早くも聞き込みなどで出払っていて、つい先ほどまで熱気でむせ返りそうだった大会議室は閑散としている。

昨夜は箕浦や浜田たちと一緒に久慈見署敷地内にある道場に泊まった。

帳場が立つと捜査員たちは所轄署に寝泊まりすることが多い。都心に住む捜一の捜査員たちが、県境付近に位置する久慈見まで毎日通勤してくるのは時間的にも体力的にも負担が大きすぎる。自宅にはマスコミ連中が待ち構えていることもしばしばだ。所轄署に泊まり込めばそれらの問題を回避できるというわけである。

道場の広い畳の上に人数分の布団を敷くのだが、お世辞にも寝心地が良いとはいい難い。イビキの大きな者も少なくなく、寝つくまでに時間がかかった。

道場はそれなりの規模があるが、本庁から駆けつけてきた捜査員たち全員を収容しきれず、残りは町内のビジネスホテルや旅館に分散して宿泊している。

これからしばらく捜査員たちはこの地に泊まり込みで捜査を展開することになる。捜査が長引けば所用や着替えのために順番で帰宅する。

そんな状況は日常よりも体力や気力の消耗を激しくする。それでもやっていけるのは捜査員たちが内に秘める強靭な正義感がなせる業だと言うほかない。それこそが日本の警察の矜持なのだ。

「ああ！　本当に早く終わらせたいわ」

缶コーヒーを手にしたマヤが箕浦に不満を撒き散らしている。

「どうしたんだよ、お姫さん」

天神は彼女に声をかけた。

「天神様、聞いて。あんなヒステリーおばさんと相部屋だなんて生き地獄もいいところよ」

「おばさん？」

「白金管理官に決まってんでしょっ！」

「知らねえよ」

　捜査員にしろスタッフにしろ、女性はホテル宿泊である。

　マヤはビジネスホテルとはいえ一番高価な広めのツインルームがあてがわれたらしい。とはいえ管理官の白金不二子と相部屋だというのだ。

　なんでも二人は中高の同窓らしい。あの様子ではウマが合っていないようだ。もっともマヤと相性のいい女性なんていないだろう。

　ちなみに本件において実質的に指揮を執るのが白金である。

　それだけに管理官は最も重圧がのしかかるポジションだ。わずかな判断ミスが命取りとなる。上昇志向や野心もさることながら、鋼の意志の持ち主でなければ務まらない。彼女は今までにもさまざまな難事件を解決に導いてきた実績の持ち主だ。

　白金のことは天神も一目置いている。気は強そうだが年上女の色気も感じさせる。実は女性としてもかなり好みのタイプだ。あの手のタイプの女に怒鳴られたりなじられたりするとゾクゾクする。

　そんな思いを見透かしたのか、マヤは目を細めて天神を見つめている。

　とりあえず咳払いをしながらごまかした。

「ま、まあ、俺たちみたいに道場で雑魚寝じゃないだけマシだろ。ねえ、箕浦さん」

　動揺が顔に出ていないか気になる。

「全然マシじゃない。寝るまでずっと説教されたんだから。あんなのパワハラよ」

「まあまあ、とりあえず平和にいこうじゃないか」

　箕浦は渋谷以上にことなかれ主義である。マヤもこれ以上訴えても無駄だと悟ったのか唇を尖らせながら、爪先で床を突いた。

「それにしても特務係の僕たちが捜査会議に呼ばれるなんて珍しいですねぇ。部外者なのに」

バーバリーのトレンチコートがまるで似合っていない浜田が小首を傾げている。額の包帯に滲む血もそろそろ見慣れてきた。

「ここだけの話だが、うちの姫様がお父上に、特務係を捜査に参加させるよう話していた。あれはもはやお願いというより直談判だな。かなり強い口調だったぞ」

箕浦はマヤから充分に距離を取って小声で告げた。いつの間にか彼もマヤのことを姫呼ばわりしている。

「本当ですか」

「彼女が電話しているのを立ち聞きしてしまった」

「いつのことですか」

「代官山くんが搬送された直後だ」

代官山はいまだに意識が戻っておらず予断を許さない状況だ。マヤなりに恋人を生死の境に追いやった犯人を許せなかったということなのか。

そのようには全然見えなかったが。

「俺は上の意向だと聞きましたけどね。事件の早期解決にはあの女の推理が必要だと」

昨日、渋谷から聞いた話を伝えた。

「そういうことだったのか」

箕浦は得心したようにうなずいた。

「なにがですか」

「実は会議が終わった直後、一課長に呼ばれたんだ」

「なにを言われたんです？」

「特務係の仕事はあくまでもリサーチだが、他の班の邪魔をしない範囲で独自で動いていいと。奥歯に物が挟まったような言い方だったから変だと思ったんだ」

「けっ！　協力が必要ならはっきりそのように言えばいいんだ」

天神は膝に拳骨をぶつけた。

「彼らにもプライドがあるんだよ。左遷された我々に手柄を立てさせるわけにはいかない。とはいえ警察官に犠牲者が出ている事件を長引かせられない。迷宮入りなんてもってのほかだ。さらには警察庁次長から娘を参加させるよう要請が出ている。上も上でいろんなことで板挟みなのさ」

「トップに上りつめない限り、一課長や管理官ですら中間管理職に過ぎないというわけですか」

「公務員の悲哀というやつだ」

箕浦は天神の肩を叩いた。

「だったら俺たちでやったろうじゃないですか」

「なんだって」

箕浦は顔を曇らせた。

「俺はいつまでもこんなところで燻《くすぶ》っているつもりはないですよ。さっさと手柄を立てて現場に復帰します」

「だからってあんまり出しゃばったマネはするなよ。君も分かってるだろ。三係や四係の連中だって我々のことは部外者扱いだ。特に君や姫様のことをよく思ってない輩も少なくない」

「そんなの知ったこっちゃないですよ。俺は俺のやり方でいかせてもらいます」

「でもなあ……」

箕浦が気弱そうに難色を示す。

「箕浦さん、忘れてませんか。代官山さんはうちのメンバーなんですよ。本捜査が弔い合戦ならうちらがやるべき仕事ですよ」

「そりゃそうだけど……」

天神にとっては代官山以上に元相棒、高林の弔い合戦でもある。思い入れや愛着はそれほどない相手だったが、無念は晴らしてやりたい。

「天神様の言うとおりよ」

突然、マヤの声がした。振り返ると彼女が立っていた。今までの会話を聞いていたらしい。

相変わらず涼しげな顔を向けている。そこに同僚や恋人を傷つけられた憎悪や悲しみ、そして捜査に向ける情熱は窺えない。

「君もやる気になったのかね」

箕浦が尋ねるとマヤは肩をすくめた。

「まあね。名張毒ぶどう酒事件を大きく超える大量殺戮よ。それに私のフィアンセをあんな美しくない殺し方で殺害した。許せないじゃない」

このとき、マヤの瞳が一瞬だけギラリと光った。

「い、いや、まだ代官山くんは死んでないんだけど……」

「で、お姫さん。犯人はズバリ誰なんだ」

箕浦のツッコミを制して天神は尋ねた。

「だから私は超能力者じゃないって言ってるでしょ」

「推測くらいしてるだろ」

「少なくとも事件当時、あの会場にいた人間ね」

「ほぉ、どうしてそう思う。ゴミ箱に捨てられた注射器だって捜査攪乱《かくらん》のためのギミックかもしれんぞ」

「毒物のパラキラールはクジミだけに混入されていた。健康安全研究センターの課長さんも言ってたでしょ。農薬を混入してから三十分以内にターゲットに飲ませる必要があると」

一般的な農薬をワインに混ぜれば刺激が強すぎて飲めたものではない。しかしパラキラールに限り、混入してから三十分間は刺激が大きく軽減する。

クジミが教会に届く前など早い段階でパラキラールが混入されていたら、被害者たちは吐き出して大事には到らなかったはずだ。つまり混入は被害者たちがワインを口にする直前ということになる。

「たしかに現場にいた人間じゃないと無理な犯行だな」

この程度のことはマヤが指摘するまでもなく推理できることだ。犯人はイベント会場にいた五十人ほどに絞られる。

参加者の多くがスマートフォンなどでイベント風景を撮影していたし、その画像や映像がＳＮＳにも多数アップされているという。さらには敷地内に数台の防犯カメラが設置されていた。

それらの中に真犯人の姿が写っているかもしれない。

イベント参加者のリストは昨日までにほぼ整っているようだが、五名ほど不明となっている。その五名の特定については各班が対応することとなった。

「姫様は誰が怪しいと思うんだい？」

天神が聞こうと思っていたことを、箕浦が尋ねた。

「普通に考えればパラキラールを扱っていた人間ね。取引業者とか農家あたりなんじゃない」

「それはどうかな。今どきは拳銃も毒薬も中学生ですらダークウェブなんかで調達できる。一般人だって農薬くらいならどうとでもできる」

天神の指摘にマヤは舌打ちを返した。

「だから普通に考えればと言ってんじゃん。でもそこそこパラキラールに対する知識はあったはず。農薬をワインに混ぜてからしばらくは口に含んでも刺激がないことを知ってたみたいだから」

「そうなると姫様の言うとおり、業者や農家が怪しくなりますね」

浜田が露骨にマヤをフォローする。

「参加者の中に該当する者は何人かいる。お姫さんの推理通りならかなり絞り込めることになる」

すでに全国の販売業者から納入先リストを集めているところだ。

「で、箕浦さん。私たちはなにをすればいいの」

マヤは腕を組んだまま、特務係のトップである箕浦の指示を仰いだ。

「そうだなあ……他の連中の邪魔にならない範囲のリサーチで、願わくは捜査に貢献できれば理想的だ」

「貢献どころか俺はこの手で犯人を捕まえるつもりですよ」

それを手土産にして現場に復帰してやる。

「とりあえずパラキラール混入ルートを調べてみたら？　この手の事件の基本中の基本でしょ」

「うちのお姫さんが言ってんだからそうしたらどうです」

天神もマヤの提案に賛同する。ここはマヤを動かした方がよさそうだ。まずはお手並み拝見といこう。今はこの小生意気な小娘を存分に利用させてもらうつもりだ。

「そうだな。だとすれば手近なところで農協か。久慈見町農協があったよな」

箕浦の言うとおり、捜査会議でも久慈見町農協の名前が挙がっていた。すでに他の班が聞き込みに当たっているはずだ。

「とりあえず話を聞きに行きましょう」

天神はクイと親指を玄関に向けた。箕浦も浜田もうなずく。

「天神様、大張り切りね」

マヤが通りすがりにフワリと微笑んだ。

＊

久慈見町農協は駅の北口から大通りを挟んで向かいにあった。

天神たち特務係四人は久慈見署が手配した車両で向かった。白のカローラ、二〇一三年モデル。運転席に天神、助手席に浜田、後部席には箕浦とマヤが収まっている。

「天神くん、もう少しスピード落として」

天神はハンドルを切りながら、ブレーキを踏んだ。

車はタイヤを軋《きし》ませながらカーブを滑った。後部席の箕浦が「ひゃっ」と変な声を上げる。

ボッキーの運転はいつだってワイルドだ。犯人逮捕のためなら交通ルールの無視だって厭わない。

農協までは署からほんの五分ほどの道のりである。

車を駐車場に停めて二階建ての建物に入る。煉瓦を敷き詰めた外壁の小洒落た外観をしている。

「先ほども刑事さんたちが来ましたけどね」

応接室で対応した石塚《いしづか》という三十代半ばと思われる職員はあからさまなほどの迷惑顔だ。聞き込みをしていると、この手の反応は珍しくない。

他の班の捜査員が帰ったあとであればこちらとしても好都合だ。天神は彼と真正面で向き合う形で腰掛けた。

「久慈見町の町民の命があんだけ奪われている。何も感じないのか。中にはあんたの知り合いもいるんじゃないのか」

「え、ええ……父親の知人が犠牲になってます」

「だったら犯人は憎いだろ。それともあんたがやったのか」

天神は石塚に顔を近づけた。

「僕なわけないでしょ！　そんなことしませんよ！」

石塚はブンブンと頭を振った。

「迷惑そうな空気感出しまくってるからさ。聞かれたらマズいことでも知ってんのかなと思って」

「そんなことありませんって」

「だったら話を聞いても問題ないよな」

「も、もちろんですよ」

石塚はへつらうような笑みを浮かべながら首肯した。犯人を挙げるためならボッキーは市民相手であっても遠慮はしない。

右隣のマヤが鼻で笑っている。

「まあまあ、天神くん」

左隣の箕浦が宥めに入ってきた。トラブルは困るのだろう。

「とりあえずパラキラールの納入先リストを見せてくれ」

「先日、署の方にコピーを渡しましたよ」

「原本を見たいんだ」

石塚はぶつくさと不平を漏らしながらもリストを持ってきてくれた。四人で内容をチェックする。

「ここ三年分ですね」

浜田がリストの一番先頭の日付を指した。ちょうど三年前である。

「農薬販売者は三年分の帳簿の保管を義務づけられていますから」

その前のデータは都度廃棄するという。

「これをコピーしてもらえるか」

天神が願い出ると石塚は女性職員を呼んでコピーするよう指示した。

「主に納入先は久慈見町内の農家ね」

「そりゃそうですよ、久慈見町の農協ですから取引先のほとんどが町内になります」

とはいえリストにある名前はさほど多くない。数えてみるとざっと二十人といったところか。

病害虫の防除力は強いが、他の商品に比べて高価なため購入者は限られるという。

「この中に怪しい顧客はいないのか」

「いませんよ、そんな人。パラキラールは毒物ですからね。我々も身元のしっかりした信頼できる農家さんにしか販売しません。僕も事件のすぐ後に納入先の農家さんを回って在庫を確認してもらいました。僕の知る限り薬液が不自然に減っていたとか、盗まれたという報告はありませんでしたよ」

石塚の表情の変化をじっと窺ったが、誰かをかばっている気配は読み取れない。嘘はついていないようだ。

警察の方にも今のところ農薬が盗まれたという通報はない。もっとも今ごろ捜査員たちが近隣の農家を回って農薬の保管状況をチェックしているはずだ。

「本当にこの中に犯人がいるのかなあ」

箕浦が失望したようにつぶやいた。そんなお手軽に犯人にたどり着くことができれば苦労はない。

「この人はどうなの?」

突然、マヤがリストの一人を指した。

「こいつがどうした?」

「去年の八月を最後に、注文が途絶えてる」

リストを確認するとたしかにそのようになっていた。それまでは定期的にパラキラールを注文している。他の顧客は現在に到るまで注文を継続していた。

「ああ、飯田《いいだ》さんですか。ちょうどその頃ですかね。行方不明になっちゃったんですよ」

「行方不明だと？」

天神は「飯田八郎《はちろう》」の項目を見ながら聞き返した。この男性もぶどう農家のようだ。

「警察なのに知らないんですね」

こちらの落ち度を見出して喜んでいるような口ぶりだ。

「知るもんか。俺たちは本庁から来たばかりなんだ」

「そんなもんですか」

「そうだ」

石塚は怪訝《けげん》そうにうなずいている。

「去年の夏ですね。自宅が火事で全焼しちゃって。だけど飯田さんは見つからなかったんですよね。ここだけの話、火災保険目的かなにかで飯田さんが火を放ったんじゃないかって言ってる人もいました」

応接室には職員は石塚しかいないのに声を潜めている。田舎だけにこの手の噂は回覧板のように伝わっていくのだろう。

「つまり不審火だったというわけか」

「消防の知り合いからそう聞きました」

それから半年以上も飯田は姿を消しているという。

「その飯田八郎というのはどんな人物だ」

「七十過ぎのじいちゃんです。競馬が好きみたいで、いくら当てたとかそんな話をよくしてましたね。火災保険も含めて飯田さんに関してはあまり良い噂は聞かなかったけど、気さくな性格で僕たちには悪い人ではなかったですよ」

とはいえさほど好感も抱いていなかったようだ。石塚の口調や表情から憐憫《れんびん》は窺えない。

飯田の失踪は半年以上も前だ。今回の件と関係があるのだろうか。

「事件の後にパラキラールの納入先を回ったと言っていたよな。飯田の家にも行ったのか」

「家は全焼して本人は行方不明なんですよ。行くわけないじゃないですか」

「家族はいないのか」

「ずっと一人暮らしでしたよ。生涯独身だったんじゃないかな。足が悪いみたいでいつも足を引きずって歩いてました」

「その飯田の家を教えてくれる?」

突然、マヤが口を挟んできた。

「久慈見ワイナリーに向かってください。途中、焼け跡が見えますからすぐに分かりますよ」

天神たちはリストのコピーを受け取ってから農協を辞去すると車に乗り込んだ。

「飯田が気になるのか」

運転席の天神は後部席でシートベルトを締めているマヤに声をかけた。

「さあ、どうかしら?」

彼女は退屈そうに車窓に視線を移した。

カーナビで久慈見ワイナリーを検索する。ここから車で十五分ほどの距離となっている。

天神はカーナビに従って車を走らせた。農協のある駅前は商店が並んで田舎なりに栄えている。しかしほんの数分走らせると民家や建物はまばらとなっていく。

「毒ぶどう酒とか和歌山で起きた毒物カレー事件とか、この手の事件の動機ってなんだろうね」

「やっぱり怨恨じゃないですかね」

助手席の浜田が答える。

「でも誰がワインを飲むかなんて分からないじゃないか。今回のクジミだってターゲットがそれを口にするとは限らない」

「たしかにそうですね……」

箕浦の指摘に浜田は腕を組んだ。

「天神くんはどう思う？」

「憎悪の対象が個人とは限らないんじゃないですか」

「どういうことだ」

「たとえばクジミとか。今回の件でクジミのイメージは地に墜ちたでしょ。犯人の狙いはそれだったとか」

「なるほど……それもあり得るか」

もしそうであれば、そんなことのために高林をはじめ多くの人たちが命を落としたのだ。運良く生き長らえたとしても心に負った深い傷は簡単には癒やせない。

ハンドルを握る手に力がこもる。

「姫様はどうだ」

箕浦はマヤに問いかけている。

「案外、明確な動機なんてなくて面白半分だったかもね」

「面白半分で十人以上の命を奪うのか」

「ガキのしわざよ。いつぞやのカレー事件だって私は近所のガキがやったって思ってる。真相なんてそんなもんよ」

「会場に子供はいなかったはずだ」

今回、参加者に子供の姿はなかった。

彼らの証言にも、ネットにアップされた多数の映像や画像にも子供は写っていない。防犯カメラも同じだ。

「名張もカレーも今回のことも、ガキがやったんじゃない？　正確にはガキの心を持った大人ね」

あまりに短絡的な見解に天神は失望を覚えた。本当に数々の難事件を解決に導いてきた名刑事なのか。

――いや、騙されてはダメだ。

マヤは真相を看破しても表に出さないと渋谷が言っていた。

まばらだった民家もほとんど目にしなくなった。舗装された道の周囲は雑木林や畑、そしてぶどう農園が点在している。ここが同じ東京都であることが信じられない。

カーナビによればこの一本道の突き当たりがワイナリーとなっている。

「箕浦さんはどうなの？」

今度はマヤが隣に座る箕浦に問うた。

「いろいろ考えられるね。たとえばカムフラージュするため。一人だけを狙うと、被害者の人間関係を調べていけば必ず犯人にたどり着くだろ。だから無関係の人間を巻き込んで分かりにくくしたのさ」

「でも日本の警察は大量の捜査員を投入して被害者全員の人間関係を徹底的に調べる。結局同じことじゃないの」

「まあ、そうなんだけどね。時間稼ぎにはなる」

「他にはないの」

「そうだなあ……犯人は殺すべきターゲットを特定できてなかった、というのはどうだろう」

「どういうこと？」

「たとえば殺すべきターゲットがワイン好きだということまでは突き止めていた。だからワインに毒を入れた」

「なるほど。カレー事件だったらカレー好きってことね」

マヤが目を細めて顎をさする様子がルームミラーに映った。

「あまりにもふわっとしすぎてますよ」

天神はハンドルを握りながら印象を伝えた。クジミのイメージを下げるためという動機の方がずっと具体的で現実的だ。

「でもミステリ小説みたいだろ。探偵はそういう普通の人が考えないことに着眼するんだ」

たしかにボッキーもそうだ。他の捜査員たちがスルーしてしまう些細な事柄に着目する。結果それが事件に大きく結びついていたことが分かる。

「そんなことが現実で起きますかね」

さすがにドラマと現実が違うことくらいは分かる。

「天神様、事実は小説よりも奇なりって言うでしょ」

マヤはルームミラーを通して天神にフワリと微笑みかけた。

たしかに一瞬でも気を許せば心を持っていかれる美貌だ。あの代官山も彼女の笑みにコロリとやられたのだろう。

「事実は小説よりも奇なり、か。一度くらいそんな事件にお目にかかってみたいもんだ」

天神が手がけてきた事件はボッキーのそれとはほど遠い。下らない怨恨、取るに足らない金銭トラブル、子供じみた痴情のもつれ。いずれの犯行もショボい動機に杜撰《ずさん》な手口である。刑事魂に火をつけられるようなセンセーショナルかつミステリアスな事件に出会ったことがない。

この事件も世間的に話題になっているが、蓋を開けてみればどこが「奇なり」なのか分からない幕引きを迎えるのだろうか。それではつまらない……と不謹慎なことを考えてしまう。

やがて「久慈見ワイナリー四百メートル先」という案内板を通り過ぎた。前方にワイナリーと思われる建物が見える。道はきれいに舗装されていて、ワイナリーが突き当たりとなっている。

しばらく一本道が続いた。この道はほぼワイナリーに通ずる専用道路となっているようだ。

「あそこだ」

突然、浜田が運転席側の車窓を指した。そちらに視線を向けると影のように真っ黒な建物が見えた。

そちらに向けて車が一台通れるほどの小道が通じている。天神は右折して小道に入った。しばらく進んで道端に車を停めた。外に出ると春らしい温かい風が頬を撫でる。ありがたいことに他の捜査員の姿は見えない。

こちらもぶどう農園が広がっている。しばらく人の手が入っていないようで荒れっぱなしになっていた。

そこから三十メートルほど進むと飯田宅の焼け跡が佇んでいた。残された外壁は真っ黒に煤《すす》ばんでおり、そうでないところは柱がむき出しになっている。平屋の建物は見るからに傾いていて、柱の一本でも蹴飛ばせばそのまま倒壊しそうだ。

天神たちは一応、手袋をはめた。

「ひでぇな」

玄関と思われる入口から屋内に入るが、壁や天井が焼け落ちているので外や空が見渡せる。台所と思われるエリアに立ち入ると、ヤカンや鍋といった調理器具が煤ばんだ状態で地面に転がっていた。居間とおぼしき場所に移動すると熱で変形した液晶テレビが倒れている。デスクの上のパソコンも、辛うじてそうであることが分かるというまでに変わり果てている。

とはいえこんなところに飯田の死体が転がっているわけでもないし、それが目的でもない。

「うん？」

天神は地面に転がっている電子ライターを拾った。

こちらも煤けていて熱でわずかに変形している。本体表面には『スナックひばり』と刻印されていた。飯田のいきつけの店だろうか。天神は何の気なしにライターをポケットに入れた。

とりたててめぼしいものは見当たらない。建物の外に出るとマヤが農園の方を眺めている。

「あれは倉庫かな」

彼女が指した方向にはそれらしい建物が見える。ここから五十メートルほど離れていた。四人はそちらに向かった。

「間違いなく倉庫だな」

プレハブの建物でコンパクトカーなら二台ほど収容できる広さがある。

「こちらは放火されなかったみたいね」

天神は扉のノブに手をかけた。

「開いてるぞ」

そのまま扉を開く。

「なんだかこじ開けられたみたいね」

マヤの言うとおり、扉の縦枠の一部が変形している。扉と枠の隙間に釘抜きのようなものを差し込んで無理やり開いたのだろう。その部分の周囲には引っ掻いたような傷も多数認められる。

「所有者が失踪したんだ。中にいないか確認するために捜索人がこじ開けたんだろう」

「まあ、そうでしょうね」

中に入るとカビの臭いが鼻腔を突いた。

軽トラックが停められているが、ウィンドウも本体も塵埃《じんあい》に覆われている。中を覗き込むと当たり前のことだが人の姿は認められない。

運転席のノブに手をかけると施錠されていなかったようで扉が開いた。内部を調べてみるもこれといったものは見当たらない。ドライブレコーダーに何か写っているかもしれないと思ったが、設置されていなかった。壁際には大きな棚が設《しつら》えられており、農作業のための道具や機材が整然と並んでいた。

「農薬もあるぞ」

箕浦が両手にプラスティック製の容器を手にしている。

「これ、パラキラールですよ！」

棚の中から別のプラスティック容器を取り出した浜田の声が屋内に響きわたった。

天神は浜田から容器を奪い取るとラベルを確認する。

容器の表面は埃で汚れている。天神は息を吹きかけてラベルに付着した埃を飛ばした。たしかにパラキラールと開発元であるメメントコーポレーションの記載がある。

「ここから持ち出された可能性もあるな」

棚を確認してみるとパラキラールの容器は全部で三本あった。そのうち二本は未開封で一本は開封されている。開封された中身は半分ほど減っていた。

「こちらには空の容器があるぞ」

箕浦が建物の隅っこに置かれた収納ボックスの中を覗きながら言った。

「全部出してみましょう」

浜田に言われて箕浦は空容器を床に並べる。数えてみると全部で二十本あった。

そのうちパラキラールのラベルが貼ってある容器だけを他と分ける。すべて空である。

「四本ですね」

「ということは未使用分も含めて全部で七本か」

「農薬の空容器は産業廃棄物として扱われるから一般ゴミでは出せません」

浜田の指摘に箕浦はうなずいた。

「なるほど。この収納ボックスにひとまとめにして、ある程度集まったら産業廃棄物処理業者に引き渡すわけだね」

ボックスの表面には「久慈見エコ産業」の企業名とロゴ、電話番号が印字されている。おそらく取引のある産業廃棄物処理業者なのだろう。

「ちょっと待ってくださいね」

浜田が先ほど農協から受け取った納入先リストのコピーを取り出す。

「飯田八郎が最後に注文したのは八本ですよ」

飯田が失踪する二ヶ月ほど前にパラキラールを八本注文していて納入済みであることがリストに明記されている。

「一本足りないじゃないか」

箕浦の声が裏返った。

今一度、倉庫の中を全員で確認したが他にそれらしい容器は見当たらない。

「犯人は失踪した飯田八郎なんですかね」

「その可能性もなくはないけど、それはどうかしら」

飯田が犯人なら、失踪の動機も今回の毒物事件と関係が大いにあるだろう。

もしそうだとしたらどうしてわざわざ家に火を放ったのか。むしろ火をつけるなら毒を保管してある倉庫の方だろう。さらに飯田の単独犯であるなら、飯田はあのイベントに紛れ込んでいたということになる。

久慈見の住民なら飯田の顔見知りも少なくないはずだ。特にぶどう農家であればなおさらである。

だが、今のところ飯田の目撃情報は出ていない。

「飯田じゃないとすれば、犯人に盗まれたのかもな」

現状では断定できないが、飯田以外が犯人ならその可能性も高い。どちらにしても犯人がパラキラールを入手することはさほど困難ではなかったということだ。

8

次の日。

早朝の会議が終わり部屋を出る。どうもあの道場は寝心地が悪い。体の節々が痛む。

他の刑事たちの何人かもそのようで、痛みに顔をしかめながら大きく背伸びをしている。

「天神さん。あんたら部外者だろ。勝手にうちらの縄張り荒らさんでくれよ」

四係の刑事が剣呑な目つきを向けたまま近づいてきた。飯田の倉庫を調べたことが気に入らないらしい。

この玉井《たまい》健太《けんた》という刑事は警察学校時代の同期だ。当時からなにかと天神に突っかかってきた。

勝手にライバル視されているようだ。

「俺たちには俺たちの仕事がある。その仕事で言えばお前も部外者だ。とやかく言われる筋合いはないね」

こいつの顔面に鉄拳を叩き込もうと思ったのは一度や二度ではない。まだ実行したことはないが、遠くない将来にやってしまいそうだ。

「ふん、ハードボイルドの天神さんが今では警察庁次長のお嬢さんのお守り役ときたもんだ。まあ、せいぜい頑張んな」

玉井は自分の肩を天神の肩にぶつけるとそのまま離れていった。

「なんだか我々は連中のお荷物扱いだな」

二人のやり取りを見て近づいてきた箕浦がため息をついた。

「だからさっさと俺たちの手で犯人を逮捕して、現場に復帰してやりますよ」

今のところそれが一番手っ取り早く、現実的な手段だ。

かといって捜査本部の連中を出し抜いて真犯人を特定することは、よほどの僥倖に恵まれなければ難しい。やはり黒井マヤの人並み外れたといわれる洞察力を利用させてもらうしかない。

「犯人が飯田八郎の倉庫から農薬を持ち出したことが判明したのは我々の手柄だよな」

「そうですよ」

あれから天神たちは倉庫の状況を捜査本部に報告した。

飯田八郎が失踪した当時、彼の知人である竹下幸三《たけしたこうぞう》という久慈見町内で電気店を営む老年男性が、倉庫に八郎がいないかどうか調べるために鍵を開けて中を確認した。

実は竹下は飯田から倉庫の配電修理を依頼されていて一時的に鍵を預かっていたのだという。その修理が完了する前に飯田は失踪してしまったようだ。

放火事件直後、倉庫に飯田がいないことを確認した竹下は、きちんと施錠して外に出たという。

倉庫にはそれ以来立ち寄っていないと主張した。

さらにそのときに倉庫の扉にこじ開けたような痕はなかったと証言している。

そして鍵は今も竹下が所持していて他人に持ち出されたことはないとも言った。聞き込みした刑事も竹下宅でその鍵を確認していて、間違いなく倉庫の鍵だったと捜査会議で報告した。

ただ気になる点もある。この竹下は久慈見教会のイベントに参加していたという。あの場にいた以上、容疑者の一人だ。

「竹下が犯人だったらいちいちこじ開ける必要はないだろう。鍵を持っているんだから」

「いやいや、箕浦さん。それすらも竹下のカムフラージュかもしれませんよ。悪党というのは俺たちが思っている以上に狡猾です。すべてを疑うべきですよ」

すべてを疑う。これこそがボッキーの信条である。

「その老人がそこまで考えるかな」

「そこまで考える人間がいるからこそ迷宮入りするんですよ。常識を含めてすべてを疑えです」

「ふうん……なんか昔観た刑事ドラマみたいなこと言うね」

「そ、それは偶然じゃないですかね」

元ネタがバレたら間抜けすぎるにもほどがある。たまにボッキーになり切りすぎてしまうことがあるから気をつけないと。

「とにかく上の連中は飯田の倉庫から盗まれた農薬が凶器だと考えている。しばらくはその方向で捜査が進められるだろう」

「お姫さん。あんたはどう思う?」

天神は近くで欠伸を噛み殺しているマヤに声をかけた。

「いいんじゃない、それで」

「それでいいのか」

「農薬の出所なんかより、飯田八郎の失踪の方が気になるんだけど」

あれから飯田のことも調べてみた。

最後に目撃されたのは、去年の八月二十日の午前十時ごろ。

彼の自宅を訪問したNHK受信料徴収員である大西賀津也《おおにしかつや》が本人と話をしている。

これまで一度も受信料を支払っていなかったので訪問した。毎回「NHKは滅多に観ないから」という理由でつっぱねて一悶着を起こすのだが、その日は揉めることなく、素直に契約書に署名捺印したという。その書類も確認済みだ。

署名も本人の筆跡であることが確認された。飯田に変わった様子はなかったかという質問に対して「ご機嫌の様子だった」と徴収員は答えた。

「上の連中は飯田犯人説には否定的だよ」

箕浦の言うとおり、捜査本部は飯田に注目していないようだ。むしろ、飯田の倉庫から農薬を盗んだ人物の特定に注力するつもりらしい。

飯田は右足を悪くしていて歩行する際にはいつだって足を引きずっていたという。それは彼のことを知る多くの人間が証言している。

久慈見教会のイベントにおいて飯田らしき人物は目撃されていないし、映像や画像にも足を引きずっている人物は写っていない。イベントには顔見知りの農家が何人もいたのだから、紛れ込んでいたとしても誰かが気づくはずだ。

現地のどこかに身を隠していたというのもあり得なくはないが、あれだけ大勢いて顔見知りが多い中で、機敏な動きがとれない飯田が、誰にも気づかれずにワインにパラキラールを混入できたとはなおさら考えにくい。

「じゃあ、俺たちは飯田方面で探っていきますか」

天神は箕浦に提案する。

マヤは「飯田八郎の失踪の方が気になる」と言っていた。

実は昨夜、三係の知り合いに黒井マヤのことを聞いた。

彼女は初見の段階であり得ないことを口走るが、それがなんらかの形で真相につながっていたことが多いという。その刑事は「マヤの推理は一種の超能力だ」とも言っていた。

正直、天神も飯田犯人説については大いに懐疑的である。むしろないと思っている。

しかし人間離れした洞察力を持つマヤが飯田に道筋を示すのならそれに従ってみようと思う次第だ。都合のいいことに飯田に注目している捜査員は皆無である。こちらとしても動きをとりやすい。

とりあえず天神たちはカローラに乗り込んだ。運転手はもちろん天神である。助手席は浜田、後部席にはマヤと箕浦だ。

「飯田は相当にケチだったらしいですね」

浜田が首筋をコキコキと鳴らしながら言った。

「頑なに受信料の支払いを拒んでいたってな。それでいて大河ドラマの大ファンだっていうんだから呆れるね」

このまま拒否され続けたら裁判に発展していたのではないかと徴収員の大西は言っていた。大西が担当になってから、もう五年以上も拒否され続けたというのだ。

そのくせ大西には大河ドラマを絶賛していたようだ。ＮＨＫが映らないとか一秒も視聴していないというのならともかく、存分に視聴を楽しんでいて支払わないというのは道理が通らない。

ちなみに天神も一応支払っている。もちろん納得していないが。

「そんな飯田がどうして支払いに応じたのかしら。それもあっさりと契約書にサインしたって言ってたわね」

しばらく黙っていたマヤの声が後ろから聞こえた。

「裁判沙汰になったらマズいと思ったんじゃないですか」

大西は訪問するたびに裁判の可能性をちらつかせたという。たしかに裁判になればやっかいだ。裁判費用もかかるだろうし、そもそもよほどの反骨的な信念がなければ支払いに応じるだろう。飯田の場合、未納が数年分なのでそれなりの額になるはずだ。

「やたらとご機嫌だったとも言ってたね」

今度は箕浦が口を挟んだ。

そうこうするうちに目的地に到着した。

久慈見駅から徒歩二分ほどの歓楽街。車は付近のコインパーキングに駐車した。歓楽街といっても古く小ぶりな飲み屋が六軒ほど細い石畳の通りに連なっているだけだ。

「ここだ」

マヤたちを先導していた天神は足を止めた。

そして手にしたライターを確認する。飯田宅の焼け跡で拾ったライターである。

スナックひばり。ライターに表記された店名と看板が一致している。

昼前ということもあって店は閉まっている。建物は二階建てとなっていて一階は店舗、二階は住居のようだ。

とりあえず天神は店の扉をノックした。しばらくノックしていると扉が開いて中から赤毛の女性が不機嫌そうな顔を覗かせた。どうやら寝起きらしい。

四十代後半といったところか。化粧をしていないが整った顔立ちをしている。化粧を施せばかなりの美形になりそうだ。飯田が行きつけとしていたのもうなずける。

「誰？」

この手の店のママの特徴ともいえる、喉が酒やけしたような声である。

天神たちが警察手帳を見せると、彼女は迷惑そうに眉をひそめた。

「お巡りさんのお世話になるようなことはなにもしてないんですけどね」

「ちょっとした聞き込みです。ご協力お願いしますよ」

天神は笑顔を繕った。他人からはぎこちないとよく言われる。

「まあ、中にどうぞ」

女性は天神たちを店内に招き入れてくれた。中は場末のスナックといった内装で、カウンターに八脚の椅子が並んでいる。テーブル席はない。

女性に名前を尋ねると「内藤《ないとう》ひばり」と答えた。彼女の名前が店名になっているようだ。

内藤はカウンターの裏側に回ると天神たちにお茶を淹《い》れてくれた。

「飯田八郎という男性をご存じですか」

「ええ。うちの常連さん。足の不自由なおっとさん」

「最近、見かけませんでしたか」

「はぁ？　何言ってんの。見かけるわけないじゃない。飯田さん、失踪しちゃったんでしょ。そのことでお巡りさんがうちに来たわよ」

内藤は怪訝そうに答えた。

飯田のことで警察官が聞き込みに来たのは去年の八月の終わりごろ、放火事件の数日後だったという。

「失踪に関して心当たりはありませんか」

「あんときも言ったけど、まったくないわね。最後にここに来たときは上機嫌だったから」

「上機嫌？」

受信料徴収員の大西も飯田のことをご機嫌の様子だと言っていた。

「うん。お会計のとき、お釣りを受け取らなかったの。あのドケチな飯田さんがどういう風の吹き回しって思った」

「お釣りっていくらですか」

「五千円札だったから二千円とかそんなとこよ。いつもだったら端数はまけろとか、セコいこと言ってくんのよ」

他にも酔ったふりをして支払いをせずに帰ろうとしたこともあったという。

「飯田さんを良く思ってなかったり恨んでいる人間を知りませんかね」

「常連さんとはいえ私もそこまで飯田さんのことを知っているわけじゃないから」

内藤は首を横に振った。

「なにか他に飯田さんのことで気になったことってありませんか。どんなことでもいいです」

内藤はしばらく考え込むように顎をさするといきなり手をパンとたたいた。

「そういえば外車を買うみたいな話をしてた」

「いつですか」

「ここに最後に来た日。私じゃなくて木嶋《きじま》さんによ」

「木嶋さん？」

「木嶋さんもうちの常連客なんだけど、外車を売り買いする仕事をしてる。あの日、そこの席に二人が隣り合って座っていてそんな話をしてた」

内藤はカウンターの隅の席を指した。

「詳しく教えてください」

「他にもお客さんがいたから詳しいことまでは聞いてないわ。ただ、飯田さんが木嶋さんにいい外車があったら紹介してほしいみたいな話をしてたのは聞こえた。ベンツとかボルボとか言ってたわね」

「ベンツですか。羽振りがいいですね」

「うちで飲む酒も一番安いやつばかりだし、着てる服もいつも安物だったし。乗っている車も軽トラよ。そんな人がベンツだなんて、宝くじでも当たったのかねぇ」

「その木嶋さんの連絡先って分かります？」

「名刺を置いていってるわ」

内藤は棚の引き出しから名刺ホルダーを取り出した。開くと律儀にあいうえお順に名刺が並べられている。その中に「木嶋自動車販売　社長・木嶋歩《あゆむ》」と印字されている名刺があった。

天神たちは名刺の内容をメモすると店を出た。

車に乗り込んでメモした電話番号をカーナビに打ち込む。画面には「木嶋自動車販売」と表示された。

「なんのことはない。農協の隣じゃねえか」

天神は車を走らせて農協に向かった。木嶋自動車が入居している雑居ビルの駐車場は満車となっていたので、農協の駐車場に停めさせてもらう。

木嶋自動車販売は五階建て「久慈見第一ビル」の三階に入居していた。エレベーターに乗り込んで三階に上る。エレベーターを出ると目の前に「木嶋自動車販売」と屋号が打たれた扉があった。

ノックすると四十代半ばとおぼしき男性が顔を覗かせた。

「いらっしゃいませ」

短軀《たんく》だががっしりした体格で顔は日焼けサロンに通っているのではないかと思うほどに焼けている。口元からは肌とは対照的な真っ白な歯を覗かせている。天神の経験上、妙に歯が白いヤツは信用できない。

天神たちが警察手帳を掲げると、男性の顔から笑みがさっと消えた。

「木嶋社長はどちらに？」

「私がそうですけど」

「去年の八月に失踪した飯田八郎さんの件でお話を聞かせてもらいたいんですよ」

「まあ、とりあえず中にどうぞ」

木嶋は天神たちを事務所の中に招いてくれた。

天神たち四人の刑事は木嶋に勧められるままにソファに腰を下ろす。

「トモミちゃん、お茶を頼む」

木嶋は従業員らしき若い女性に指示すると本人もソファに腰を落ち着けた。

「去年の八月に飯田さんと商談をしたそうですが」

天神はさっそく話を切り出した。

「たしかに飯田さんから車を紹介してほしいという話はされましたけど、すぐに連絡が取れなくなったので、そこからは進展してませんよ。失踪したと聞いてますけど」

さほど大きくない町だ。この手の噂はすぐに回るのだろう。

「ベンツとかボルボがほしいと言っていたらしいですね」

「さすがは警察だ。誰から聞いたんですか。よくご存じですね」

もちろん情報元は明かさない。刑事の鉄則だ。

「飯田さんはいくらくらいの車を希望されていたんですか」

「八百万円くらいでしたかね」

「それは高級車ですね。飯田さんには見合ってないと思うんですが」

スナックひばりからここまで移動する車中で、浜田が飯田の資産状況を問い合わせる電話をしていた。明日には分かるという。

「ここだけの話、私もそう思ってました。最初は冷やかしかなと。でも本人は購入する気まんまんのようでした。それもキャッシュで支払うというんですよ」

「キャッシュで？　そんな大金、持ってるんですか」

「さすがに私も飯田さんの経済状況までは把握しておりません。でも近々、大きなお金が入ってくる予定があるみたいな話をしてましたね」

「大きなお金が入ってくる？」

思わず天神は聞き返した。

そのタイミングでトモミちゃんがお茶の入った茶碗をテーブルに並べた。

「人生終盤でツキが回ってきた、とかなりご機嫌の様子でした。宝くじでも当たったんですかね」

と彼女は思い出したように笑った。宝くじのことは内藤も言っていた。

「ところでこれは例の毒物事件の捜査とは関係ないんですか」

木嶋が茶碗に口をつけながら尋ねてきた。

久慈見町はその話題で持ちきりだから、彼がそう思うのも当然だ。実際に久慈見署の人手の大半はそちらに投入されている。近隣の所轄署からも応援が駆けつけているくらいだ。

「我々もさまざまな方面から捜査しています」

「つまり飯田さんが事件に関係していると？　失踪したのは去年の八月ですよね」

木嶋の瞳に好奇の光が灯《とも》った。

「今のところはまだなんとも。なにか他に気になったことはありませんか。どんな些細なことでも構いません」

「いま思えばですけど」

突然、木嶋が何かを思い出したように上目遣いになった。

「教えてください」

天神は前のめりになる。

「人生最後に買う車になるかもしれないみたいなことを言ったんですよ。こっちも年齢的にもう一台くらいは買えるんじゃないですかって返したんですけどね」

飯田は失踪当時、七十一歳だ。そろそろ運転免許証の返納を考える年齢かもしれない。

「それで？」

「死んだら車なんて必要ないと。そしたら急に、車に細工を仕込んで運転手を殺すことができるか、みたいな話をするんですよ。さすがに方法は告げませんでしたけど、やろうと思えばできますと言いました。実際に当時、そういう事件が福岡で起きたとニュースになっていましたからね」

その事件については天神も知っている。ブレーキに細工を仕込むという古典的な手口だ。

幸い、運転手はガードレールに車体を擦《こす》りつけて停めたため、命を落とすには到らなかった。後に自動車整備工の若者が逮捕されている。以前、運転手と整備を巡ってトラブルになったことがあり、それを恨んでの犯行だった。

「で、それがどうかしたんですか」

「急に顔色が悪くなってまた来るからと帰っていきました。それから来店することはなかったんですけどね。いま思えば、なにかに怯《おび》えた様子でしたね」

それまで陽気に商談をしていた飯田が車両の細工による殺害の話をしたら顔色を変えた。

「失踪に関係あるかもしれない。その話を警察にしましたか」

「うちに警察は来てません。飯田さんと顔を合わせたのは二回だけですからね」

そのうち一回はスナックひばりだろう。商談のことは警察も把握していなかったに違いない。

天神たちは礼を言って辞去した。農協の駐車場に停めてあったカローラに乗り込む。

「どうも飯田は身の危険を予感していたみたいだな。自分が殺されるかもしれないと怯えていた、ということか」

後部席の箕浦が言った。

「犯人の目的は宝くじの当せん券ですかね」

今度は助手席の浜田。

「だったらどうして家に放火するの」

箕浦の隣に座るマヤが問うた。

「それは……やっぱり証拠隠滅じゃないですか」

「証拠ってなんの？」

「たとえば飯田が宝くじを購入したという記録ですよ。購入した日時とか店舗とか当せん番号とかですね。詳細を日記なんかに残していたかもしれない。パソコンがあったからその中にあるかもしれない。それらをひとつひとつ探すなんて効率が悪い。だったら家ごと燃やしてしまえばいいって話です」

「なるほど。浜田くんにしてはやるじゃない」

「えへへへ、それほどでもぉ」

浜田は照れ臭そうに頭を掻いた。

たしかに浜田の推理は筋が通っている。住人である飯田本人は見つかっていないのだ。

それが宝くじかどうかはともかく、放火の目的が証拠隠滅であることは充分に考えられる。

しかし、そもそも飯田の失踪が今回の事件とつながっているのかすら分かっていない。

マヤが遠い目をしながら車窓を眺めている。

「ねえ、天神様。病院に行ってくれる？」

突然、マヤが次の行き先を口にした。

彼女の視線の先が病院に向いていたことに今気づいた。

＊

事件発生は四月一日、そして今日は五日である。

代官山はいまだ集中治療室で眠っている。

数日前には元相棒の高林もこの中に運ばれていた。しかし今は荼毘《だび》に付されている。葬式は居たたまれないものとなった。

代官山は面会禁止なので入室はできない。

彼の両親が実家である静岡県浜松市から駆けつけてきて近所のホテルに泊まり込んでいる。

集中治療室前の廊下のベンチには彼らの姿があった。廊下から患者の姿を見ることはできない。

父親は七十といったところか。ふさふさした白髪を七三に分けて、実直そうで優しげな顔立ちをしている。この年代としては長身だ。どことなく漂う上品さが企業の重役を思わせる。母親は七十にはなっていないだろう。

小柄で華奢ながら若いときは相当に美形だったと思わせる名残が充分に見受けられる。

代官山のシャープに整った顔立ちを柔らかくしたような印象だ。息子は明らかに母親似である。

どちらにしても天神の両親とはまるでタイプが違う夫婦だ。天神の両親はがさつで、見た目からして生活感にあふれている。

天神たちは警察手帳を見せて挨拶をした。それぞれが簡単に自己紹介をする。

代官山の父親は脩太郎《しゅうたろう》、母親は絹代《きぬよ》と名乗った。二人とも顔色がすぐれない。憔悴が窺える。

「あなたが黒井マヤさんなのね。息子はよくあなたの話をしてましたよ」

絹代はマヤの顔を見てうっすらと瞳を潤ませた。

「脩介さんがこんなことになったのも私のせいです。私が久慈見教会のイベントに行こうなんて言わなければこんなことにはなりませんでした」

珍しくマヤは神妙な顔をして、母親に頭を下げている。

「顔を上げてください。あなたのせいじゃないわ。だってこれも職務だったんでしょう。名張の事件を調べるためにここに来たと渋谷さんから聞いてます」

「今はそんなことは二の次です。彼をこんな目に遭わせた犯人を絶対に挙げます」

真剣な眼差しを向けるマヤの手を、絹代はほんのりと微笑んでそっと握った。

「息子が言ってた。あなたはどんな難事件でも解決してしまう警視庁随一の刑事さんだって。あなたが推理を内緒にするからそれを推理するのが大変だって」

「そ、そうなんですか」

マヤがバツの悪そうな顔を向ける。

浜田も目を丸くしながらマヤを見つめている。こんな表情を覗かせる彼女が珍しいのだろう。

「息子さんの容態はどうですか」

二人のやり取りを眺めていた箕浦が父親、脩太郎の方に声をかける。

「まだ意識は戻ってません。予断を許さない状況だと担当のお医者さんから聞いています」

その声から父親の動揺が窺えた。

「そうですか……」

「大丈夫。あの子は強い。なんたって日本の正義を守る警察官なんですもの。そうでしょう？」

絹代はマヤに向けた。

「代官様は死にません。私が死なせません」

彼女はきっぱりと答えた。

「ダイカンサマ？」

「お母さん！　私もそう信じてます。息子さんは我々が誇れる立派な刑事です。悪に屈するなんてあり得ません。絶対に戻ってきます」

小首を傾げた絹代に向けて箕浦が強く主張することでフォローした。代官山もこの呼び名のことは母親に伝えていなかったようだ。

「マヤさん。息子のことをよろしくお願いしますね。あなたがいれば脩介は負けない気がするの」

マヤが絹代の手を強く握り返した。

「彼をこんな目に遭わせた犯人をお二人の前に突き出してやります。そのときは煮るなり焼くなり好きにしてください」

「そんなことはできないわ。裁くのは裁判官のお仕事でしょう」

絹代は愉快そうに噴き出しながら言った。脩太郎も笑みを浮かべている。そんな表情にどこか救われたような気持ちになる。

絶望の淵に沈んでいるはずの彼らに笑みをもたらしたのはマヤだ。

「裁くためには俺たちが犯人を捕まえなければならない。俺からも約束します。俺たち特務係が犯人を挙げると」

今までは現場に復帰することがモチベーションの多くを占めていたが、今は違う。代官山の両親の無念と憔悴を目の当たりにしてあらためて犯人に対する怒りを実感した。

天神たちは病院を出た。代官山の両親は息子が目を覚ますまでこの地に留まるという。

天神たちはカローラに乗り込んだ。ルームミラーに視線を向けると背筋を氷柱で撫でられたような怖気が走った。

怒り、憎しみ、殺意、そして哀しみ。

マヤの表情にはさまざまな色が入り交じり、時にはグラデーションを浮かび上がらせている。

彼女の瞳が冷たく煮えたぎっていた。

9

日付が変わった。捜査本部はまだ犯人像を掴み切れていない。

しかし捜査員たちの必死の映像チェックと聞き込みの甲斐もあって、イベントに参加していた全員の身元を突き止めることができた。

イベント参加者の総人数は五十二人。教会周辺の防犯カメラもチェックしたが、これ以外の人物は確認できていない。事件当時、現場にいたのはこの五十二人であることは確定した。

マヤの見立てに間違いがなければ、この中に犯人がいる。

捜査本部もその点には同意のようだ。そして五十二人のリストの中に、飯田八郎の名前はなかった。

「注射器をゴミ箱に捨てた人間は依然不明か」

天神は唇を噛んだ。

捜査員たちは防犯カメラやＳＮＳに投稿された動画や画像、さらには参加者たちが撮影した、ネットにアップされていない映像まで、片っ端から調べた。

しかし該当するシーンはヒットしなかった。犯人は投棄する際に他人の視線やカメラのファインダーに自身の行為が収まっていないか、細心の注意を払っていたと思われる。

注射器に指紋は残されていなかった。拭き取られたような痕跡が認められるとのことだった。

「あのゴミ箱は、もともとあの場所に設置されていたそうだ」

箕浦が捜査本部の報告内容を教えてくれた。あのポリバケツは二週間ほど前から設置されていたと、教会をよく訪れる複数の信者が証言している。しかし誰が設置したのかは分かっていない。忽那神父ではないかと言う信者もいたが、裏がとれているわけではない。

「あの位置は防犯カメラに写らないんだよな」

箕浦が苛立たしげに頭を掻いた。

「そう簡単にはしっぽを摑ませてもらえませんね」

浜田が吐息とも嘆息ともつかない息を漏らした。そんな彼に向けてマヤが問いかける。

「浜田くん、飯田の金の流れはどうだったの」

「思ったとおり暮らし向きは良くなかったみたいですね」

浜田は銀行口座の預貯金と金の流れについてざっと説明した。

飯田を知る人間は彼のことをケチだと評していたが、吝嗇家《りんしょくか》にならざるを得ない経済状況だ。節約を徹底しないと近いうちに破産してしまっていただろう。農作業にも身が入っていなかったようで、そちらからの収入はほとんどなかった。

「八百万円の外車を買えるようなご身分にはほど遠いね。そうなると宝くじくらいしかないいんじゃないか」

箕浦が腕を組んだ。

「それを否定する証言もありましたよね」

浜田が答える。

あれから飯田の知人だという数人に聞き込みをした。そのうち二人が「飯田さんが宝くじを購入することはあり得ない」と証言した。飯田はあまりに低いとされる当せん確率から「宝くじを買う人間はバカだ」とことあるごとに言っていたという。

念のため、久慈見町周辺の宝くじ販売店を訪ねて飯田の写真を見せたが、来店したという情報は得られなかった。

「とはいえ絶対に購入してないとは断定できないだろ。宝くじに否定的だったにしろ、気まぐれに購入したかもしれないし、他人から譲り受けたかもしれない。遠くの店で買ったかもしれないし、近所であっても店員だっていちいちすべての客の顔を覚えていられないだろう」

補足するなら当せん券を拾ったということだって可能性としてはあり得る。

「それはそうですけど……」

箕浦の指摘に浜田が口ごもる。

「ギャンブルも違うっぽいしな」

飯田宅放火事件の際に、久慈見署がある程度のことは調べている。

農協職員の石塚は「飯田は競馬の話をよくしていた」と証言したが、他の知人によればたまにやる程度だったようだ。彼の競馬仲間によれば、万馬券が当たったような話は聞いていないという。当たれば他人に黙っているような性格でもないようだ。

「それ以外に大金が入ってくる状況ってなにがある？」

「身代金とか」

箕浦の問いかけに答えたのはマヤだ。

「幼児誘拐でもしたというのか。だったらとっくに大騒ぎになってる」

「誘拐された幼児の両親が警察に通報しなかったのかもしれない。警察に通報したら子供を殺すと脅すのは誘拐犯のお約束でしょ」

警察沙汰になっていないということは、身代金受け渡しは成功した。幼児が戻ってきたことから、両親も騒動を嫌って沈黙しているということか。

「ミステリ小説じゃないんだ。事実は小説よりも奇なりなんてことは滅多にない」

「なにマジになってんですか。冗談に決まってんじゃん」

マヤがからかうように笑った。

「お姫さん、真面目に考えろ。俺たちで犯人を挙げるってご両親に約束しただろ」

天神が睨むと、マヤは唇を尖らせた。

「天神様の言うとおりね。分かった。真面目に考えりゃいいんでしょ」

代官山のことを持ち出すと妙に素直になるじゃないか。

やはりマヤにとって代官山は特別な存在らしい。そのわりに意識を失った彼を見たときの冷徹な眼差しは異様だったが。

「で、お姫さんの真面目で実直で誠実な推理を聞かせてもらおうか」

口調に皮肉を込めるが、マヤは意に介していないようだ。

「宝くじとかギャンブルでなければ、たとえば強請《ゆす》りね」

「飯田は犯人にとって致命的な事実を知ってしまった。それで脅迫して金品を要求した。だから命を狙われているかもしれないと怯えていた。なるほど、筋は通る」

木嶋と商談していた時点では、まだ金を手に入れていなかったようだ。飯田は「近いうち大きなお金が入ってくる」というような話をしている。

「放火も証拠隠滅ね。浜田くんの言うとおり、脅迫された犯人は証拠や記録がどこに隠されているか分からなかった」

だから家ごと焼失させたというわけだ。

「だけどそれが毒物事件とどう関係があるんだ」

箕浦の疑問に、マヤは「さぁ」と首を傾げる。

「さぁ、じゃねえだろ。事件と無関係だったら飯田を追うのは無駄骨だし遠回りだ。そもそも五十二人の中に飯田はいなかったんだ。むしろすでに脅迫相手によって殺害されているかもしれない。とにかくあの場にいなければ毒を盛ることはできない。お姫さん、あんた、そう言っただろ」

天神が詰め寄ると、マヤは「ごもっとも」と言わんばかりに肩をすぼめた。

「でも、犯人は飯田の倉庫から毒物を入手した可能性が高いですよ。飯田八郎がまったく無関係とは言えません」

すかさず姫様大好きの浜田がフォローする。

「問題は毒物の出どころじゃない。混入させた犯人が誰かってことだ。あの五十二人の中にいるんだろ？」

天神は人差し指をマヤに突きつけた。

彼女は指先を見つめたまま黙っている。とはいえ以前のように涼しげな顔ではない。表情を消している。

「亡くなった十一人は外していいんじゃないか。あと、代官様もだ」

箕浦が指摘するとおり、死亡者と代官山を除けば四十人となる。

思えば代官山を含む被害者となった十二人のうち、忽那神父とワイナリーオーナーの工藤を除く十人は当選者である。彼らにとっては、僥倖が一転して凶禍となってしまった。

マヤは代官山に「一生分の運を使い果たしちゃったわね」と言っていたが、実際は一生分をはるかに超える凶禍に見舞われたことになる。

それは高林にもいえる。人生なにが起こるか分からない。自分たちだって明日命を落とすかもしれないのだ。

「そもそも犯人の目的はなんだったんだ」

毒物はクジミに混入されていた。

「クジミを試飲する人間を狙ったということになりますね」

「そうだとしても試飲は抽選だ。誰が当選するかなんて予想はできない」

浜田の意見に箕浦がつっこむ。

「でも忽那神父と久慈見ワイナリーのオーナー工藤要は例外です。彼らがクジミを口にすることは決まっていた。二人またはどちらかの命を狙ったのかもしれません」

「たしかにそれは考えられるが、それにしても手が込みすぎてる気がする。ターゲットが決まっているなら、暗がりから背後を狙うとか寝込みを襲うとか、もっと簡単で確実な方法があるだろう。こんな大それたことをするのはミステリ小説やドラマでの話だよ」

天神も箕浦の見解に同意だ。犯人の狙いが忽那や工藤とは思えない。

「だったら……クジミの評価を地に墜とすためとか」

浜田も負けじと推理をくり広げる。

「それの方が現実的だな」

今度は天神も箕浦もうなずけた。

今回の事件でクジミワインは全国的に注目を集めることとなった。ウルトラレアなワインなので知らなかった人も多かったようだ。入手の困難さや価格などワイドショーでも話題になっていた。ネットでは「毒入りのイメージが強すぎてくれてもいらない」「飲むと呪われそう」など辛辣な書き込みが目立つ。

庶民の妬みや僻《ひが》みが込められているのだろうが、クジミにとって相当なイメージダウンになったのは間違いないと言えるだろう。

「そうなるとクジミになんらかの恨みを持つ人間による犯行ということになる」

クジミは希少性が高すぎて入手困難だ。ゆえに他のワインのシェアを奪うということは考えにくい。

「クジミは選び抜かれたぶどうが原料となっている。取引を巡って農家とワイナリーの間にトラブルがなかったのか」

箕浦が考え込む。

捜査員たちはもちろんその線も調べている。今のところ、ワイナリーと農家の間に軋轢《あつれき》が生じたという報告は挙がっていない。

「もしクジミの評価を落とすためにあんなことをしたとするなら、犯人は異常者だ。そんな目的で十一人の命を奪ったんだからな」

その中に代官山はカウントされていないが、いずれそうなる可能性も低くない。いまだ彼の意識は戻っていないのだ。

「姫様はどう思いますか」

浜田がじっと考え込んでいる様子のマヤに見解を求めた。

「忽那神父と工藤要がクジミを口にするのは決まっていた……」

彼女は顎先をさすりながらつぶやく。

「そうですけど」

「犯人って殺すべきターゲットを特定してたのかな」

「どういうことですか」

浜田が両目をぱちくりとさせながら聞いた。

「犯人の狙いは一人だけだった。でもその一人が誰なのか特定できてない。だから全員殺した……」

マヤは浜田の質問に答えているのではなく、頭の中を整理しているような口ぶりでつぶやいた。

犠牲者はクジミを試飲した者に限られる。

「つまり犯人は、殺害するターゲットがクジミを試飲する人間であるところまでは特定できていたと。そういうことか？」

「うーん、そこなのよねぇ。そこが引っかかるわ」

マヤはこめかみに親指をグリグリと押しつけた。

「そうだよな。試飲は抽選だ。ターゲットが当選するかどうかなんて、事前に知りようがない」

それに、もしターゲットが特定できたのなら、無関係の人たちを巻き込む毒物事件など起こす必要がない。

殺すだけなら簡単な方法がいくらでもある。上手くやれば事故や自殺に見せかけることだってできるはずだ。

これほどまでに世間の耳目を集めてしまえば、警察も本腰を据えて捜査する。つまりあのような手口は犯人にとってなんらメリットがない。

「今度ばかりはさすがのお姫さんも悩まされてるな」

天神の言い草にマヤは頬を膨らませた。

10

四月十日。

事件が起きてから九日が経つ。

依然、代官山の意識は戻らず危篤状態が続いている。

天神たちは毎日、病院に立ち寄って医師から経過報告を受けている。

あれから両親も毎日、集中治療室前の廊下のベンチに座って、息子の回復を祈っている。さすがに二人の顔は疲れが色濃くなっていた。

時には涙を浮かべる母親の手を、気丈な父親がしっかりと握っていた。

彼らの姿を目にして、一日も早く犯人を挙げねばとあらためて心に誓う。

とはいえ今のところ犯人につながるめぼしい情報は出てこず、容疑者の絞り込みもままならない。

当日のイベント参加者たちを呼びつけて、片っ端から事情聴取している状況だ。

中には、長時間にわたって拘束され、警察で不当な扱いを受けたとSNSに書き込んでいる者もいた。

マスコミも警察に批判的な記事を流すようになった。小さな町での事件ということもあって近隣住民たちからの風当たりも強い。聞き込みする際、先方から罵声を浴びせられたという捜査員もいる。署には批判の電話がひっきりなしにかかってきているという。

久慈見町はある種のヒステリー状態に陥っているようだ。

マヤたちは再び現場である久慈見教会のイベント会場にいた。

先ほどまでマスコミらしき人間が教会の周囲の様子を撮影していたが、今は姿を消している。敷地の入口には黄色のテープが張られて立ち入り禁止となっていた。

この場に立つと事件当時の光景がよみがえってくる。肌を撫でる風、吐瀉物の酸っぱい臭い、被害者たちの悶え苦しむ声やパニックを起こした者たちの怒号。

まさに地獄絵図だった。

そんなイメージを振り払いながら教会堂に入る。

中に入るとヒヤリとした。厳《おごそ》かな空気で満たされている。

五人ほど座ることのできる木製の長椅子が中央の通路を隔てて左右に七列ずつ並んでいる。

祭壇に掲げられている十字架に磔にされたイエスの像は、犯人の姿を見たのだろうか。

「犯人を教えてくれよ」

別にキリスト教徒でもないが、天神は胸の前で十字を切ってみた。当然何も返ってこない。

像の背後にはめこまれたステンドグラスからの光が、マヤの顔をカラフルに、そして神秘的に彩っている。彼女は天神の仕草を見てやんわりと微笑んだ。

天神の心臓がわずかに高鳴った。

なるほど、代官山が惚れてしまうのも分からないでもない。油断しているとこちらも心を持っていかれてしまいそうだ。

天神は自分の両頬を三度ほどはたいた。

「なにしてんの？」

マヤが目を細めて聞いた。

「な、なんでもねえよ」

動揺を悟らせないために、顔を背ける。

「忽那神父と工藤は、ここで倒れていたんですよね」

浜田が祭壇前に立った。彼の足下にはチョークで描かれた人形《ひとがた》の跡が残っている。

忽那と工藤は他の当選者がクジミを飲み終わって外に出たあとも、ここに留まっていたようだ。

そのときは間もなく自分たちが死ぬとは夢にも思っていなかったはずだ。

イベントのためにクジミを調達してくれた工藤に忽那は感謝の言葉をかけていたのかもしれない。

工藤はカトリック信者ではないが、神父のために一肌脱いだのだろう。

「おそらくクジミがここに運ばれていた時点では、すでに毒が混入されていたんだろうな」

天神は祭壇前の長テーブルに視線を向けた。この上にクジミのボトルやワイングラスが並べられていたそうだ。

「そりゃそうね。当選者たちの注目が集まっているだろうし、神父たちも近くにいただろうから」

「つまり彼らが教会堂に入る前、しかもターゲットにワインを飲ませるまでの三十分以内に毒が混入されたということだ」

「それまでしばらくは、神父がボトルを手にしていた」

マヤがテーブルを見つめながら言った。警察が入ったとき、ボトルはテーブルの上に置かれていたという。

「その前はどこに置かれていたんだっけ」

箕浦が浜田に問うた。

「神父の住居です」

ワインは温度管理が何より重要だと聞く。クジミほどの高級ワインを、外に出しっぱなしにするとは思えない。どこかに適切な温度で保管されていたはずだ。

四人は建物の外に出た。

住居は教会堂の隣に建っている。二階建ての民家だ。いたって簡素な造りであるが、一人暮らしには充分すぎるほどだ。

「独身なんだよな」

「カトリックの神父ですからね」

浜田が答える。

「プロテスタントは結婚が許されているんだったか」

「ええ。でもカトリックは性とは切り離された生活を求められますからね。それが原因か、欧米ではカトリック聖職者による性的虐待が社会問題になっていますよ」

「宗教ってのは、なにかと本末転倒だ」

「ですねぇ……世界で起きてる戦争や紛争の原因の多くが宗教絡みですからね」

浜田がうんざりとした風情で首を横に振った。

「宗教は多くの人間を救っているかもしれんが、それ以上の命を奪ってるってか」

「そこが人間の面白いところよ」

マヤが愉快そうに口を挟む。

「そんなに面白いか」

「面白いでしょ。そもそも殺しが起きなければ私たちの存在意義がないじゃない。人が人を殺す。そいつを捕まえる。それでご飯を食べているのはどこの誰べえさんかしら」

「やれやれ、お姫さんにはかなわねえな」

天神は両手を虚空に放り出す。これ以上、小娘の屁理屈問答につき合うつもりはない。

一同は神父の住居に足を踏み入れた。

こちらも空気が冷たい。薄暗い静寂に包まれていた。

玄関のスイッチを入れると電灯が点いた。まだ電気が通っているようだ。

玄関の壁にはホームセキュリティのコントロールパネルが設置されている。今は解除されて作動していない。

一階はキッチンとリビング、応接室。そしてトイレと風呂場だ。

「この中に保管されていたようです」

浜田がキッチンに設置されたワインセラーを指した。見たところかなり本格的なつくりをしている。

扉を開くと中はひんやりとしており、ワインボトル十本以上が収まっていた。

そのうちの三本はデエスだ。

クジミには及ばないにしろ、久慈見ワイナリーの高級ワインであり、イベント当日参加者たちに振る舞われていた。ワイナリーのスタッフの話では工藤が神父に贈ったものらしい。

ワインセラーが設置されているくらいだから、神父もワイン好きだったのだろう。

「毒を入れるならやっぱりここだよな」

箕浦がワインセラーの扉を開け閉めしながら言った。

「でも玄関扉は施錠されていたし、窓から侵入された形跡もありません。なにより目撃情報もありません」

住宅はイベント会場から、目と鼻の先の距離である。侵入しようとする者がいれば、参加者の誰かが気づいたはずだ。

参加者たちから死角となる建物の裏側には小窓が二つほどあるが、大人が出入りできるようなサイズではない。それぞれが風呂場とトイレに通じている。

これらの窓から侵入できるとすれば子供か、全身をねじ曲げることができる雑技団の人間くらいだろう。とはいえ、それも不可能だ。事件当日、すべての窓が施錠されていたことが捜査員によって確認されている。

「イベントが始まるずっと前に侵入して屋内のどこかに隠れていたのかもしれない」

マヤの見解に「あるかもしれませんね！」と浜田が同調した。

「でもホームセキュリティがある」

もちろん捜査員はセキュリティ会社に当日前後の記録を照会済みだ。一度も異常を感知していないという報告である。

事件当日、イベントのため神父が自宅を出た際にホームセキュリティはセットされていた。

それから間もなく久慈見ワイナリーの工藤要が、セキュリティを解除している。彼が神父に代わってクジミのボトルをワインセラーから持ち出したことが、捜査によって明らかにされている。

当選者の発表が終わったとき、神父は信者たちに囲まれていた。そこで工藤がボトルを持ってくると神父に申し出たのだ。

神父は自宅の鍵とセキュリティを解除するためのカードキーを工藤に託した。

ワインセラーからボトルを取り出した工藤が神父宅を出る際に、ホームセキュリティはセットしていない。

二人の会話を聞いていた信者の一人によれば「クジミ以外に盗まれるような高価なものはないからセットしなくてもよい」と忽那は工藤に告げたようだ。セットの手順が若干煩雑なためそう告げたのだろう。

つまり工藤の手によってクジミが外に持ち出されるまでは、ホームセキュリティが作動していたということになる。窓や扉を開こうとすれば警報が鳴り、さらにセキュリティ会社に通報されるシステムだ。

さらにその前も神父が在宅でない限り、セキュリティは常時作動していたと警備会社の人間は証言している。

「なんらかの方法でかいくぐったとか」

「知識があればできないことではないな」

プロの窃盗団なら、セキュリティ機器に細工を施して無力化してしまう。過去にもそういう事例はあった。

しかし今回は細工された形跡も認められなかった。

本体に付着した指紋もすべて照合済みだ。いずれも容疑者リストからは外れている。

とはいえ天神たちの窺い知れない方法でかいくぐった可能性は捨てきれない。

「建物のどこかに身を潜めて、ワインセラーに保管されているクジミのボトルにタイミングを見計らってパラキラールを混入したということか」

そのタイミングとは、ワインセラーから取り出される直前だろう。

住宅のどこかに身を潜めていた犯人は注射器を使ってボトルに毒を注入してワインセラーに戻す。そして毒入りのボトルが工藤によって持ち出されて、忽那の手によって教会堂に運ばれた……そんな流れだろう。

「犯人にとっても時間との勝負ね」

パラキラールの刺激が生じないのは混入してから三十分程度だ。たとえば前日とかに前もって毒を仕込んでおくことはできない。ターゲットがワインを口にする直前三十分以内に仕込まなければならない。

たしかに時間的にタイトな犯行といえる。

「毒を仕込んだのが工藤要や神父ってのはあり得ないよなぁ」

箕浦が、少々遠慮気味につぶやいた。

たしかに一連の流れを考えれば誰にも目撃されずに毒を仕込めるのはこの二人だけである。この見解は捜査会議でも議論された。

「そもそも二人は犠牲者ですよ。あり得ないでしょ」

大半の捜査員も幹部連中も天神と同意見だった。

「自殺目的ならあり得るだろ」

箕浦はなおも食い下がる。

「なんのためにこれだけの人を巻き込むんですか」

「なんらかの怨恨とか。死なばもろともってやつだ」

「代官山さんや高林にですか。高林はともかく代官山さんは神父や工藤、そしてこの教会ともまるで無縁ですよ」

代官山の過去も洗ったが、二人との接点はなにも出てこなかった。そもそも、彼はクジミのことも知らなかったし、久慈見町を訪れるのも初めてだと言っていたではないか。

「犠牲となった当選者十人は無作為に選ばれた人ですよ」

浜田が箕浦の怨恨説に追い打ちをかける。

「そ、そうだったな」

早くも自説が揺らいでいるようだ。

「特に、忽那神父の自殺はなおさらないですよ」

「どうして？」

浜田の自信に満ちた見解に箕浦がその根拠を問う。

「忽那神父は言うまでもなく敬虔なカトリックのクリスチャンです。彼らにとって自殺は神を冒瀆する重大な罪ですよ。ましてや神父である忽那がそんなことをするとは思えません」

以前、自殺をした家族の葬儀をカトリック神父が拒否する場面を欧米の映画で観たことがある。それほどまでに神父にとって自殺は罪なのだ。

「なるほど……」

箕浦も小さく首肯した。

忽那は信仰に対して忠実かつ誠実だった、というのが信者たちの一致した人物評だ。そんな忽那が自らワインに毒を盛ったという推理は無理があるような気がする。ましてや多数の死傷者を出しているのだ。

「工藤要も考えにくいですね。ワイナリーの経営は順調そのものです。問題といえば飲酒運転の噂くらいです」

浜田が人差し指を立てながら言った。

ワイナリーは駅のある中心街から離れているため、アクセスは駅前から出発する直通バス、もしくはタクシーや自家用車となる。そのことに対して町民からちょっとした噂が立っていた。ワイナリーで飲酒運転が横行しているという内容だ。

なんでもワイナリーではシークレット試飲会なるイベントが定期的に開催されているという。セレブや有力者、もしくは工藤と懇意にしている者たちが会員で、試飲会ではクジミが振る舞われる。警察署長も会員で飲酒運転の常習犯であるから、警察がワイナリーでの飲酒運転を意図的に見過ごしていると言う者もいた。

署長は噂そのものを否定しつつ、ワイナリー客による飲酒運転事故はここ数年一件も出ていないと報告している。どちらにしても工藤にとって気に病むような問題ではなさそうだ。

さらに浜田が続ける。

「来月、初孫が生まれる予定で楽しみにしていたそうじゃないですか。それに事件前日に宝くじを三万円分も購入しているんですよ。自殺する人がそんなことしますかね」

「た、たしかに……とりあえず自殺説は却下かな」

ついでに言えば二人ともうつ病など、いわゆる心身症の既往歴もなく、精神安定剤や睡眠薬の服用歴もなかったことが分かっている。

「お姫さん、あんたはどう思う？」

天神はマヤに質問を振った。

「さあ……皆目見当もつかないわ」

彼女は肩をすぼめる。なにかを隠しているようにも見えない。

リビングは十畳ほどの広さがあった。ソファとテーブル、壁際には液晶テレビが設置されている。贅沢の気配は微塵《みじん》も感じられず、むしろミニマリストではないかと思うほどに質素だ。食器も家具も最低限しかない。

テーブルの上には聖書が一冊置かれていた。

キッチンもそうだったが簡素な部屋の中は整然としていた。壁には木製の十字架と、イエス・キリストの肖像画が飾られている。

すでに警察の捜索が入っているが、性的な嗜好を示す書物や物品はなにひとつ出てこなかったという。また金銭に絡むトラブルもない。

なにかと禁欲的で潔癖な神父だったようだ。

カトリック教会関係者にも捜査員が聞き込みをしているが、忽那神父は教義に忠実であることをなにより重んじていたという。彼らの証言からしても自殺は考えにくい。

さらに権威や出世にも無欲で、同業者たちからも尊敬を集めていたようだ。

「あんな立派な神父さんを殺すなんて許せねえな」

キッチンやリビングには侵入の手がかりになるようなものは見当たらなかった。

天神たちは応接室に入った。そこには壁際に二つの箱が置かれている。ダンボール箱に白い模造紙を貼りつけたものだ。それぞれ「抽選箱」「当選おめでとう!」と達筆な毛筆体がおどっている。

さらに箱の上部には手を入れることができるサイズの穴が開けられている。

マヤが「抽選箱」を抱えて振った。ガラガラとプラスティックがぶつかり合うような音がする。

彼女はおもむろに穴に手を突っ込んだ。

引き抜くと数字が記載されたプレートをその手につまんでいた。

この数字が抽選番号だ。代官山が13番だったことを思い出す。キリスト教にとって不吉な数字である。

その不吉な予感が見事に当たってしまった。

当選箱も同じように上部に穴が開けられているが、抽選箱に比べると一回りほど小さい。穴を覗き込むとピンポン球が山積みになっている。五十個ほどのピンポン球を入れておく箱にしては若干小さめだ。これだと奥まで手を入れるには窮屈だろう。

　こちらのピンポン球にもそれぞれ番号が振ってある。

　これらの箱はイベント三日前に忽那神父が三人の信者の手を借りて作製したものであることが彼らの証言で分かっている。ピンポン球はそのうちの一人が町内のスポーツ用品店から調達したという。玉に番号を書き込んだのも彼らだ。

　二つのダンボール箱は神父が用意したものであることも分かっている。

「こっちにも手がかりはなさそうだ」

　箕浦が首を振りながら部屋を出た。もちろん応接室も警察が調べ尽くしている。

　天神たちは急な階段を上った。二階には六畳間が二部屋あった。一つは客間のようで、もう一つは神父の自室だ。

　客間にはクローゼットと書架、小型の丸テーブルと椅子、そしてシングルベッドが設置されている。

　壁際にはいくつかのダンボール箱が積まれていた。中身を確認すると女性服や雑貨、食器などである。テーブルの上には天使の細工が施されたオルゴール箱が置かれている。

　開けてみるとネックレスや指輪、そしてイヤリングと女性用のアクセサリーが入っていた。

　そして書架には『赤毛のアン』『高慢と偏見』『女たちのニューヨーク』『朗読者』の四冊が並んでいた。『赤毛のアン』以外は知らないが、いずれも海外小説のようだ。

　窓の外を覗くと教会堂とイベント会場が見える。

　こちらの窓も施錠されていた。

「もし侵入者がいたとして、そいつはどのタイミングで外に出たんだろう」

箕浦が疑問を口にする。

外には大勢がいる。騒動が起きてからも医療関係者やマスコミ、なにより警察が押し寄せた。

警察官はその日のうちに、複数人で住宅に入り込んでいる。こういった事件が起きた場合、周囲に不審者がいないかどうか調べるのは警察官の定石だ。現に駆けつけた警察官たちは不審者の存在を想定して教会堂を含む敷地内の施設はもちろん、この住居も徹底的に捜索したと捜査会議で報告した。

「騒動のどさくさに紛れて外に出たんじゃないですかね」

浜田が首をひねりながらも見解を述べた。

「神父の住宅を出入りする目撃情報が出ていない。もしそうだとすると犯人は相当に僥倖に恵まれている」

箕浦が顎をさすった。

すべての窓が施錠されていたから犯人は玄関から出たということになる。騒動直後のタイミングだとすれば会場にいた人たちの注目は犠牲者たちに向けられていたはずだ。

とはいえ一番近くにいる彼らと神父宅は十メートルも離れていない。いくら騒動の真っ最中とはいえ一人くらい神父宅から出てくる犯人を認めてもよさそうなものだ。

「完全犯罪ってやっぱり運が味方しないと成立しないと思うんですよね」

「運任せの完全犯罪ねぇ……」

マヤが窓の外を眺めながらつぶやいた。

たしかに犯人にとって完全犯罪であることは必須の条件だろう。動機はどうであれ十一人もの命を奪ったのだ。

逮捕起訴されれば心神耗弱でも認められない限り、死刑は確実だ。

もし犯人がワインの刺激中和のタイミングを計っていたとすると、相当に計画的だったと思われる。

天神は隣室に足を踏み入れた。こちらは神父の自室だ。

やはり整頓が行き届いている。壁際にデスク、書棚、そしてシングルベッドが置かれている。これらも簡素を極めたような内装だ。書棚には宗教関連の書物が詰め込まれている。

ベッドのシーツには皺一つなく、掛け布団もきちんと折り畳まれている。まるで一流ホテルのベッドメイキングを思わせる。

クローゼットを開くと祭服が収められていた。いずれも丁寧にアイロンがかけられている。デスクの中身を調べてみたが、教会関係の書類が数枚あるだけで、あとはペンや便せんといった文房具だけである。

この住宅で娯楽らしいものといえば、テレビと客間の書架に入っていた数冊の海外小説くらいである。ゲームやトランプといった遊具も出てこない。

こんな家に一人暮らしだなんて息が詰まりそうだ。ワインが唯一の楽しみといったところだろう。なんとも禁欲的なライフスタイルである。

神に仕えるとはこういうことなのか。

「天神さんはどう思いますか」

あとから入ってきた浜田が尋ねてきた。

「お姫さんの推理が正しくて、もし侵入者が犯人だとするなら相当に計画的な犯行だ。そんな犯人が運を天に任せるようなことをするか」

侵入者が騒動のどさくさに紛れてこの家から誰にも目撃されずに離れることができたなら、やはり強運に恵まれたと言える。

「強運はそれだけじゃない。毒を混入してから三十分以内に試飲されたということだ」

「たしかに……そうですね」

「試飲が三十分以内になされたこともたまたまだ。ちょっとしたハプニングやトラブルが起きれば遅れることもある。それだと農薬の刺激が生じて誰も飲めなくなってしまう。そうならなかったのも運が犯人に味方したからだ。運頼みが過ぎる」

浜田がうんうんとうなずいている。

もし自分が犯人だったらそんなリスクは冒さない。運といった不確定要素は確実に排除する。ましてや発覚すれば極刑は免れないのだ。

その点がどうにも解せない。

しかし実際の事件の多くが行き当たりばったりだったり、運頼みであることも事実だ。本件の犯人も案外、そうだったりするのかもしれない。

「未解決事件ってそうやって生まれるものかもしれないわね」

マヤが天神の考え事を補足する。

たまたま他人の目に触れなかった、たまたま誰も知らなかった、たまたま警察がドジを踏んだ。目撃情報や証言がなければ、警察としては捜査のしようがない。物証を見落としてしまったとしても同じだ。

杜撰な捜査の積み重ね。犯人にとっての僥倖が重なることで、真相が見逃された。それが未解決事件だ。

ときに警察は失態を埋め合わせるために無理やり犯人をでっち上げる。そうなれば冤罪の誕生である。調査中の名張毒ぶどう酒事件がまさにそうではないかと言われている。

「これが姪っ子さんですかね。可愛い人だなあ」

浜田がデスクの上のフォトフレームの写真を見つめながら言った。忽那神父と並んで二十歳ほどの女性が微笑んでいる。どことなく顔立ちが忽那に似ている。写真の神父はメガネをかけていた。事件当日に割ってしまったと言っていたメガネだろう。本人もトレードマークと言っていたようにレンズが分厚くて目立つサイズである。

女性もクリスチャンらしく胸元に十字架のペンダントが光っている。

「たしか……忽那町子《まちこ》だったな」

先日の捜査会議で被害者たちの人間関係も報告された。

彼らの生前の動きをたどることで、トラブルなどが浮かび上がってくるかもしれない。

怨恨、痴情のもつれ、金銭。

彼らの中にはいくつかの諍《いさか》いやトラブルが見受けられた。中には被害者同士でのトラブルもある。

この中に犯人の動機があるのかもしれない。とはいえここまでの大量殺戮に到る動機としてはいずれも弱いと思われた。

聖人と思われる忽那であるが、彼も例外ではなかった。

それが姪っ子である忽那町子の失踪だ。忽那には二つ年下の妹・公子《きみこ》がいたが、八年ほど前に膵臓癌で他界している。彼女はシングルマザーでその娘が町子だった。

忽那は姪を引き取って同居していたという。

彼女は二十歳になったことをきっかけに近所のアパートを借りて一人暮らしをしていた。駅前の書店で勤務しながら教会の運営も手伝っていたようだ。

イラストレーターになるのが夢でコンテストにも積極的に応募していた。プロも参加する大きなコンテストの最終候補に残るほどの実力の持ち主だ。実際に雑誌出版社から表紙イラストのオファーを受けていたという。

しかし去年の六月十日。町子は突然行方をくらましてしまう。

失踪当時二十一歳。

客間に積まれていたダンボール箱も彼女の持ち物だ。神父は町子が借りていたアパートを引き払い、彼女の所持品を引き取った。

オルゴール箱の中に収められていたアクセサリー類も彼女のものだろう。おそらくあの客間はもともと彼女の自室だったと思われる。

「書棚の小説もどちらかといえば女性向けですしね」

浜田はそれぞれの小説の概要を語り出した。彼の博学ぶりには感心する。

町子が行方不明になり、忽那は久慈見警察署に捜索願を出した。しかし担当した警察官に数度にわたってぞんざいに扱われた。

「その警察官が高林猛だった」

マヤが写真を見つめながら言った。

「あいつ、お調子者のように見えて陰湿なところがあったからな」

高林は事件性がないからと、血相を変えて訴える忽那を小馬鹿にするようにしてあしらったという。天神の知っている高林ならやりそうなことだ。高林は忽那にこう言ったらしい。

『忽那さんの知らない男と駆け落ちでもしたんじゃないですか。あの子、惚れっぽいところがありましたからね』

高林がそのような態度を取るには理由があったと思われる。彼は以前から町子に好意を抱いており、しつこく言い寄ってつきまとった。そのことで忽那から非難を受けていた、と町子の知人が証言している。

そのことを根に持っての対応ではなかったかというのが捜査本部の見解だ。

高林が町子の失踪に関与していないことははっきりしている。町子が失踪した日、彼は同僚たちとの慰安旅行で軽井沢にいた。

後日、忽那が警察署長に直談判したことで警察は重い腰を上げて捜査に乗り出した。

しかし町子の行方はいまだに杳《よう》として知れない。

「こう見ると久慈見町は人口のわりにいろいろ事件が起きてるね」

箕浦が部屋の中を検分しながら言った。

町子の失踪からおよそ二ヶ月後の八月二十日。飯田八郎宅は放火されて本人も失踪している。

そしてなにより今回の毒物による大量殺戮である。はたしてこれらの事件につながりはあるのか。

天神たちは部屋を徹底的に検分したが、なにも出てこなかった。もっとも建物の中は屋根裏にいたるまで他の捜査員が調べ尽くしている。今さら新証拠が出てくるとは期待していない。

天神たちは外に出た。春の陽気が心地よい。

マヤが教会堂の裏手に向かったのであとについていく。そこはちょっとした菜園になっていた。イチゴにアスパラガス、イタリアンパセリ、ニラやキャベツがエリアごとに栽培されている。誰かが手を入れなければこれらも枯れてしまうだろう。

五メートルほど離れた位置に木を組み合わせて作られた棚仕立て、パーゴラが設置されている。

「神父さん、ぶどうも栽培していたのね」

マヤは幹の表面を撫でた。二本植立されているがどちらも幹だけである。

「枝が末端で折られてるな」

本来なら左右に伸びた枝や蔓が木枠に巻きつきながら広がって、パーゴラの屋根を埋め尽くしているはずが、それらはすべて地面に落ちて枯れている。これではぶどうの実もなりようがない。

「もったいない。ぶどうは大好物なんだ」

箕浦は棚枠だけとなっている屋根を見上げた。収穫期であれば多くのぶどうの実が下がっていたことだろう。

このまま手を入れれば、木は再び枝を伸ばすだろうか。

「荒らしですかね」

浜田は地面に落ちた枝を手にして検分している。表面の状態からして折られたのはここ最近だと思われる。

近隣でも農園を荒らされたというぶどう農家からの被害届がここ三ヶ月で複数出ていると聞いた。

農園荒らしの被害は定期的に出ているそうだ。

神父の説法にあった「まことのぶどうの木のたとえ」を思い出す。世間を震撼させた大量殺戮事件の現場だけに、不届き者のしわざなのかもしれない。それにしても信者を示す枝を折るとは悪質すぎる。もし神父がこの光景を目にしたら大いに悲しむだろう。

とはいえ事件とは関係なさそうだ。

「ねえ、あれってドローンじゃない？」

突然マヤが空を見上げて指さした。

「ドローン……っぽいですね」

浜田が答える。

天神も上空に目を凝らした。ここからでは黒い点に近いが、左右に動き回っている。明らかに鳥の動きではない。

「ドローンって勝手に飛ばしていいのか」

都心ではほぼ飛行が許可されていないはずだ。

「重量が規定値以下なら航空法の適用から外れますけど、あれは結構大型ですよね」

手のひらサイズならここからでは見えないはずだ。

「今のドローンって高性能なカメラが搭載されているのよね」

マヤも手をひさし代わりにして黒い影を追っている。

「主に空中撮影のためのアイテムですからね」

「事件当時も飛ばしてたかもしれないわね」

「それはあり得ますね！」

浜田が指を鳴らした。

「でもドローンの映像は報告されてないぞ」

箕浦が空を見上げながら言った。四人ともドローンの軌道に合わせて首を左右に動かしている。

「持ち主が言わなかっただけかも。規制を破って飛ばしてたらいちいち名乗り出ないわよ」

「もし当日飛ばしていたら、会場の様子が写っているかもしれませんね」

「追うぞ！」

天神の号令で四人は駐車場に向けて駆け出した。

＊

追跡すること十五分。

ドローンは先ほどよりさらに高度を下げている。

「持ち主は近いですよ」

助手席の浜田が窓を開いて顔を外に出している。天神はドローンの進行方向に車を走らせた。

教会では黒い点にしか見えなかったが、今ではその形状が分かる程度には接近できている。四つの回転翼で飛行するクワッドローター タイプである。

ドローンは林の上を飛行している。

「ドローンを使って宅配の実証実験とかされているとニュースで見たな。ドローンで本当にそんなことができるのか」

　箕浦も車窓から上空を見上げている。

「最新型はすごいですよ。各種センサーが優れていますからね。ＧＰＳ機能はもちろん障害物検知や落下防止機能も充実しています。自律飛行もできるから命令を送ればどこを飛んでいても持ち主のもとに戻ってきますよ。最近は価格も下がってきてるんだけど、日本は規制が厳しいですからね。せっかく購入しても好きなように飛ばせない」

「それではノウハウが育たないじゃないか。こういうテクノロジーはユーザーのフィードバックを受けてブラッシュアップされていくものだろう」

「だから日本はテクノロジーの分野でも置いてけぼりを食らっているんですよね」

「嘆かわしいことだ。もう数年もすれば日本も先進国ではなくなってしまうんじゃないかね」

　箕浦がそう言いながらため息をついた。

　スマートフォンや自動車の業界も精彩を欠く。

　天神が子供だったころは日本は技術大国と言われていたはずだが、いつの間にこんなことになってしまったのだろう。

　そのドローンはさらに近くなっている。その形状もはっきりと視認できる。両手で抱えるほどのサイズはありそうだ。

　浜田曰く、上空のドローンは中国製らしい。ドローン業界では中国が一歩リードしているという。

「あんなのはいくらで買えるんだ」

「二十万円くらいですかね」

「一般人が買えない金額じゃないな」

ドローンはなおも高度を下げている。

そのうち林の中に姿が消えた。

天神は道路の脇に車を停めた。

外に出ると四人は林の中に足を踏み入れた。生い茂る木々をかき分けて奥に進んでいく。土や木や葉っぱの入り交じった匂いが鼻腔をくすぐる。

しばらく進むと突然視界が開けた。周囲は木々が切り倒されており、ちょっとした広場になっている。

そこに若い男性がいた。

彼の足下にはドローンが停まっている。降りてきたばかりなので、機体のLEDランプが点滅している。

「ちょっと君」

天神が声をかけると、男性はぎょっとした顔を向けた。あとからマヤたちが追いついてきた。

「な、なんなんですか」

警察手帳を見せると男性の顔色が変わった。

「そのドローンはちゃんと許可を取っているんだろうね」

「そ、それは……」

男性が顔を引きつらせた。許可なく飛ばしていたのは明らかだ。

「今はそのことで責めるつもりはない」

天神の一言に、彼の顔に安堵が広がった。

名前を聞くと男性は川口洋七《かわぐちようしち》と答えた。久慈見町の町民でもある。

二十三歳の会社員で、趣味でドローンの映像を大手の動画配信サービスであるネオチューブに投稿しているという。

それで幾ばくかの広告収益を得ているようだ。

いわゆるネオチューバーである。

「その日は、例の事件の日ですよね」

久慈見町民なら知らない者はいないだろう。

「四月一日にも撮影してないか」

「そうだ」

「実は……その日も撮影してます」

「そうなのか！」

天神は思わず身を乗り出した。

しかしその映像は捜査会議でも報告されていない。ネット上の映像や画像を調べる班の連中が見逃したのか。

「だけどその動画の配信は見送りました。事件当時の様子が写り込んでいたんです。それが注目されたらいろいろとまずいことになるような気がして……」

許可を取らずに飛行させたことが明るみに出ればチャンネルが炎上してしまう。

そのことを嫌って配信を断念したのだという。もちろん警察にも動画のことは知らせていない。

「その動画は残ってるね」

「え、ええ……いちおう」

天神は心の中で安堵した。

「動画を確認させてくれるか」

「まずいことにはならないですよね」

川口はおそるおそるといった風情で聞いた。

「君は捜査に協力してくれる善良な市民だ。警察は責めるどころか感謝するだろうよ」

天神は相手の肩を優しく叩いた。

川口はドローン一式を収納するケースからＳＤカードを取り出した。

「この中にデータが入っています」

「しばらく借りてもいいかね」

「もちろんです。捜査に協力するのは町民の務めですから」

調子の良いことを言ってくれる。もっとも警察も今回のことは大目に見てくれるだろうし、天神からもそう進言するつもりだ。

「協力に感謝する」

天神はＳＤカードを受け取った。

浜田も箕浦も「グッジョブ！」と親指を上げている。

しかしマヤだけは考え事にふけるように視線を宙にさまよわせていた。

11

次の日。

天神たちは、川口洋七から得たドローンの映像をさっそく確認した。

ドローンは上空からイベントの様子を写していた。とはいえ少し距離があったようで、当日、ドローンの存在に気づいた者はいなかったようだ。昨日はマヤが気づいたが、かなり接近していたからだろう。

行政の許可なく飛行させていたこともあって、川口は人が多く集まっているイベント会場にドローンを接近させなかった。本人曰く、イベントを撮影することが目的だったわけではなく、テスト飛行させていたらたまたま教会の広場に人が集まっていたのでカメラを向けたということだ。

しかしドローンに搭載されているカメラは望遠機能はついているものの、軽量小型化を優先しているためか、さほど高性能というわけではない。さらにバッテリー消費を抑えるために撮影の画質を下げていて、イベント参加者たちの顔立ちや服装のデザインがなんとなく判別できる程度に留まっている。テーブル上の料理など細部の識別は難しそうだ。

ドローンは十五分にわたってイベントの様子を撮影している。

ただ、バッテリー残量の関係もあって騒動が起きる前にドローンは持ち主のいる出発地点に戻っている。だから川口はリアルタイムでは事件が起きたことを知らなかったという。

映像は抽選会開始あたりから、騒動が起きる直前までを記録していた。

その映像にはパラキラール混入に使われたと思われる注射器が捨てられたポリバケツが写し出されている。

バケツは教会堂の入口近くに置かれていた。バケツの周囲は防犯カメラの死角となっており、SNSにアップされた動画や画像にもわずかにしか写っていない。

しかしこのドローンからの動画ではバケツの周囲の様子がほぼ定点観測されている。

「これはお手柄かもしれないですよ」

浜田が声を弾ませた。

一同、画面を食い入るように見つめる。

さまざまな人間がバケツにゴミを投棄している。その中には忽那神父やワイナリーのオーナーである工藤、そして高林、さらには代官山やマヤの姿もあった。相当な人数がバケツを利用している。

画像を拡大してみたが、何を捨てているのかまでは画像が粗すぎて判別できない。さすがに対象が小さすぎる。

「おい、こいつ」

箕浦が画面に映った大柄の男性を指さした。

鮮やかなピンク色のポロシャツに白色のキャップを被っている。かなりの巨漢だ。

「先ほどから何度も写ってますね。そしてポリバケツを気にしているようだ」

やがて男性は周囲を警戒するように首を左右に動かすと、視線のないタイミングを見計らったようにゴミ箱に手を入れた。三十秒ほどの出来事だ。

映像のタイムスタンプを確認すると十三時四十二分と表示されている。それから約四分後に教会堂の中では当選者による乾杯が行われる。この時点で神父と工藤、そして当選者たちは教会堂の中にいる。

「何かを拾ったようにも見えるし、捨てたようにも見えるな」

「捨てるも拾うも一瞬でしょ。中身を漁《あさ》っててんじゃないの？」

たしかにマヤの言うことにも一理ある。しかし手元がちょうど体に隠れていたので何をしたのか分からない。

中身が気になってしょうがないのだろうか、それからも男性は何度かバケツに近づいて中を覗き込んでいる。

周囲に彼のことを気にしている様子の人物はいないようだ。

男性自身も自分の一連の行為がドローンによって撮影されているとは夢にも思っていないだろう。

「思いきり怪しいじゃないか。こいつは誰なんだ」

「ええっと……丹沢《たんざわ》虎太郎《こたろう》ですね」

浜田がイベント出席者リストをめくりながら特定した。リストには顔写真と事件当日の服装や行動などが記載されている。いずれも捜査員たちが踵をすり減らしながらひとりひとり回って集めてきた情報だ。

天神はリストを確認した。

丹沢虎太郎、三十六歳。ピンク色のポロシャツも白色のキャップ帽も一致している。久慈見町内のコンビニに不定期に勤務するフリーター。

丹沢もドローンの川口と同じく、ネオチューブにゲーム実況を配信して収益を得ているネオチューバーだ。

しかしチャンネル登録者数も再生数も芳しくない。ネオチューバーはネオチューバーでもその頭に「底辺」がつく。

もっとも動画配信者のほとんどがそうである。動画の収益で生活できるほどこの世界は甘くないということだ。

「なにかあったの？」

突然、背後から声をかけられた。

同時にマヤの舌打ちも聞こえた。振り返ると白金管理官が立っている。

一緒に動画を見ていた箕浦が代表して説明する。もちろん問題の映像も確認してもらう。

「こんな動画、よく見つけられたわね」

「ドローンを一番最初に見つけたのは我らが黒井巡査部長です」

浜田が誇らしげかつ嬉しそうに報告する。

「さすがは警視庁が誇る名刑事、特務係にしておくには惜しいですね」

白金の口吻《こうふん》には明らかに嫌味が込められていた。噂には聞いていたがこの二人、よほど犬猿の仲らしい。

「特務係は居心地がよろしいですことよ。無能な警察の捜査ぶりを高みの見物できますからね」

マヤの扱いを心得ているのか、白金は涼しい顔をしたままマヤの皮肉を相手にしない。

「管理官。我々が丹沢を調べてもいいですか」

天神が願い出ると白金は唇を尖らせたままのマヤを一瞥《いちべつ》しながらうなずいた。

「これを見つけてきたのはあなたたち特務係ですものね。よろしくお願いします」

天神は心の中でガッツポーズを決めた。これで結果を出して現場に復帰する足がかりにしてやる。

天神は署を飛び出すと車に乗り込んだ。

＊

天神は簡素な事務デスクに座り、目つきの悪いふてぶてしい男性と向き合っていた。

身長百八十四センチ。体重は百キロを超える巨漢である。大柄な彼にとってデスクと丸椅子は窮屈そうだ。

ここは久慈見署二階にある取調室だ。窓が小さいので電灯がないと薄暗い。

男性は苛立たしげに貧乏揺すりを続けている。

そんな彼をドア近くの壁に背中をつけたマヤがじっと見つめている。

「いつまで俺を放さないつもりだよ？　これって不当な監禁じゃないのか」

「もうしばらくおつき合いしてもらうことになりそうだ。なんたって公務執行妨害は立派な犯罪なんでな」

「いきなり摑みかかったから振りほどいただけだろうが！」

男性は前のめりになると目を剝いた。

昨日、天神たちは丹沢虎太郎の自宅に向かった。

彼は両親をすでに亡くしており、彼らが残した実家で一人暮らしだ。兄弟姉妹もいない。

到着すると本人は在宅しており、天神は任意同行を求めた。

玄関扉を強引に閉めようとしたのでその腕を掴んだ。その際、丹沢は声を荒らげながら天神の腕を振りほどこうとした。

公務執行妨害の可能性を告げたが、丹沢は暴れるのを止めなかった。スネを蹴り上げ怯んだところを扉に押さえつける。その状態で手を後ろに回して手錠をはめる。

巨漢だけあって力もある相手だが、逮捕術と護身術を心得ている天神にとって造作もないことだ。

「ま、まずいよ、天神くん」

箕浦が耳打ちしてきたが無視した。

以前の部署でも問題視されたが、いつもの天神の手口だ。もちろんボッキーの常套手段でもある。

強引であることも人権侵害であることも充分に自覚している。だが多少の乱暴は悪を駆逐するための必要悪だ。人道や倫理に縛られていては悪を見過ごしてしまいかねない。メリットとリスクを天秤にかけるまでもない。


「丹沢虎太郎」

天神は名前を呼んだ。

「かつ丼でも食わせてくれるのか」

「刑事ドラマの見過ぎだ」

もっとも天神も警察官になるまでは、取り調べでかつ丼が振る舞われると思っていた。

天神は尋問を続ける。

「久慈見教会のイベントに参加してたよな」

「何度もそう言ってんだろ」

相手は投げやりな態度で答えた。

「お前、下戸なんだってな」

丹沢の知人にも人となりを聞いてある。酒は飲まないが、偏屈な性格でトラブルメーカー。彼らの一致した証言だ。

「それがどうした。酔っ払って問題起こすヤツらより善良な市民だろ、俺は！」

彼はテーブルを叩いた。

「そんなやつがどうして公務執行妨害をするかね」

「陰謀だ！　お陰様でどうやって冤罪が生み出されるかよぉく分かった。この前と同じじゃねえか！」

「この前？　ああ、お前、痴漢野郎なんだってな」

一年ほど前に丹沢は電車内における痴漢行為で逮捕された。略式起訴によって罰金刑を食らっている。

「俺は本当にやってない！　あれははめられたんだ」

丹沢は目を剝きながらデスクに拳骨を叩きつけた。勢いに任せて立ち上がろうとする彼の肩を天神は押さえつけた。

「痴漢野郎は皆さん、そうおっしゃるんだよ」

口調に嫌味を存分に込める。丹沢の顔はまるで血液が沸騰しているかのように紅潮していた。

「自分がやってないことなんて証明できるはずがない。そんなの悪魔の証明だ。裁判になればどうせ負ける。やったと認めなければ留置場を出られないんだ。そうなりゃやってもないのに認めて出してもらうしかないだろ。見も知らない女子高生に痴漢呼ばわりされた時点でもう詰んでんだよっ！」

「冤罪だって言いたいのか」

「だからそう言ってんだろ！」

天神はデスク上のライトを丹沢に向けた。丹沢の顔が真っ白に光って彼は眩しそうに顔を背けた。

「なにが公務執行妨害だ。訴えてやるからな」

丹沢はライトの光を振り払った。

「お好きにどうぞ。こっちは適正に捜査してるんで」

ボッキーも天神もこういう状況には慣れっこだ。

「くそったれが」

丹沢は憎悪に満ちた目で睨みつけた。

こうやって怒らせて感情的にさせるのもいつものやり方だ。冷静さを失えばボロを出すことがある。

とはいえこのような尋問も前の部署では問題になっていた。

「話を戻すがお前は下戸だ。酒が一滴も飲めないと聞いている。そんなやつがどうしてあのイベントに参加したんだ？　あそこに集まったのはワイン好きばかりだ」

「ワイン好きじゃなきゃ参加してはいけないという決まりはない。そもそもイエス様はどんな人間だって受け入れてくれる。そうだろ」

　丹沢は白々しく十字を切った。

「お前は信者でもなんでもないだろうが」

　丹沢家の宗派は日蓮宗だ。それも調査済みである。

「キリスト教に興味があったんだよ」

「だったらカトリックとプロテスタントの違いを説明してみろ。興味があるんならそれくらい分かるだろ」

「そんなの……知るかよ」

　実は天神も詳しくない。もし聞かれたら記録係の浜田が答えてくれるだろう……というか答えたそうにこちらを向いたので目配せで制した。

「ところでお前の自宅を調べさせてもらった」

「勝手なことしてんじゃねえよ！」

「現行犯逮捕だから問題ないんだよ」

　令状がなくても現行犯逮捕や逮捕現場における捜査や差押え、検証といった行為は認められている。

　任意同行を求めた際に玄関扉を強引に閉めようとしたことから、部屋の中に事件の物証などを隠し持っている可能性がある……と解釈できる。

「で、なにが言いたいんだ」

相手はどういうわけか居住まいを正した。

「心当たりがあるような口調だな。そりゃそうだろ。押し入れからこんなものが出てきたんだからな」

天神はプラスティックの容器をデスクの上に音を立てて置いた。容器はナイロン袋に収まっている。

「それがどうした」

丹沢は、ほのかに浮かんだ何らかの感情を不敵な笑みで覆い隠した。

「これはパラキラールという農薬だ。それがなんであるか、久慈見町民のお前なら知らないはずがないだろう」

容器を振ると液体が揺れる音がする。

「当たり前だ」

パラキラールについては連日、マスコミなどで報道されている。

「お前、コンビニのバイト店員だよな。どうして農業とは縁もゆかりもないお前の家にこんなものがあるんだよ。それも開封済みだ」

「なんでうちにあるのかさっぱり分からねえな」

丹沢は白々しい口調で答えた。

この手の輩はこれから何を聞いても知らぬ存ぜぬで通そうとする。もちろんそんなことは通用しない。

「どこで入手したのかも分からないのか？」

「ああ、さっぱりな。記憶にございません。誰かが俺の知らないうちに置いたのかもな」

案の定のふてぶてしい返答だ。

「指紋も取ってみた。もちろんお前の指紋も多数出ている。誰かが知らない間に置いたってのは通らないぞ」

「だから心当たりはない」

丹沢はプイと顔を背けた。

「問題は別人物の指紋だ」

「誰だよ」

彼はすぐに天神に向き直った。

「飯田八郎さんだ。知ってるか」

「し、知らん！」

天神から視線を外す。明らかにシラを切っている。

「久慈見ワイナリーのすぐ近くにある農園のオーナーだ。去年の八月二十日から姿を消している。その飯田さんの倉庫からパラキラールの容器が一つだけ持ち出されているんだよ。その飯田さんの指紋がついた容器がお前の家にあった。もちろん中身も入っていた。これはいったい全体どういうことなのか説明してもらおうか」

天神は相手の髪の毛を摑んで、こちらに寄せた。

きっとマジックミラーの裏側にいる箕浦をはじめ、白金管理官や簗田一課長たちは血相を変えていることだろう。

しかし今のところ誰も制止にやって来ない。

彼らもこの先の展開が気になっているのだ。

だから天神も手を離さなかった。それどころか摑んだ手を左右に振った。髪の毛がぶちぶちと切れる感触が伝わってくる。

「や、止めろ！」

「痴漢野郎が今度は殺人だ。悪人ってのはそうやって罪を重ねるもんだ。俺はお前みたいなヤツを嫌というほど見てきたから分かるんだよ。目ぇ、見りゃ、お前がやったってな！」

丹沢は苦しそうに顔をしかめながら天神の手を離そうとする。天神は握力を強めてさらに激しく振ってやった。

「説明しろって言ってんだよ！」

浜田が心配そうに、しかしマヤは相変わらず涼しい顔で眺めている。

「これが警察のやり方か！　こんなの尋問じゃない、拷問だ！　こうやって冤罪が生み出されていくんだ」

「うるせえ！　この人殺しが」

天神は突き飛ばすようにして手を離すと、丹沢は勢いよく椅子から転げ落ちた。

「天神くん！」

たまらずといった様子で箕浦が部屋に飛び込んできた。彼は床に転がった丹沢を抱き起こした。

「ああ、いいよ。もぉ、分かった！　俺は警察なんかに協力なんてしない。こんなことをして、お前たちは絶対に後悔することになる。今後は一切の証言を拒否するからな。この事件を迷宮入りにして、お前たち警察に恥をかかせてやる」

丹沢は憎悪の眼差しを天神に向けて笑い出した。その表情は悪意に満ちている。

沸騰した怒りに、天神の視野が狭くなる。

「この野郎！」

「天神さん！」

飛びかかろうとするところを、浜田に止められた。

小柄な彼は背後から天神の腰をがっしりとホールドしている。

「いいか、俺は絶対に証言なんてしないからな。死刑にでもなんでもするがいいさ」

白目を充血させた丹沢はよだれを垂らしながら怒鳴った。

「こんなことをしておいてただで済むと思うのか！　何人死んだと思ってんだ」

「そんなん知るかよ。何人死のうが俺には関係ねえよ。お前たち警察が無能だからこうなるんだ」

「貴様！」

相手に詰め寄ろうにも、浜田のホールドによって動けない。小柄なわりに力がある。

そうこうするうちに箕浦が丹沢を外に連れ出した。

「天神っ！」

戻ってきた箕浦の一喝に我を取り戻した。

「天神さん、落ち着いてください」

「ああ、もう大丈夫だから放してくれ」

天神は大きく深呼吸をしてみせた。

浜田がゆっくりと手を放す。天神はスーツの皺を伸ばした。

「あいつは絶対にクロだ。目を見れば分かる。俺がきっちりと締め上げてやる」

握り拳を突き出すとマヤはフフンと笑った。

「お手柄になるといいわねえ」

*

天神はデスクに手のひらを叩きつけた。

「あいつは俺たちが引っぱってきたんですよ。それなのにどういうことですか！」

着席している白金は天神を突き刺すような眼差しで見上げた。

「丹沢虎太郎の取り調べは他の人間が担当します。天神巡査。昨日の一連の取り調べの行為を見る限り、あなたは適任ではないと判断しました」

「だから！　ヌルいやり方では埒があかないって言ってるでしょう。こっちは代官山さんと高林をやられているんだ」

「あなたはどうして特務係配属にされたのか、それを覚えてないのですか」

「そ、それは……」

それを指摘されると返す言葉もない。

「一刻も早く犯人を挙げたいというあなたの気持ちは理解できます。正直、私だって同じです。だけど今はもう二十一世紀なんです。前世紀のようなやり方は許されません。警察にも品性が求められる時代です。冷静さを欠けば、それこそ冤罪を引き起こしてしまう。それは犯人を取り逃す以上の罪だと私は考えています。冤罪だけは絶対に起こしてはなりません。そのためにはどんな些細な可能性も排除します。今のあなたはその可能性の一つです」

白金は一度も瞬《まばた》きをせず、射貫くような視線を天神に向けている。その瞳に揺らぎはない。

これは数日前にマヤから聞いた話だ。

彼女の父親は、かつて管理官としてある殺人事件の陣頭指揮を執っていた。犯人は逮捕され実刑判決を受けたが、後にそれが冤罪と認定されて警察は非難の的となった。

それだけに彼女は冤罪に対して人一倍慎重なのだ。

それは分かる。

「しかし……」

「以上！」

白金は反論をピシャリと遮った。

「天神巡査、今やるべきことをやりなさい。そもそもあなたは特務係じゃないですか。特務係の本分はなんですか」

言うまでもなくリサーチだ。それも六十年前の、名張毒ぶどう酒事件のである。

「わ、分かりました……」

これ以上食い下がることは諦めた。

白金の一言一言に筋金入りの意志の強さを感じる。どんなに激しく怒鳴りつけても彼女の信念は微動だにしないだろう。

まさに難攻不落だ。

あのマヤですら苦手とする白金不二子管理官。

天神も苦手だと思った。ビジュアルを含めて女性としてはとても魅力的だが。もどかしさを持てあましつつ、白金のデスクから離れる。

そんな姿をマヤが愉快そうに眺めていた。

「あのおばさんの前では、さすがの天神様も形無しね」

「うるせえよ」

強がろうにも声のトーンが落ちている。

ボッキーであれば絶対に引き下がらない。それなのにこの体《てい》たらく。自分自身に幻滅している真っ最中だ。

「リラックス、リラックス」

マヤが背中をポンポンと叩く。

「あんたは悔しくないのか。丹沢は俺たちが引っぱってきたんだぞ」

「それはそうだけど、丹沢が真犯人だと決まったわけじゃないでしょ」

「飯田の指紋が付着した農薬の容器が出てきたんだ。どう考えたってあいつ以外にあり得ないだろう。どうにもならなくなって開き直ってるんだ」

あれから丹沢は宣言したとおりに黙秘を続けているという。

とはいえ、逃れられるわけではない。今後証拠が積み重なっていけば黙秘など無駄な抵抗となろう。

「やっぱり丹沢で決まりですよね」

浜田も悔しそうに言った。

「ふん、俺たちは用済みなんだよ」

天神たち特務係が捜査に参加したのも上の連中がマヤを必要としたからだ。今回はたまたまドローンを発見してその映像から丹沢に行き着いた。

もはやマヤの力を必要としなくなった本部の連中は、特務係を切り捨てたというわけだ。

遣る方ない思いを持てあましているのだろうか。箕浦もいつになく憮然とした様子だ。

「まあ、いいんじゃない。これで代官様の敵討ちができたわけだし」

「いいわけないだろ。美味しいところは根こそぎ連中が持って行っちまうんだ。あいつら最初から俺たちを使い捨てるつもりだったんだな」

ここで結果を出せば現場復帰できると踏んでいたが、見込み違いだったようだ。

いつまでこんなところで燻っていなくてはならないのか。

ふざけんな！

天神の蹴飛ばしたキャスター付きオフィスチェアが、床を滑って壁に激突した。

「天神！」

一課長の怒号を無視して部屋を出た。

12

丹沢の取り調べが始まって一週間が経つ。

天神たち特務係はオブザーバーとしてなおも久慈見署に滞在していた。

もちろん捜査の邪魔にならないことが条件である。

箕浦が言うにはマヤが捜査の継続を父親に直談判していたそうだ。彼女が電話でやり取りしているところをこっそり盗み聞きしたという。

その間、久慈見ワイナリーや教会、丹沢のことなどを独自にリサーチした。特に丹沢については彼の人となりが明らかになってきた。

とにかく彼の知人たちは皆、「生粋のトラブルメーカー」だと口を揃えている。そのうちの何人かは「あいつはわざとトラブルを起こしている」と証言した。

「当初、丹沢は仕事ができる人間と評価されていました」

以前、丹沢が勤務していた小規模な広告会社の元同僚の証言だ。鈴木《すずき》という五十代の男性で、今から三年ほど前、丹沢もそこの社員だった。

「当初ということは、最終的にはそうではなかったんですね」

天神が尋ねると鈴木はうなずいた。

「はい。あいつはトラブルを仕込んで、自分自身で解決していたんですよ」

「そんなのマッチポンプじゃないか」

「最初はそのことに誰も気づかず、彼の仕事ぶりを社長も評価していたんです。もっともすぐにメッキが剝がれましたけど」

鈴木は苦笑しながら続けた。

「まあ、社内でもなにかとトラブルメーカーでした。とはいえ天然ではなくて、タイミングを見計らって意図的にトラブルを起こしていた。私はそう思ってます」

「なんのためにですか」

「トラブルを起こせば他人から相手にしてもらえるじゃないですか。それに快感を覚えていたんだと思いますよ。そうやって他人をコントロールしようとしていたんでしょうね。それ以上に許せないのは……」

鈴木の目つきが険しくなった。

「なんなんです？」

「我々の反応を見て楽しんでいたんだと思います。何度も見ました。社員たちがうろたえるところを愉快そうに眺めている丹沢の顔を。トラブルの経緯をたどっていくと結局、あいつに行き着くんですよ。そういうことが何度も続いたので、ついに会社もクビを切ったというわけです」

鈴木は手刀で自分の首を刎《は》ねる仕草をした。

「重度のかまってちゃんね。ああいうタイプはやっかいよ。他人にかまってもらうためなら自分自身が傷つくことも厭わない。相手の気を引くために、自傷行為なんかもする」

マヤが半ば小馬鹿にするような口調で言った。

その丹沢は相変わらず黙秘を貫いていた。

抗議のつもりか食事も水も口にしないという。まさに自傷行為同然だ。

そしてついに昨日、栄養失調で意識を失い病院に搬送された。

奇しくも代官山が収容されている久慈見総合病院だ。

丹沢の病室の前には二十四時間態勢で警察官が張りついているため、関係者以外近づくことができない。

その関係者に特務係は含まれていない。もちろん丹沢と接触することは許されなかった。

あれから毎日のように代官山の病室に立ち寄るが、彼の意識はいまだに戻らない。つきっきりで寄り添う両親の表情は、疲労以上に絶望の色が濃くなっていた。

そんな彼らをマヤは力強い言葉で励ます。

「彼はこんなことで負ける男ではありません。絶対に戻ってきます」

いつもは本音が読み取れない彼女だが、代官山の両親の前では真摯《しんし》な人間性が窺えた。

そんなマヤの姿が珍しいのか、浜田が目を丸くしている。

しかしベッドの中の代官山に向ける瞳の色は、両親とは微妙に違っている気がする。彼女の代官山を見つめる瞳は愛おしそうだ。少なくともこうなってしまう前の代官山には、見せたことのない表情に思える。

そんな彼女の瞳をかつて見たことがある。

ある事件現場。事切れた被害者たちを見つめる瞳が今のそれと一致していた。今の彼女は殺人死体のように代官山を見ているのだ。

天神は背筋に言い知れぬ寒気を覚えた。

この女もやはりまともではない。

「しかし今のところ、丹沢と事件を結びつけるものがパラキラールの容器だけなんだよなぁ」

病院の駐車場に停めた車に乗り込みながら、箕浦が嘆息した。

「たしかにそれだけだと弱いですよね」

助手席の浜田がシートベルトを締めながら言った。

彼らの言うとおり、丹沢を真犯人とみなしている根拠は飯田の指紋が付着したパラキラール入りの容器だけである。

もちろん捜査本部は丹沢の自宅や車両を徹底的に捜査したし、人間関係を何十年にも遡って洗い出した。

飯田の倉庫からは丹沢の指紋も検出されている。

二人は囲碁を通した交流があったようだ。しかしそこまで深い付き合いをしていたわけでもなく、二人の間にトラブルがあったという具体的な証言は出てきていない。

しかし農家でもない丹沢がパラキラールを所持していたというのは、明らかにおかしい。容器には飯田の指紋が残っていたし、納品書や廃棄書類の記録を突き合わせても、倉庫に残されていた容器が一本足りない。丹沢が持ち出したと考えるのが自然だ。

しかしそれだけである。

丹沢が真犯人であることを示す決定的な証拠が挙がってこない。

たとえばパラキラールを注入する際に使われた注射器だ。十年以上も前から販売されており、それから一度も仕様やデザインに変更が加えられていない製品だ。

接着剤や塗料などを少量注入する用途に使われる器具であり、医療用ではないので誰でも入手ができる。

太めのニードルの先端も使用者がケガをしないようフラット加工が施されているが、ゴミ箱代わりのポリバケツから見つかったそれは先端が尖った状態に削られていた。

しかしいくら調べてみても、丹沢がそれらを入手した痕跡が出てこない。

とはいえこの注射器は全国の量販店などにも出回っている。購入先と購入者を特定するのは現実的に不可能だ。

それ以上に不可解なのは神父の自宅に丹沢が侵入した形跡が見当たらないことだ。

ここに捜査本部は頭を悩ませている。

捜査本部が把握している当日の動きはこうである。

十二時三十分　イベント開始　神父や町長の挨拶
十二時五十二分　抽選会開始
十三時二十二分　当選者発表開始
十三時二十六分　当選者発表終了
十三時二十八分　工藤要が神父宅のワインセラーに保管されたクジミを取りに行く
十三時三十一分　代官山を含めた当選者たちが教会堂に移動
十三時三十九分　神父と工藤が教会堂に入る
十三時四十二分　丹沢がポリバケツに手を入れる

十三時四十六分　乾杯
十三時五十分　クジミの試飲者たちが苦しみ出す

事件当日、クジミは神父宅のワインセラーに保管されていた。午前十一時ごろに工藤が届けたとワイナリーのスタッフは証言している。

当選者が発表された後、ワインセラーからクジミを取り出したのは久慈見ワイナリーのオーナーである工藤要である。その工藤も今回の犠牲者の一人だ。彼の死によって久慈見ワイナリーは営業休止を余儀なくされている。再開は未定だという。

クジミを外に持ち出した工藤は、信者たちと軽食を楽しみながら談笑していた神父に手渡す。それからしばらくして二人は教会堂に向かった。二人ともその数十分後にはこの世を去っているとは、夢にも思ってなかったはずだ。

タイミング的にも工藤が外に持ち出す直前にパラキラールを混入しなければならない。とはいえ混入が早すぎれば味に刺激が生じてしまう。彼らが口にする前、三十分以内であることが鉄則だ。工藤がワインセラーから外にボトルを持ち出したあとに何者かが農薬を混入させた可能性も捜査会議で指摘されたが、すぐに否定された。

工藤が神父宅からボトルを持ち出して神父に手渡すまで一度も工藤の手から離れていないこと、手渡してから開栓までは神父はテーブルの上に置くなど、一度も手放していないことが数々の証言やSNSの映像から確認された。

また教会堂での乾杯に立ち会った二名のスタッフが撮影した動画で、神父と工藤以外にボトルに触れた者がいないことも確認できた。カメラは教会堂にボトルを抱えた神父が入ってきてから乾杯を終えるまで、一秒も漏らさずにボトルを捉えている。もちろん映像に細工の痕跡は認められない。

以上を勘案すれば、犯人がパラキラールを混入できるタイミングとして工藤が神父宅からボトルを持ち出してから乾杯までの間は除かれるということになる。

それが十三時二十八分から十三時四十六分までの十八分間。

教会堂での混入はあり得ないということだ。そもそも二名のスタッフと代官山以外、全員命を落としている。当初は二名のスタッフも疑われたが、徹底的な捜査の結果、現状では容疑者リストからは外されている。

そうなると混入のタイミングは十三時二十八分以前と考えられる。しかし試飲の三十分前というのを勘案すると十三時十六分から十三時二十八分の十二分間だけということになる。いくらなんでもシビアすぎる気がする。それでも犯人はそれを承知で決行したのだろうか。

いや、と思い直す。そもそも丹沢は三十分の刺激中和リミットを知っていたのだろうか。

丹沢がゴミ箱の中に手を入れたのは騒動が起きる八分ほど前だ。彼が真犯人であれば、そのときに注射器を投棄したと思われる。当然のことながらその時点で神父宅を出ていたということだ。

しかし彼が神父宅方面から出てくる姿を誰も目撃していない。神父宅は惨状の現場となるイベント会場から目と鼻の先であり、一番近くだと十メートルも離れていない。

建物には目隠しフェンスなどもないから、イベント参加者たちも神父宅を見通せる。丹沢が人目を盗むことに長《た》けていたとしても、さすがにあれだけの人数となると実行は困難だろう。ましてや一人だけ神父宅に向かったり逆に姿を現したりすれば、目立つのではないだろうか。誰かの目に留まるだろうし、記憶にも残りそうなものである。

実際はそのような目撃情報や証言が一つも出てきていない。当日撮影された画像や映像にも神父宅に近づく丹沢の姿は見当たらない。

さらに窓はすべて施錠されていた。侵入はともかく退出は玄関からしかあり得ない。その玄関扉はイベント会場から見通せる位置にある。どちらにしても刺激中和のリミットを考えると時間的にタイトでシビアな犯行だったといえる。

だからこそ犯人は農薬の刺激中和を意識していなかったのではないかと主張する捜査員もいた。つまり犯人は農薬がもたらす刺激のことを知らなかった、もしくは考えていなかったということだ。たしかにそれも考えられる。

「そもそも犯人のターゲットは誰だったんだ」

箕浦の疑問は捜査本部にとっても大きな謎の一つだ。

ターゲットがいたのか、それとも無差別だったのか。単なる愉快犯とも考えられる。

「丹沢の犯行なのか、それとも警察にわざとそう思わせてその反応を楽しんでいるのか」

丹沢という人物はマヤ曰く「重度のかまってちゃん」だ。トラブルを起こしては他人にかまってもらえることに快感を覚える。さらに相手の反応を楽しむ。そのためだったらなんでもする。

丹沢は取り調べの中で明らかに捜査員を挑発している。

天神はルームミラー越しにマヤを見た。

彼女は車窓を眺めている。

その視線の先は久慈見教会の方角だった。

＊

天神は車を降りた。

ここは久慈見教会の駐車場だ。凶悪事件の現場ということもあり、敷地入口には立ち入り禁止のテープが張られている。

事件から三週間近くが経った。当初はマスコミや野次馬が殺到していたが、有名芸能人が起こした不倫騒動に世間の関心が向いたのか今では閑散としている。

それでもマスコミらしき人間が数人ほど見かけられる。そのうちの一人に敷地外から声をかけられたが無視した。連中の相手などしていたら切りがない。

久慈見教会に向かうよう指示したのはマヤだ。彼女は車を降りると現場となったイベント会場に向かった。

「さんざん調べたんだ。今さらなにも出てこないだろう」

天神はマヤの背中に声をかけた。

「私、やっぱり現場が好きなのよね」

晴天の下、彼女は背伸びをしながら大きく息を吸い込んでいる。

「ピクニックじゃねえんだぞ」

現場は現場でもここは殺人、もとい殺戮現場だ。十一人もの命が奪われている。都会の喧噪から離れて澄んでいるはずの空気に血の臭いを感じてしまう。

マヤはそんな現場で、まるでお気に入りのドラマの聖地巡礼に訪れたファンのように瞳を輝かせている。

「まあまあ、天神さん。警察が徹底的に調べたとはいえ、まだ見落としがあるかもしれませんから」

すかさずマヤシンパの浜田のフォローが入る。そう言えば刑事ボッキーのドラマにもお笑い担当のマヌケな刑事がいた。さしずめ浜田はそんな役回りだ。

今日も彼はふわふわと飛び交うタンポポの綿毛のようにマヤにまとわりついている。額に包帯を巻いたままだ。もはやトレードマークだ。

「なあ、丹沢がやったんじゃないのか」

天神は浜田を無視してマヤに声をかけた。

彼女はバレリーナのようにクルリと振り返る。艶やかな黒髪がふわりと広がった。どこかにドラマ撮影用のカメラが仕込まれているのではないかと思えるほどに、美しいワンシーンだ。

「天神様はどう思ってるの」

「ワインに農薬を混入させたヤツがどうやって人目に触れずに神父宅から出てきたのか。どうしてもそこが引っかかる」

それ故に丹沢犯人説に確信が持てない。それは捜査本部にもいえることだ。

「とりあえず検証してみましょう。浜田くん、玄関から出てきてみて」

「了解です」

浜田は小走りに神父宅に向かうと、玄関扉を開いて屋内に入った。

天神たちは現場となったイベント会場に立っている。この位置から玄関まで十数メートルだ。視線を遮るようなものはなにもない。

マヤも箕浦も腕を組んで玄関を見つめていた。

しばらくすると玄関扉が開いて、浜田が人目を避けるような様子で身をかがめながら外に出てきた。

「やっぱり目立つわね」

マヤの言うとおり、小柄な浜田でも目に触れてしまう。鮮やかなピンク色のポロシャツ姿の、巨漢である丹沢ならなおさらだ。

そんな彼が玄関から外に出てくれば当時イベント会場にいた人間は気づくはずだ。当日は五十人ほどの参加者がいた。神父宅に注目していなかったとしても目の端に入りそうなものだ。もちろん彼らのカメラにも。

「そもそも他人の家に侵入するつもりの人間が、あんな目立つ色のシャツを着てくるかね」

箕浦の言うことももっともだ。

パラキラールを吸引した注射器を所持していたということは、犯行決行の強い意志を抱いて現地に赴いたはずである。気まぐれや思いつきではないのは明らかだ。

「一番困るのは、適当で雑な犯行が奇跡的に上手くいってしまったっていうケースですよね」

浜田は天神たちに近づきながら言った。

「未解決事件あるあるよね」

世田谷一家殺害事件のように、現場にあれだけ多くの物証が残されていながら、犯人はいまだ不明という事件もある。

あれもきっと、さまざまな要因が犯人にとっての僥倖に働いたのだろう。

幹部や捜査員が数人代わっただけで、すぐに解決したのかもしれない。

捜査にはそういうことがままある。たまたま見つからなかった、たまたま気づかなかった、たまたま証言されなかった……などなど。いくつかの「たまたま」の重なりが、本来見えるべきものを不可視にしてしまう。

マヤが神父宅に向かったのでついていく。

玄関に入ると屋内の空気はヒヤリと冷たい。四月も下旬になり外はむしろ暖かい陽気だ。行楽にも適した気候だといえる。それなのに屋内に感じるこのただならぬ冷気はなんなのだろう。

廊下の奥は静寂に包まれている。天神たちは靴を脱いで、上がり框《かまち》に足をかけた。足の裏もヒヤリとする。

部屋の中は先日見たときのままなんら変わらない。キッチンのワインセラーも再びチェックする。こちらから丹沢の指紋は採取されていない。それどころか屋内からはまったく彼の指紋が検出されていない。

指紋を残さないのは犯罪者からすれば基本的なことだが、目立たない服装も同様のはずだ。どうもそのあたりのちぐはぐさが気になる。

前回も覗いた応接室。こちらには相変わらず抽選箱と当選箱が壁際に置かれていた。両者とも箱の上部には手を入れるための穴が開けられている。抽選箱には抽選番号が記載されたプラスティック製のプレート、当選箱には番号入りのピンポン球が入っている。抽選箱に比べると当選箱は一回りほど小さい。

「今となっては不幸の当選箱だね。当選した者は命を落とすことになるのだから」

箕浦がすぐに「代官山くんは違うけどね」と発言を訂正した。

「抽選は無作為でした。そうなると犯人にとってターゲットは誰でもよかったということになります。やっぱりクジミの評判を貶《おとし》めることが目的だったんですかね」

浜田は抽選箱からプレートを一枚一枚取り出して床に並べた。参加人数分の約五十枚全部を取り出して空になった箱を検分しているが、異常は見あたらなかったようだ。

当選箱の方はマヤが調べている。彼女は箱の中に手を突っ込んでピンポン球をひとつひとつ取り出しては丁寧に床の上に並べる。球が転がらないよう板の継ぎ目に置いている。

「うん？」

引き抜いたマヤの手は透明の薄いシートをつまんでいた。浜田がそれに顔を近づける。

「食品用ラップのようですね」

ラップは丸められた状態だ。

「なんでこんなものが？」

「単に紛れ込んでいたんじゃないですか」

天神の疑問に浜田が答えた。

イベントではテーブルの上に大皿に盛りつけられた料理が並んでいて、それぞれにラップがかけられていたことを思い出した。そのうちの一枚がなんらかのはずみで当選箱の中に紛れてしまったのかもしれない。

「きっとそうだろうな」

　箕浦も納得しているようだ。

　マヤは丸められたラップを広げている。彼女の顔より二回りほど小さなサイズだがしわくちゃになっている。

　彼女はその表面をじっと観察している。

「お姫さん、そんなものが気になるのか」

　天神は透明のラップ越しに声をかけた。

「別に……ただ料理に使われていたのなら油とか汚れが付着してもよさそうなのに、それが見当たらないから」

「大した問題じゃないだろ」

　こんな食品用ラップが今回の事件に関係するとは思えない。

「そうかもね……」

　マヤはラップを床に置くと箱の中から残りのピンポン球を取り出して並べた。しばらくそれらを見つめたあと、おもむろに二つのピンポン球を取り上げた。

「なんだよ。それも気になるのか」

　彼女は天神には答えずピンポン球を床に置き直すと、今度は浜田が並べた抽選番号の記載されたプレートに視線を移す。そしてこちらからも二枚を取り出した。

　マヤはプレートを見比べて、天神に尋ねた。

「こっちが代官様の13番。そしてこっちが15番。天神様、見比べてみてどう思う？」

天神は差し出された二枚のプレートを手に取った。それぞれ「13」「15」と番号が手書きで記載されている。

「特に変わったところはないと思うが」

数字は赤いインクでくっきりと分かりやすく刻印されている。これだったら見間違うことはないだろう。

「だったらこっちはどうよ」

今度は同じ番号のピンポン球を取り出して天神に放り投げた。キャッチしてそれらをチェックする。

「強いて言うなら3と5が紛らわしいな」

プレートの数字とは明らかに筆跡が違う。別人が記入したのだろう。

よく見れば区別がつくが、ぱっと見だと読み間違いしてしまいそうなクセの強い筆跡といえる。

「で、それがどうしたんだよ？」

「もしかしたら……抽選にエラーがあったのかもしれない」

マヤは顎先をさすりながら言った。

「どういうことだ」

「これを見て」

マヤは床の上に並べられたピンポン球を指した。それらは板の継ぎ目に沿って一列に並べられていて抽選参加人数分、つまり約五十個ある。

「なんの変哲もないように見えるが、これがどうした？」

「箱の中の上の方から順々に取り出して並べていったの。気がついたことはない？」

マヤが謎かけをしてきた。何かに気づいたようだ。

天神は一列に並んだピンポン球に書かれた番号に注目した。

箕浦も浜田も覗き込んできた。
12、27、9、13、5、39、18……と続く。
「13番は代官山さんの抽選番号だ……」

浜田がつぶやく。

その前後の数も記憶の片隅に引っかかっている。これらの数字は最近どこかで目にしたか耳にしたはずだ。

突然、天神は脳髄に電気が走るのを感じると同時に、頭の中のモヤモヤが一気に晴れた。

「分かったぞ！　列の最初の方は当選番号だ」

「天神様にしては鋭いじゃない」

マヤは口笛を鳴らした。

「まあ、でも当たり前といえば当たり前だろ。抽選会が終わってスタッフは当選者のピンポン球を箱の中に戻したんだ。当然、当選番号が山の上にくるさ」

「そうよね」

当選者のピンポン球が山の上部に集まっていたということは、事件当日から箱の中身は動かされていないということになる。事件には関係ないと判断して箱の中身を調べなかったか、もしくは調べた捜査員が律儀に元通りに戻したのだろう。

どちらにしてもこの二つの箱についての報告は聞かない。捜査本部も注目していないようだ。

しかしマヤは違った。

「あんた、さっき抽選にエラーがあったかもしれないと言ってたよな。どういうことなんだ」

「実はこの13番のピンポン球、ここにはなかったの」

「は？」

天神は我ながら間抜けな声を上げてしまった。

「ここにあったのは、実はこの15番なの」

マヤは15と記載されたピンポン球を取り上げた。

それは列の後ろの方に置いてある。つまり山の下に埋もれていたということになる。

そのまま13と15を本来の位置に並べ替えた。つまり彼女が意図的に13番と15番のピンポン球を入れ替えたということだ。

実際に山の下部に埋もれていたのは代官山の13番で15番は上部にあった。

「つまりこういうことか。代官山さんは当選者ではなく本当の当選者は15番だったと」

「そういうことになるんじゃない」

「そういえばあの神父、メガネを割ってしまったと言ってたぞ」

ど近眼で「ここからだと皆さんの顔がよく見えません」とも言っていた。

天神は指を鳴らした。

「13と15を見間違えたのか」

信者の一人が書き込んだらしいのだが、ただでさえ紛らわしい筆跡である。

「視力が低いならその可能性が高いわ」

本来落選者だった代官山が手違いで当選者となり、生死の境をさまよっているというわけか。

「運命のイタズラなんてもんじゃねえぞ！」

天神は床に拳骨をぶつけた。ピンポン球が驚いたようにはね上がった。

「だからって代官山くんじゃなければよかったとは言えないよ。15番の人間に取って代わるだけの話だ」

箕浦が転がるピンポン球を戻しながら静かに言った。

「たしかにそうね」

マヤも神妙に同意している。

「そもそも間違いであったとしても犯人につながる手がかりにはなりませんものね」

浜田の言うとおり、ワインに毒物を仕込んだ犯行と抽選ミスは無関係に思える。

「そもそも丹沢が犯人なのかな」

「あら、箕浦さん。今さら否定するつもりなの」

「やっぱり丹沢がこの建物から出ていく姿を誰も見てないことが引っかかるんだよ。ワインセラーのクジミに毒物を仕込んだ犯人はずっとこの家の中に隠れていて、人気《ひとけ》がなくなったタイミングで出たんじゃないかな」

「それだと丹沢はあり得ないですね」

浜田がすかさず指摘する。

クジミが工藤によって外に持ち出された後に、丹沢がゴミ箱に手を入れている姿がドローンの映像に記録されていた。

他にも何人もの参加者が丹沢の姿を目撃しているのだ。家の中に隠れていたとはどうしても考えられない。

「目撃されてないから犯人じゃないとは言えませんよ。そもそも飯田の指紋がついたパラキラールを所持していたことは事実です。まったく無関係だとは考えられません」

天神は半分自分に言い聞かせた。

もし丹沢が無関係だとすれば乱暴に引っぱってきただけに、少々やっかいなことになりそうだ。

そんな天神の心中を察したのか、マヤがクスリと笑いを漏らした。

「そうだよな。丹沢じゃなければ誰がやったんだって話になる」

箕浦も丹沢で決着してほしいと思っているのだろう。

彼が無関係なら、特務係のトップとしてなんらかの追及を受けることになる。

現場から外されたとはいえ、係長という肩書きに箕浦は居心地の良さを感じているはずだ。そもそも箕浦という刑事は現場捜査にさほどこだわりがなさそうだ。見た目からして事務方である。

応接室を出てリビングをチェックする。ここには目に留まるものはなかったようで、マヤは二階に上がった。二階には客間と神父の自室がある。

マヤは神父の自室の扉を開いた。中に入るとさらに冷気が強まった気がした。浜田も感じたようで両腕をさすっている。

マヤはデスクの上のフォトフレームを取り上げた。

「忽那町子はどうしちゃったんでしょうね」

写真の女性は忽那神父の姪っ子だ。

写真にはタイムスタンプが印字されていて、それによれば彼女が二十歳のときに撮影したものであることが分かる。まだあどけなさの窺える可愛らしい女性だ。

神父の家族だけに髪型にもメイクにも飾り気がなく清楚なイメージだ。ほんのりと浮かべる笑みからも心根の優しさが伝わってくる。

そんな彼女は十ヶ月も前、去年の六月十日に失踪している。

一緒に写っている神父もとても幸せそうだ。町子は彼にとって血のつながった娘同然だったに違いない。

その神父は帰らぬ人となってしまった。

もし失踪した町子が無事に戻ってきたとしても、絶望が待っている。

家には住人の体温が宿る。ここが肌寒く感じるのも彼らの体温が消えたからだろう。どんなに立派な家屋でも、人が住まなければただの無機質な物体でしかない。やがては朽ち果てていく。耳を澄ましても静寂しか聞こえてこない。

「私にも年頃の娘がいるから忽那神父の無念が分からないでもない。警察がもっとしっかりと対応してくれればという憤りは身内であれば至極当然のことだろう」

箕浦は神父と町子の写真を見つめながら哀しそうに言った。

「年間八万人以上の捜索願が出るんです。我々が、それらすべてに対応するのは現実的には不可能ですよ」

浜田が身も蓋もない正論を口にする。

実際、それだけの件数ともなると、警察としてもとても対応できるものではない。

そもそも失踪の原因の多くは家庭問題にある。

家庭内のトラブルによる家出だったというケースが実に多い。

反面、犯罪に巻き込まれたケースは全体の一パーセントにも満たないといわれている。そういうこともあって家族の失踪を訴えたところで警察もよほどのことがない限り積極的に捜索してくれない。儀式的に届けを受け取るだけである。

警察が実際に動くのはたとえば身代金の要求があったり、行方不明者の死体が見つかったときなのだ。

当時、忽那に対応したのが生活安全課に配属されていた高林猛だった。

彼は町子に好意を抱いていて、つきまとっていたようだ。その悩みを彼女は友人に話していた。もちろん忽那にも伝えていて、彼は高林宅を訪れてこれ以上のつきまといを止めるよう告げたという。

そんな神父のことを高林は快く思っていなかったに違いない。だからこそ届けを出しにきた忽那を邪険にしたと思われる。

しかし仮に対応した者が高林でなかったにしても、警察が本腰を入れて捜索に乗り出さなかったことに変わりはない。久慈見署の署長が熱心なクリスチャンで久慈見教会に通う信者であればなんらかの忖度があったかもしれないが、そうではなかったようだ。

どちらにしろ高林の対応には落ち度がなかった、それが久慈見署の見解だろう。

「うん？」

マヤが手にしたフォトフレームを裏返しながら声に違和感を滲ませた。

「どうした」

天神も覗き込む。裏板が回転式の留め具で固定されている、一般的なフォトフレームのつくりである。

裏板にチェーン状の金属がセロハンテープで留められていた。

「ペンダントネックレスね」

飾りはイエス・キリストが磔にされた状態の十字架だ。

「右腕が変だぞ」

イエスの右腕だけが十字架とともに前方に四十五度ほど曲げられている。

「これは町子のものね」

マヤは再度、ひっくり返して写真を確認する。たしかに町子の胸には同じペンダントが光っていた。しかしこちらの右腕は曲がっていない。

マヤはさらにフレームをひっくり返して裏板に貼りつけられたネックレスを見る。そしてセロハンテープの一つを引き剥がした。

「チェーンが切れてる」

テープで留められていたので気づかなかったが、たしかにちぎれている。チェーンは定番ともいえる小豆状の輪っかが連なるいわゆるアズキチェーンだが、輪っかの一つが大きく変形している。

マヤはすべてのテープを剝がしてネックレスを手のひらに置いた。

「なんでこんなものがフォトフレームの裏側に貼りつけてあるんだよ。腕は曲がってるしチェーンは切れてるじゃないか」

「神父さんにとっては大切な姪っ子さんの思い出の品だったんじゃない」

「そのわりには汚れてる」

磔にされたキリストの体にはところどころ黒い汚れがこびりついている。姪っ子の形見同然ならきれいに拭き取りそうなものだ。

マヤが汚れを引っ掻いた。そして爪先に付着した黒い汚れをじっと見つめている。

「なんだか血液の塊っぽくない？」

マヤが手渡したペンダントのイエス像を天神がじっくりと観察する。

「たしかに……血液っぽいな」

黒い汚れは完全に乾燥しているが凝固した血液のようでもある。見る限り微量だ。

さらによく観察してみると金属のところどころに擦り傷が認められる。

「神父はもちろん町子も信心深いクリスチャンだった。このペンダントは彼女にとって大切なものだったはずだ。それがどうしてこんなことになっているんだ？」

箕浦が天神も抱いている疑問を口にした。浜田も小さく首を傾げている。

「自転車で転んだとか？」

天神は思いつきで答えた。

地面に叩きつけられた衝撃でチェーンは切れてイエスの腕が曲がった。付着した血液もそのときのものだと考えることもできる。

しかしこれが今回の事件に関係しているとは思えない。

「まあ、あり得なくはないわね」

マヤは何気ない様子でフォトフレームの裏板を外して中身の写真を取り出した。

彼女は写真の裏面を見つめて眉をひそめている。

「どうした？」

「なんだろ、これ」

マヤは天神に写真を差し出した。受け取ってみると裏面になにやらマジックペンで模様が手描きされている。

緩やかに蛇行した曲線の先は楕円形に到達している。曲線の中間点付近には「×」が打たれていた。曲線の楕円形側とは逆の端は二手に分かれていて、そのうちの一つはさらに二手に分かれていた。「宗教的なアイコンとか……かな」

覗き込んできた浜田が首をひねった。博学の彼でも知らないデザインらしい。

箕浦が天神から写真を取った。

「そもそも事件に関係があるのかね」

「今はなんとも言えないわね」

マヤがデスクの引き出しを開く。中には文房具と一緒に大学ノートが収まっていた。数えてみると十五冊もある。天神たちはそれぞれノートを手にして中身をチェックした。

どうやら神父の日記である。聖職者らしい達筆で摯実《しじつ》な筆跡だ。キリストの教義に関する記述も多い。書き手の几帳面さが窺えるが、正直、面白味にかける内容だ。ところどころに町子の名前も出てくる。

天神が読んでいる日記は去年の四月から六月にかけてのものとなっている。一番最後のページが六月九日だった。

しかし天神は先ほどからノートに違和感を覚えていた。ノートを閉じてみると裏表紙とページとの間に緩みが感じられる。

天神は別のノートを手に取ってみた。同じメーカーの同じデザインのノートだが明らかに感触と重みが違う。

「ページが抜かれてる?」

カッターナイフを使ったのだろうか。六月九日の日記のページより先が、きれいに切り取られている。他の日記を調べてみたが続きが見当たらない。

それからも室内を探ってみるも切り取られたページも新しいノートも出てこなかった。

「忽那神父にとって日記はライフワークだったはずよ」

マヤが手にした日記をパラパラとめくった。たしかに日付は一日たりとも途切れることなく続いている。

「六月九日を最後に途切れている。なにがあったんだ」

「次の日に町子が姿を消してる」

彼女は箕浦の疑問に答えた。

忽那町子が失踪したのは去年の六月十日である。

「ページが切り取られているということはその続きが存在したんだろう」

おそらく六月十日以降の内容は、町子の失踪に関する記述がメインだったと思われる。それまでとはうって変わって失望と絶望に満ちた内容だったはずだ。

「どうしてわざわざ切り取るんだよ」

箕浦が当然の問いかけをしてくる。それに答えたのが浜田だ。

「姪っ子さんの捜索に本腰を入れようとしない警察に対する不満や憎悪が書き込まれていたんでしょう。内容が過激すぎたから自主的に削除しちゃったとか」

「これらの日記は他人に読まれることを想定してないはずだ。そんなことをする必要なんてないだろ」

「忽那勲は神父です。他人は見なくても神は見ていると考えたんじゃないですか」

「なるほど。神父ならそれくらい潔癖なのかもしれんな」

浜田の説明に箕浦は一応の納得を見せた。

その日記の中には神父にぞんざいな対応をした高林のことも記されていたのかもしれない。

「どちらにしても町子のことは毒ワイン事件とは関係ないですよ。だからこそ日記やネックレスのことなんて誰も気にも留めてない」

浜田は日記のノートを年月順に重ねると引き出しの中に戻した。

捜査本部も被害者の過去のトラブルを徹底的に調べている。もちろん町子失踪事件も例外ではない。

今のところ被害者の中で関係するのは高林だけである。またイベント参加者の中に町子と交友関係にある者は見当たらない。

浜田の言うとおり、町子失踪のことは重要視していないようだ。

ページが切り取られていることも天神の知る限り、捜査会議で報告すらされていない。捜査員が気づかなかったか、気づいても報告に値しないと判断したのだろう。

それからも神父の自室を調べたが、それ以上の発見は得られなかった。

「お姫さん、ここは他の捜査員たちが調べ尽くしてる。もう何も出てこないと思うぞ」

天神に同意するように箕浦がため息をつきたそうな顔を浮かべている。

「天神様、そういう思い込みが未解決事件を生み出すんじゃない？」

「そうか？」

そんな正論、さんざん先輩刑事に聞かされた。

「こっちは代官様をやられてんのよ。今回ばかりは迷宮《おみや》入りにするわけにはいかないの」

マヤが射貫くような眼光を向ける。

「なんだよ、マジじゃねえか」

「私はいつだって職務に真剣よ」

彼女は黒髪をなびかせながら向きを変えると隣室の客間に入っていった。

箕浦と浜田と天神の目が合う。二人とも苦笑しながら肩をすくめた。

マヤに続いて客間に入る。

こちらはさらに殺風景だ。ベッドや書架などの家具と町子の私物が収められたダンボール箱が置いてあるだけだ。

ダンボール箱の中身も前回確認した。主に食器や衣服である。毒ワインや失踪事件につながりそうなものはなかった。

この部屋は以前、町子が使っていたようだ。

マヤは丸テーブルの上に置かれている、蓋の表面に天使の細工が施されたオルゴール箱を手にした。

こちらも町子の私物だろう。蓋を開けるといくつかのアクセサリーが収まっている。

マヤはその中からネックレスだけを取り出してテーブルの上に並べた。全部で五本ある。

そのうち一つは先ほど神父の部屋で見たものとデザインがほぼ同じだ。イエス・キリストが磔にされている十字架がペンダントとなっている。

「どうしてこちらを形見にしなかったんだろう」

マヤはそのネックレスを見つめながら小首を傾げた。

「形見？」

「フォトフレームに貼りつけるならこっちじゃない？」

「たしかに妙だ。あっちは汚れていたし、チェーンが切れてたし、そもそもイエスの腕がひん曲がってた」

オルゴール箱の中のアクセサリーはすべて美品だ。どうして敢えてあのネックレスを貼りつけたのか。

「もしかしたら町子の失踪の手がかりかも」

「問題はその失踪と毒ワインの関係だ」

「それは……分からない」

マヤは神父の部屋に戻ると形見のネックレスを回収した。

家を出て駐車場に行くのかと思いきや、今度は教会堂の裏に向かった。そちらは小さいながらも菜園となっている。

彼女は枝を失って幹だけとなったぶどうの木にそっと手を触れた。水気を失った枝は地面に落ちている。

「どうして代官様だったの?」

彼女は木に問いかけるようにつぶやいた。

13

天神とマヤは東武鉄道・小菅駅で降りた。

二人は職務上の手続きのため、早朝に久慈見署を出て本庁に向かった。箕浦と浜田は久慈見署に残っている。

手続きといってもさほど込み入ってはおらず、小一時間で終えることができた。そのまま久慈見署にとんぼ返りしようと警視庁を出たところで、マヤに呼び止められた。

「なんだよ、お姫さん」

「ちょっとつき合ってほしいところがあるんだけど、いいかな」

「どこに行くつもりなんだよ」

「今回のことで、師匠の見解を聞きたいの」

「師匠?」

「ええ。捜査に行き詰まったときは、いつだって会いに行くわ」

「あんたにそんなブレーンがいたのか」

天神の少しおどけた口調が愉快だったのか、マヤはプッと噴き出した。

「ブレーンってほどでもない。ヒントはくれるけど、推理するのはいつだって私だから」

警視庁随一の洞察力の持ち主といわれるマヤに頼りにされるくらいだから、ただ者ではなさそうだ。

いったいどんな人物なのか。

強い興味を覚えたので、黙って彼女についていくことにした。

目的地は、小菅駅から歩くこと五分ほどのところにあった。

「ここかよ？　東京拘置所じゃねえか」

「そ、師匠はここにいる」

天神も拘置されている容疑者から話を聞くために、何度か訪れたことがある。

まるで要塞を思わせる威圧感のある十二階建ての建物は、周囲に高い建造物がないため、いっそう目立つ。

上空から俯瞰すると、アスタリスク状をしているのが分かるのだが、近代的なデザインから、行政機関や大企業などのオフィスビルにも見える。

刑務所や収容所にありがちな窓の鉄格子も見当たらない。敷地を取り囲む外壁もないため開放感すらある。おかげで威圧感はあれど、畏怖感は最低限に留まっている。

一般的に拘置所には未決拘禁者（刑事被告人）が収容される。

彼らはここから裁判所に出向き、実刑判決なら刑務所に移されるし、無罪を言い渡されれば釈放される。だから拘置所に拘束されているから犯罪者であるとは限らない。

しかし刑が確定しても拘置所に収容され続ける者もいる。

それは極めて重大な凶悪事件を起こした者、つまり死刑確定囚だ。

留置所が警察の管理下にあるのに対して、拘置所は法務省の管轄である。

マヤは何度も出入りしているようで、迷うことなく建物の中に入って面会手続きを取った。

「刑務官とか職員じゃないのかよ」

「なんでそんな連中が私の師匠になるのよ」

てっきりそうだと思っていたが、面会手続きを取ったということは収容されている人間らしい。

それから職員に面会室まで案内された。

建物は複雑な構造をしているようで、迷路みたいな廊下を進んでエレベーターを一度乗り換えた。

たしかにこれなら被収容者が逃亡するのは困難だ。

妙に肌寒さを覚える殺風景な面会室は、分厚いアクリル板で二つの空間に仕切られていた。あちらとこちらの世界。たった一枚のアクリル板が隔てる二つの世界はまるで違う。悪い人間をあちらの世界に送り込むのが、天神たち警察の仕事だ。

椅子に腰掛けてしばらく待っていると、制服姿の刑務官に促されて長身の男性が入室してきた。

グレーのスウェット姿の彼の両手は、手錠で拘束されて刑務官が手にしている腰紐につなげられている。

刑務官がそれらを外すと、男性は天神たちと向かい合う形で椅子に腰掛けた。

男性はアクリル板を通してほんのりと微笑む。

見た目は三十代前半といったところだろう。

男性ファッション雑誌の表紙を飾れそうな、端整で知的、それでいて優しげな甘い顔立ちをしている。天然パーマと思われる髪型も、まるで美容院でセットしてきたばかりのようだ。

街を歩けば若い女性たちの注目を独り占めしそうなタイプである。

あちらの世界の住人には思えない優雅な空気を纏っている。

「嬉しいね、マヤ。また来てくれたんだ」

アクリル板にぽつぽつと開けられた小さな穴から、中性的で優しげな声が伝わってくる。

ファーストネームを呼び捨てにするのだから、相当に親しいのだろう。

「アンノくんも相変わらず元気そうね」

彼女も「くん」付けだ。その表情も心なしか緩んでいるように見える。明らかに天神たちに向ける顔とは違っている。

そして天神はこの男性に見覚えがある。

というより、日本の警察官であれば彼のことを知らない者はいないだろう。

「師匠って杏野《あんの》雲《うん》のことかよ」

「そうだけど、なにか？」

マヤはしれっと答えた。

当時は大物芸能人の麻薬所持や不倫騒動が注目されたため、世間的にはあまり話題にならなかったが、実の父親をはじめ、複数の人間の命を容赦なく奪ったシリアルキラーである。

今は死刑囚としてこの建物に収容されているというわけだ。いつになるか分からないが、いずれ彼の首に縄が巻かれて、刑が執行される。

そんな彼は名門大学の若き准教授で犯罪研究の第一人者といわれていた。出身校は浜田と同じ東京大学だったはずである。

「先月の事件解決はお見事だった」

「ううん、半分以上は杏野くんのおかげだよ」

「僕はヒントを与えただけだ。推理したのは君だろう」

「そうかもしれないけど、あなたのヒントがなかったら解明できなかった。なんか悔しいわ」

マヤは拗ねるように唇を尖らせた。

「あははは、相変わらず負けず嫌いなんだな。まあ、とりあえずお役に立てて光栄だよ」

彼らの言う先月の事件とは、間違いなくゾディアック事件だろう。

世間を震撼させた劇場型の凶悪連続殺人事件。

この事件によってマヤは日本中の注目を集めることとなった。今でも彼女のファンクラブが警視庁に問い合わせてくるという。

この男がゾディアック事件を解決に導いただと？

「ところでこちらの刑事さんは？　今日は代官山さんと浜田さんじゃないの」

杏野はシリアルキラーとは思えない澄んだ瞳を天神に向けた。さらにいえば死刑執行に対する不安や恐怖も窺えない。自宅でくつろいでいるように悠然としている。

「こちらは天神様。私たちちょっとドジっちゃって飛ばされたんだよ。今は特務係っていうリストラ部署に配属されてる」

それを聞いた杏野は声を立てて笑った。記録を取っている刑務官も小刻みに肩を揺すっている。

天神は「ども」と小さく頭を下げた。

「あんたらはどうしてそんなに仲良しなんだ」

「だって杏野くんは私の初お手柄だから」

マヤが愉快そうに答える。

「はあ？」

「僕の犯行を看破して僕に手錠を掛けたのが捜一に配属されたばかりの彼女というわけです。まさか捕まるとは思わなかった。画期的な殺人トリックの数々を駆使しましたからね」

実の父親殺しの件でマヤに逮捕されたという。

「へへん、私の目はごまかせないわ」

「刑事ボッキーみたいなことを言うね」

「なにそれ？」

「知らないんだ。昔の刑事ドラマだよ。主人公のボッキーはいろいろ推理をするんだけど、ミステリとしては子供だましさ」

「貴様っ！」

天神は思わずアクリル板に手のひらを叩きつけた。

「天神様、どうしたの？」

マヤが驚いた様子で天神を見た。刑務官もこちらにぎょっとした顔を向けながら腰を浮かせている。

「い、いや……なんでもない」

天神が咳払いをしてごまかすと、刑務官は腰を下ろした。

ボッキーのことをディスられて思わず反応してしまった。

それにしてもさすがはシリアルキラー、異常心理の持ち主である。天神の突発的な行為に眉一つ動かさなかった。

かといって肝が据わっているのとは違う気がする。目にするすべての出来事を客観視できるタイプではないだろうか。だからこそ酸鼻極まる行為も平気でできるのだ。もしかすると死刑ですら、他人事に捉えているのかもしれない。

天神は相手の瞳を注視した。わずかに青みがかった瞳からは体温が感じられない。このまま見つめ続けていると、こちらの体温を奪われてしまいそうだ。とにかくただ者でないのは確かだ。

「それにしても左遷とはいろいろと大変だね」

「窮屈で退屈なところよ。本当に嫌になっちゃう」

「警察は大組織だから仕方がないさ。ところで代官山さんと浜田さんは元気なの？　同じ部署なんだろ」

杏野の問いかけにマヤの顔が曇った。

「う、うん。浜田くんは元気なんだけど……」

「代官山さんは？」

「それが……」

マヤが言葉を濁す。

「農薬盛られて殉職しちゃったとか」

「なんで分かるの？」

マヤが目を丸くした。

天神も内心驚いている。事件のことは報道されているが、代官山の名前は公表されていない。そもそも久慈見の名前すら出していないのだ。

つまり杏野は代官山の身に起きたことを知りようがない。

「だって天神さんの胸ポケットのボールペン」

杏野は天神の胸を指さした。

「これがどうした？」

天神は胸ポケットからボールペンを取り出す。これは久慈見署の職員のデスクに置いてあったものだ。ちょっとだけ借りるつもりが、ポケットに入れっぱなしになっていた。

「それって久慈見ワイナリーのグッズですよね」

本体にはかなり細い字体で「KUJIMI WINERY」とアルファベットが刻まれている。今まで気にしたことがなかったので気づかなかった。

しかしアルファベットはポケットに隠れて見えなかったはずだ。外に出ているのは紫色の留め具とノックの部分だけである。かといってデザインもシンプルで、他の一般的なボールペンと変わらない。

「どうして分かった？」

「僕もワイン愛好者なんです。久慈見ワイナリーには何度か足を運んだことがあります。幻のワインといわれるクジミは口にしたことがないですけどね。人生で一度は飲んでみたいなあ。といっても死刑囚の僕にはもうかなわない夢ですけど……。こんなことになってなかったらその抽選会、きっと僕も行きましたね」

「それで」

天神が先を促すと杏野はカウンターの上で指を組んだ。

「ワイナリーの売店でそのボールペンを目にしたことがあるんです。デザインは普通だけど、ノック部分の着色にこだわりがあるんですよ。本物のぶどうの色素を使っているから独特の色合いになるんです」

天神はあらためてボールペンのノック部分を観察する。たしかに深みのあるぶどう色だと思うが、取り立てて「独特」だとも思えない。

しかし彼は色合いの独自性を読み取ったというのだろうか。

「さすがは杏野くんね。シャーロック・ホームズみたいよ」

「死刑囚でも新聞は購読できるからね。久慈見町の教会で毒物事件が起きたことは知ってる。イベントに参加した二人の警察官のうち一人が死亡して、一人が意識不明の重体であることもね。実名は出ていなかったけど、天神さんが身につけているボールペンを見てピンときたんだ。ああ、君たちはあの事件の捜査に当たっているんだと」

なんとも聞き心地のよい声だ。彼に殺された被害者たちは、初対面で魅了されたに違いない。

「お姫さん、たしかにあんたが師匠と崇めるだけのことはあるようだ」

杏野の洞察力を認めざるを得なかった。

「殉職したのは代官様じゃないわ。別の警察官よ」

言うまでもなく高林のことだ。

「そうだったんだ。それで意識は戻ったの？」

マヤが首を横に振ると、杏野は憐れむように目を閉じた。

「そんなこんなで今回も捜査が行き詰まってるのよ」

「容疑者を取り調べているって新聞に書いてあったけど」

それは丹沢のことだが、こちらも実名は伏せられているはずだ。

「彼の犯行とするには無理があるのよ」

丹沢がワインセラーに保管されていたクジミに毒を仕込んだのなら、どうやって人目に触れずに外に出たのか。マヤたちはこの点に引っかかっている。

「とりあえず話を聞こうか」

杏野が手招きをして話を促す。

マヤは事件の経緯を詳細に説明した。

昨日、教会を調べたこと、そこで見つけたネックレスの形見や荒らされたぶどう園の話までした。

杏野はその間、腕を組んでじっと目を閉じながら、時には相槌を打って聞き入っていた。

「古くは名張毒ぶどう酒事件、最近だと和歌山毒物カレー事件に似てるケースだ」

「名張の事件は私たちが検証中よ」

といっても、最近は久慈見町の事件にかかりきりだ。

捜査本部の連中は特務係を疎《うと》ましく思いながらも、マヤの推理に期待している節が窺える。今でも三係の渋谷が探りを入れてくる。

「二つとも冤罪の可能性があると言われてるね。たしかに当時の調書や裁判記録を見るとツッコミどころ満載だ。ひどいもんさ」

さすがは犯罪研究の第一人者と言われていただけあって、天神たち以上に事件の詳細に明るいようだ。

「杏野くんは二つの事件についてどう考えているの」

「事件が迷宮入りしたり、冤罪が生み出されるのはどうしてだと思う？」

マヤの質問に杏野は質問で返した。

「やっぱり……先入観かしら。強い思い込みが捜査員の目を曇らせる。今の私たちはそれに囚《とら》われているのかもしれない」

「その通り、正解だ。ではその先入観が生み出すものって何なのか分かるかい？」

さらに杏野は質問を重ねてきた。

「先入観が生み出すもの……なんだと思う？」

マヤは天神に回答するよう振ってくる。

「いかにも学者が好きそうな、小難しい議論は苦手だ」

天神はボッキーらしく嫌味を返した。

「それはずばり盲点だよ」

「盲点？」

マヤが聞き返すと、杏野は大きくはっきりとうなずいた。

「あり得ないと思うから犯人はこいつじゃない、動機はこうじゃない、手口はこれじゃないと考える。それが盲点だ。たとえば事件現場に赤ちゃんがいたとする。僕たちは赤ちゃんが犯罪を起こすわけがないと考える。するとその赤ちゃんの存在は盲点になる。でも本当に赤ちゃんは罪を犯さないのか。可能性はゼロではない。犯意がなくとも、犯行に加担してしまうことだってあり得るだろう。なのに誰もそうは考えない。赤ちゃんはいつまで経っても盲点のままだ。盲点から目を背けた結果、迷宮入りしたり冤罪が生み出されたりする。そういうメカニズムなのさ」

「今回の場合、どこに盲点が生じているの」

「それを知るには、まずは君たちの先入観がなんであるのかを突き止めなければならない。それができれば自ずと盲点が浮かび上がってくる」

杏野とマヤのやり取りはまるで禅問答だ。

「杏野さん。あんた、お姫さんの説明だけで真相が分かったのか」

「僕は超能力者ではありません。真犯人なんて知る由もない。でも真相の可能性はいくつか思いつきます。そのうちのいくつかは、あなたたちの先入観が生み出した盲点を突くものです」

「だからその盲点が何かって聞いているんだ」

天神は痺れを切らして声を荒らげた。やはり杏野は顔色一つ変えない。優雅な笑みを湛えながらアクリル板越しに向き合っている。

「先入観とはあなたたちがあり得ないと考えていることですよ。あり得ないという思いが盲点を生み出す。だったらあり得るかもと考え直せば、盲点ではなくなります」

「だから具体的にそれがなんであるのか知りたいんだ！」

天神はカウンターに拳骨を当てた。アクリル板がなければ相手の胸ぐらを摑み上げるところだ。

刑務官が非難を込めた眼差しを刺してくる。そろそろ追い出されるかもしれない。

杏野は、今度はマヤに向き直る。

「マヤ、いろいろと思い返してみるといい。たとえば偶然だと思っていたことが実は必然だったのかもしれない。逆に必然だと思っていたことが偶然なのかも。いくつかの先入観が盲点をさらに不可視《インビジブル》にする。そうやって見えるべきものが見えなくなるんだ」

「偶然だと思っていたこと……」

彼女は顎先を触りながら目を細めた。

「行こうぜ、お姫さん。こいつと問答したところで埒があかん。それらしいことを言ってるが、本当は何も分かっちゃいないんじゃないか」

「分かってないのは天神様、あなたの方よ」

マヤが軽蔑するような目を向けた。

「なんだと……」

「杏野くん、ありがとう。どうやら私たちはいろんなことを見失ってたみたい」

「確実なのは、犯人はあのイベント会場にいた人間であることだね」

「うん、それは分かってる」

杏野が立ち上がると刑務官は記録を終えてノートを閉じた。そして杏野に拘束具をかけ直す。やがて刑務官は杏野を出口へと向かわせた。

そんな彼が突然立ち止まってこちらを向いた。

「天神さんが気に食わないみたいだから、もう一つヒントをあげよう。おそらく犯人はとんでもないミステイクを犯してます」

「ミステイク？　どういうことだ」

「すでにお二人は気づいてるはずですよ」

記憶を手繰《たぐ》り寄せたが、心当たりがない。

「だからなんなんだよ」

「それくらい自分で考えましょうよ。そんなんだといつまで経ってもボッキーにはなれませんよ」

杏野はなんともチャーミングに微笑むと部屋を出て行った。

「な、なんだよ、それ……」

あいつは人の心が読めるのか。

「ねえ、天神様。ボッキーってなんなの」

「な、なんでもねえよ」

「どうでもいいけど、顔が真っ赤だよ」

マヤが顔を覗き込んでくる。

「うるせえよ」

天神は足早に面会室を出た。

＊

杏野雲についてネットで調べていると背中を叩かれた。振り返るとマヤが立っている。

「あら、杏野くんのことが気になるのね」

彼女はモニターを覗き込みながら鼻で笑う。

「あいつの言っていることに、どの程度信憑性があるのか気になったんでな」

「彼の千里眼は本物よ。昨日は言ってなかったけど、きっと真相のほとんどを見抜いていると思う」

「ちょっと話を聞いただけで無理だろ。関係者にも会ってないし現場も見てないんだぞ」

「一を聞いて十を知る人なのよ。だから警察は杏野くんを正式なアドバイザーとして迎え入れるべきね。パパにも何度も言ってんだけど、聞いてもらえない」

マヤが不満げに舌打ちをする。

「当たり前だ。警察が凶悪犯罪を起こした死刑囚のアドバイスなんて受け入れるわけないだろ」

「考え方が古くさいわね。そもそも相手がシリアルキラーだから受け入れないってそういう姿勢が差別だわ」

「差別かよ」

真顔だから本気で言っているのだろう。

「犯罪のことは犯罪者が一番よく知ってる。経験と知識の深い人間に指導を仰ぐのは極めて合理的なことよ。ちょっと古いんだけどジョナサン・デミ監督の『羊たちの沈黙』っていう映画知ってる？」

「ああ、見たことがある。サイコキラーが出てくる話だよな」

さほど映画に詳しくない天神が知っているくらいだから、有名な作品のはずだ。

「そのサイコキラーがハンニバル・レクターという精神科医。彼を演じたアンソニー・ホプキンスはアカデミー賞を受賞したわ」

アンソニー・ホプキンスはいろんな映画で目にしたことがあるので知っている。彼が演じたレクター博士は天才犯罪者のアイコン的存在になっている。サイコキラーといえば彼を思い浮かべる者も多いのではないか。

「そのレクターのモデルの一人がヘンリー・リー・ルーカスという実在のシリアルキラーよ。彼はＦＢＩの要請を受けて連続殺人特別捜査班のメンバーになったの」

「シリアルキラーが捜査官になったのか」

我ながら素っ頓狂な声を上げてしまう。

「当時、専門家でも窺い知れなかったシリアルキラーの心理について本物のシリアルキラーに仰いでいたというわけ。殺人のことを知りたかったら人殺しに聞くのが一番でしょ。餅は餅屋、適材適所って言うじゃない。どうしてそれができないのかしら」

「アメリカはともかく日本じゃ無理だ。上は頭の固い連中ばかりだからな。だけど俺もあいつのことは信用できない。ああいうサイコパス野郎は嘘の天才だ。虚実を絶妙に織り交ぜて相手を信用させてしまう。気がつけば相手の手のひらの上で踊らされていたなんてことになりかねない」

「それについては同感ね。かつて私も杏野くんに騙されてうまく利用されたことがある。彼は他人の心理を手玉に取る天才よ。でも彼にも弱点はある」

「なんだ？」

「ずばり好奇心よ。彼は学者だけあって異常ともいえる探求心の持ち主。特に凶悪犯罪に対しては貪欲よ」

「好奇心には抗《あらが》えないっていうことか」

「そう。だからこっちも利用させてもらう。とにかく犯罪捜査に関しては信用できる。今まで裏切られたことはない」

「騙されて利用されたんじゃないのか」

「それはまったくの別件よ」

「ふうん、そうなのか」

その内容には興味がなかったので敢えて聞かなかった。

二人は客観的に見ても美男美女だからお似合いのカップルだと思うが、そういう関係でもないらしい。

「それと鑑識結果が出たわ。ペンダントに付着した汚れはやっぱり凝固した血液だった」

マヤは二日前に神父の自室から持ち出したネックレスの分析を鑑識に依頼していた。

「血液型は分かったのか」

「ＡＢ型のＲｈマイナス。二千人に一人といわれているレアな血液型よ。それが忽那町子と一致する」

「二千人に一人か。それなら本人の血液だと考えて間違いなさそうだな」

ＤＮＡ鑑定で一致まですれば確定だが、毒物事件と直接関連しない案件で捜査本部の連中が動くはずもない。

「ええ。彼女は病院の要請もあって熱心に献血をしていたそうよ」

十字架に磔にされた、腕の曲がったイエスのペンダント。付着していた血液は微量だったという。

さらに二人は、久慈見署に保管されている忽那町子失踪に関する調書を調べてみた。

「忽那神父は何度か久慈見署に掛け合ってる」

調書には神父の主張と当時の様子が詳細に記述されている。当初は高林が対応していたようで、記述者の欄に彼の名前が記載されていた。

調書からは読み取れないが、高林はぞんざいな対応をしたという。

また高林が町子につきまとっていたという情報も出ているが、そのことについてはもちろん記述されていない。

忽那が署長に掛け合ったこともあって、その後は町子の足取りを調べたり、聞き込みをするようになったようだが、芳しい成果には結びついていない。

神父は久慈見署に日参しては、署員たちに執拗《しつよう》にまとわりついて捜索の強化を訴えていたようだ。

一日に複数回訪れてくることも珍しくなかった。

そんな神父に対して、辟易《へきえき》していた署員も少なくなかったという。

「町子はどうしちゃったのかな」

「調書にも書いてあるが、高林は自殺の可能性を示唆している」

「それはあり得ない。イラストレーター志望の彼女はイラストコンテストに応募して最終候補に残ってる。その通知が届いたのが失踪三日前よ。その結果を確認もせずに自殺するなんて考えにくいわ」

結局、その賞は落選となったようだが、結果発表は失踪のちょうど一ヶ月後だった。

「たしかにそうだよな」

「そもそも彼女は敬虔なクリスチャンよ。自殺は罪とされている。神父の姪っ子で教会の運営に携わっていた彼女が教義を破るなんてあり得ない」

同様に神父の自殺もあり得ないと言い立てていた。

「そうは言っても他人のことは分からない。鬱などの精神的な病を患っていれば教義なんて関係なくなる。自殺の直接的な原因の大半は心の病だ。絶対にあり得ないとは言えないんじゃないか」

「ここをちゃんと読んでよ」

マヤは天神がまだ目を通していない調書の一部を指した。

町子には精神的な病の既往歴がないと記載されている。こちらは神父の証言だ。

彼自身も姪の自殺はあり得ないと高林に強く主張していた。そのやり取りも記述されている。

「自殺でないのなら、なんらかの事故か犯罪に巻き込まれたということだ」

「分からないのは忽那神父よ。彼は八月一日を最後にぱたりと警察訪問を止めている。それまでは一日も欠かさずに押しかけていた。一日に何回も訪れたこともある」

たしかに調書を読むと八月一日を最後に訪問が途切れていることが分かる。一ヶ月ほどして担当する署員が教会を訪れて「進展なし」を報告したが、神父は「町子の運命は神に委ねる」と告げたそうだ。

「あれだけ署に日参していたのに、どういう心境の変化があったんだ」

「あと不思議に思うのは、調書では例のネックレスにまったく触れられていないことね」

「たしかにそうだ……」

てっきり腕の曲がったネックレスのことは神父から警察に報告されていたと思っていたが、調書を見る限りそうはなっていない。

ましてや町子の血液が付着しているのだ。

「神父が久慈見署への日参を止めた理由は、このネックレスにあるかもしれない」

「どういうことだ」

「もしかしたら神父がこのネックレスを見つけたのが八月一日の署からの帰宅後、もしくは八月二日だったとか」

「なるほど！　これが町子の手がかりというわけか」

イエス像の腕が曲がっているのも、町子の血液が付着しているのも、事件に巻き込まれた際によるものだとしたら。

「微量の血液はともかく、金属が曲がってしまうほどよ。相当の暴行を受けたと考えられるわ」

血液はたまたま付着量が少なかったか、凝固する前に流れてしまった可能性もある。

「たしかに……彼女は殺されたのかもしれない。だったらなおさら、神父はこのネックレスのことを久慈見署に訴えるべきだろう。これを見せれば本格的に動いてくれたかもしれないのに」

「どういう心境の変化があったのかは分からない。でも神父は自身の手で町子を捜す決心をしたんじゃないかな。日記が切り取られていたのも、そのことを悟られないためよ」

天神は腕を組んで首を捻った。どうにもピンとこない。

「そもそも神父はこのネックレスをどこで見つけたんだ」

「やっぱり事件現場になるんじゃない。犯人と揉み合いになって落としたとか」

「だからそれがどこなんだよ」

「さすがに分からないわね」

「すべては憶測の域を出てないぞ」

「そんなことは分かってるよ」

マヤが乳白色の頰を膨らませる。こういうところは妙に可愛らしい。

「悪かったな」

彼女が素直に応じたのでこちらも素直に謝る。

「天神様ってそういうキャラだったっけ」

「俺はいつだって俺だ」

一度使ってみたいと思っていたボッキーの台詞を拝借した。マヤは「ふうん」と間の抜けた顔を向けるだけだ。

気の利いたリアクションなしかよ。

「そんなことより昨日、杏野くんが言ってたことは気にならないの」

「ああ、犯人はとんでもないミステイクを犯したとか」

マヤが首肯する。

「ミステイクってなんなんだよ」

杏野はすでに天神たちも気づいているはずだとも言っていた。

「天神様って案外鈍いのね。私はすぐに分かったわよ」

「あっ！」

天神の頭の中に電気が走った。

「やっと思い出した？　それよ」

天神の思いつきを読み取ったようだ。

「当選番号のことか」

「それしかないんじゃない」

当選箱から神父が取り出したピンポン球には15と記載されていた。しかしクセの強い字体のため5と3の区別がつきにくい。イベント当日、神父は転倒してメガネを壊してしまい裸眼だった。それによって彼は15を13と読み間違えたのではないか。

つまり本来の当選者は15番であり、代官山ではなかったということである。それによって彼は今でも生死の境をさまよっているのだ。

「それが犯人のミステイクというのなら、犯人のターゲットは15番を引いた人間ということになるな」

「そういうことになるわね」

「で、15番を引いたのは誰なんだ」

そのタイミングで浜田が近づいてきた。彼はマヤに書類を差し出した。

「犬塚圭《けい》。三十四歳。小さいながらも久慈見町で出版社を経営している」

マヤは書類に目を通しながら答えた。

書類は犬塚の調書である。警察はイベント参加者全員に対して詳しい取り調べを行っている。

マヤは抽選番号15番の人物を調べるよう浜田に指示していたようだ。指示といってもマヤにとって浜田は階級上では上司のはずだが。

「とりあえず行ってみましょう」

マヤは調書を読み終わるとジャケットに袖を通した。そのまま部屋を出て行く。浜田も慌てて彼女に続いた。

天神はソファでくつろいでいる箕浦に声をかけると、マヤのあとを追った。

14

犬塚圭が経営する会社は久慈見町農協のすぐ近くにあった。築浅の三階建てのビルには「クジミ出版」と看板が掲げられている。

出版社といってもこぢんまりとしていて、入口には受付もない。

階段から下りてきた社員と思われる男性に警察手帳を向けると怪訝な顔をされたが、すぐに内線を通して社長に連絡を取ってくれた。

その男性社員に案内されて三階の社長室に通された。社長のデスクの前に並べられたソファとテーブルだけで窮屈に感じられるほどの広さしかない。

天神たちは社長である犬塚に促されてソファに腰を下ろした。四人が腰掛けるとソファがいっぱいになってしまったので、彼は自身のデスクチェアーに着席する。

「久慈見町も大変なことになってしまいました。先日も警察の方が聞き込みに来られましたよ」

犬塚は神妙な顔で言った。端整ながら柔和な顔立ちに見覚えがある。

先方も天神に気づいたようだ。呆《ほう》けた様子で天神を見つめている。

「あなたは……あのときの」

「はい」

天神もうなずいた。こんな形で再会するとは思いもしなかった。

「警察の方だったんですね。あのときはまるでお役に立てずすみませんでした。あんなこと生まれて初めてでパニックになってしまって」

犬塚は心底申し訳なさそうに頭を下げた。

「無理もないですよ。俺も興奮して悪かったです」

あの日、AEDを調達できなかった犬塚を苛立ちから突き飛ばしてしまった。

「あの男性は亡くなられたんですよね」

クジミを口にした人間は、代官山以外全員命を落としている。

「ええ。あいつは警察官で高林といいます」

犬塚が顔を大きく歪めた。

「そうだったんですか……もう一人、警察の方が意識不明の重体だとニュースで見たんですけど」

もちろん代官山のことだ。

「まだ意識は戻っていません」

昨日も病院に立ち寄ったが、このまま意識が戻らない可能性があると医師が言っていた。

「なんてことだ……」

犬塚が唇を噛みしめながら、膝の上に置いた手を握りしめた。

しばらく沈黙が続く。

あの事件は被害者だけでなく、その場にいた者たちの心にも大きな傷を残している。

今でも事件のことを話せないという参加者たちも少なくないし、カウンセリングを受けている者もいるという。

傷を負ったのは犬塚も例外ではないようだ。

「辛いことを思い出させて申し訳ない。一刻も早く犯人を挙げるためにもご協力のほどよろしくお願いします」

箕浦が声をかけると犬塚は俯《うつむ》けていた顔をゆっくりとあげた。

「もちろん協力は惜しまないつもりです。私にとって久慈見町は生まれ育ったかけがえのない故郷です。伯父の命を奪った犯人を許すわけにはいきません」

紅潮した顔の犬塚は、口調に怒気を込めた。

「伯父さんというのは久慈見ワイナリーのオーナーである工藤要さんのことですね」

箕浦の確認に犬塚は首肯した。

「私のワイン好きも伯父の影響です。クジミ出版の立ち上げのときにも全力で援助してくれました。私にとっては恩人ですよ」

犬塚の白目はほんのりと充血している。

クジミ出版は小規模ではあるが、主にワインに関する雑誌や書籍を出版しているという。

彼らの特集した雑誌記事がクジミブームに火をつけたといういきさつがあるらしい。

テーブルの上に載せられた『月刊ワイン通』というタイトルの雑誌にも見覚えがある。彼は現場に雑誌を持参していた。天神も目にしている。『月刊ワイン通』はクジミ出版が刊行している雑誌だった。

「犬塚さんは教会の抽選イベントの当選品がクジミだと知っていたんですか」

今度はマヤが質問をする。

「ここだけの話、伯父から事前に聞いていたので知ってました。だからこそイベントに参加したんです。もちろんそのことは一切他言していません。うちの社員にもです」

やはり一部の人間は知っていたようだ。マヤの父親のような有力者や犬塚みたいな工藤に近しい人間だけだろう。

「工藤オーナーの親族であれば、いつだって好きなときにクジミを入手できるんじゃないですか」

犬塚は「いやいや」と手を横に振った。

「ご存じのとおりクジミはウルトラレアなワインですからね。私でもそうそうお目にかかることはできませんよ。友人知人からも、なんとか入手してほしいと頼まれるんですけどね。無理なものは無理なんです」

「でもたまには入手できる機会があるんですよね」

「まったくないとは言いませんが、それでも稀ですよ。どうしてもワイナリーの出資者、あとは有力者やセレブで終わってしまいますからね。彼らですら順番待ちだそうです。もちろん親族も例外ではありません」

犬塚は肩をすぼめた。「ここだけの話なんですが……」

「なんです?」

「伯父は独占欲が人一倍強いといいますか、特にクジミには強い執着がありました。不特定多数の人間の口に入ることをとても嫌っていました。自分が選んだ人間にしか飲ませたくないとこぼしていたんです」

「でも教会イベントにクジミを提供しましたよね。やっぱり神父様ともなると特別扱いなんですね」

「いやいや、伯父はスピーチで神父との親交ぶりをアピールしてましたけど、教会の信者ではありませんし、深いつき合いをしていたなんて聞いたことがありません。それに伯父はよほどのことがない限り特別扱いはしない人です。甥の僕にすらそうでしたからね」

「だったらどうして?」

天神の問いかけに犬塚は顔を曇らせた。

「これは伯父から聞いた話で、絶対に他言無用だと言われていたんですけど……」

「情報提供お願いします」

天神は頭を下げた。

「事件とは関係ないと思いますが」

「どんな些細なことでも構いません。もちろん情報元を明かすことはありません」

犬塚はしばらく考え込むように目を閉じた。

「分かりました。お話しします」

「よろしくお願いします」

「実は忽那神父、余命宣告を受けていたそうなんです。なんでも骨肉腫だと聞きましたけど」

「余命ってどのくらい？」

「そこまではちょっと……。まあ、そんなに長くないですよね」

神父が歩行する際に杖に頼っていたのはそういうわけか。

天神にも数年前、骨肉腫で亡くなった親戚がいた。余命半年と診断されてその通りになった。

「そうだったんですか……」

その情報は捜査会議でも報告されていない。神父のかかりつけ医は大島照之《てるゆき》だ。その大島も帰らぬ人となってしまった。医師からの情報提供がなければ、患者の病歴を得ることは難しい。

「そんな神父さんのたっての願いということもあって、受け入れるしかなかったんでしょう。普通はそれでも断るはずなんですが、神に仕える相手だけに無下にはできなかったのかな」

そう言って犬塚は小さく吐息をついた。その温情のおかげで工藤は命を落とすことになったのだ。

「ところで犬塚さんは抽選から漏れたんですよね」

今度はマヤが尋ねた。

「そうなんですよ。伯父が『イベントに参加してみろ。いいことがあるかもしれないぞ』と言うからてっきり裏で手を回してくれたんだと思い込んでいたんですが……。考えてみれば当然なんですよ。久慈見教会が主催ですからね。あの忽那神父がそんな不正をするはずがありません」

「なるほど……」

忽那勲の実直で誠実な人間性を疑うような証言は、今まで一つも出ていない。少なくとも信者たちからは慕われ信頼されていたようだ。そしてなによりカトリック教義には従順で信者たちの手本ともなっていた。

「当選しなくてラッキーでしたよね」

マヤの言葉に一瞬眉をひそめた犬塚だったが「たしかにそうですよね」と認めた。当選していれば今ごろ、ここにいられなかっただろう。

天神はマヤと顔を見合わせた。

本来なら当選していたはずだ。

犬塚の抽選番号は15番。

その番号が記載されたピンポン球が山の上に置かれていた。当選番号のピンポン球はすべて山の上に集中していたのだ。

イベント当日、メガネを割ってしまった忽那神父は裸眼で抽選会にのぞんだ。そこでおそらく番号を読み間違えてしまったというわけだ。

ただでさえ13と15が読み間違いやすい筆跡だった。それによって当選者は代官山と入れ替わってしまった。

やはり不正はあったのではないか。

工藤は甥っ子である犬塚を当選させる小細工を密かに施したのではないか。そのことを犬塚にも伝えなかった。

甥を驚かせたかったのか、そもそも不正だから内緒を決め込んでいたのかもしれない。

しかし神父が番号を読み間違えてしまった。

それによって甥っ子は当選を逃すこととなった。代わりに代官山が当選者となってしまう。幸運の皮を被った死神は、彼に微笑んだのだ。それによって犬塚は命拾いをすることになる。

いやいや。天神は頭を横に振りながら思考を追い払った。神父が読み間違えたなら、工藤がそれを指摘すればいいだけのことではないか。

当選発表のとき彼は同じステージ上の神父のすぐ近くに立っていた。もちろん工藤にもピンポン球の数字が見えていたはずだ。

抽選会のときも彼はステージ上に立っていた。犬塚が15番のプレートを引くところを間近で見ているから、彼の番号を知っている。だから読み間違えたときに「それは13番ではなくて15番ですよ」と神父に伝えればいいのだ。それによって甥っ子は当選者となる。

だったらどうしてそれをしなかったのか。

考えられることは三つ。

一つ目は、そもそも不正なんてなかった。工藤も13と15の間違いに気づかなかった。もしくは気づいてもいちいち訂正しなかった。単純に当選発表の進行に水を差したくなかっただけだ。

二つ目はたしかに不正があったが、神父の読み間違いを敢えて指摘しなかった。こちらも水を差したくないという心理が働いたのだろう。

そして三つ目。

工藤はクジミに毒が盛られていることを知っていた、もしくは疑っていた。そうなれば甥っ子を救ったことになる。

しかしそれだけはあり得ない。なぜなら工藤はそのクジミを飲んで絶命しているからだ。自殺願望者でもない限り、毒が入っている、もしくは入っているかもしれないワインを口にするはずがない。

孫の誕生を待ちわびて、さらに宝くじを購入している彼が自殺をするとは考えられない。それらしい遺書も出てきていない。

やはり抽選は公正に行われたと考えるべきだろうか。忽那神父が不正を許すとは思えない。抽選会が行われている間、ピンポン球の詰まった当選箱は教会堂の祭壇に置かれていたという。さらに教会堂の出入口の扉には鍵が掛けられていた。

抽選会の終盤になると工藤はステージを降りて、教会堂から当選箱を持ち出してステージに戻り神父に手渡している。教会堂に出入りできたということは鍵を彼が持っていたのだろう。

このタイミングなら当選箱に細工ができる。それができるのは工藤だけということになる。

「犬塚さん、当時はどんな服装でしたか」

突然のマヤの質問に犬塚は眉を八の字にした。今はグレーのスーツに水玉模様のネクタイを締めている。

「シャツにジャケットにチノパンでしたよ」

「もう少し詳しく教えていただけませんか」

「シャツは普通に白、ジャケットは薄いピンク、チノパンはベージュですね」

犬塚はスマートフォンを取り出すと事件当日の自撮り画像を天神たちに見せた。天神が見たとおりの姿だった。

笑顔で写っているところからして騒動前だろう。他にもいくつか撮影していたようだが、それらはすべて警察に提出済みだという。

「春らしい装いだったんですね」

「それがなにか？」

「いえ、聞いてみただけです」

マヤはソファから立ち上がるとチェストの方に歩み寄った。チェストの上には、たくさんのフォトフレームが飾られている。

犬塚とさまざまな人物のツーショットだ。その中には工藤要との写真もあった。

「この方、亡くなった町長さんですよね」

犬塚と握手をしているでっぷりとした体形の男性は、犠牲者の一人である相模公三郎だ。イベントでもスピーチをしていた。

「私は相模先生を支持してました。先生の選挙のお手伝いもしてましたからね。先生は久慈見町に立ち上がっていたリゾート開発に反対されていたんですよ。開発によって久慈見の美しい自然が破壊されてしまう。そうなればぶどうの品質にも影響が出てしまいます。久慈見に生まれ育った私としては、絶対に認めるわけにはいきませんからね。伯父も相模先生を支持してましたよ。クジミは久慈見町が生んだ奇跡です。命がけで守らなければならない」

犬塚は口調を強めた。

相模亡き現在は、副町長が町長の役割を代行している。来月には町長選が控えているという。

「対立する有力候補の立花隆史さんは開発推進派です。今度の町長選は絶対に負けられないというのに……」

犬塚の曇った顔から焦燥が感じられた。

「集中豪雨で予定地はひどいことになったそうですね」

去年、久慈見町で記録的な大雨が降って被害が出ている。

ニュースにもなっていたので天神もぼんやりと覚えている。大規模な土砂崩れが起きて山林が大きなダメージを受けたらしい。廃屋が一軒巻き込まれたが、人的被害は出ていないと記憶している。

「たしかに現地の修復は必要ですよ。だからといってリゾート開発を許すわけにはいきません」

犬塚は興奮した様子でテーブルを叩いた。

「町民の皆さんはどう思っているんですかね」

箕浦が問いかけると、犬塚はネクタイを直した。

事件とは関係のない話題をふることで相手との親睦を図る。聞き込みの常套手段だ。

「もちろん農家の人たちは反対ですよ。ぶどう栽培に影響が出ますからね」

「この前新聞で読んだんですけど、ぶどう栽培には影響がないというデータが先方から提出されていますよね」

自身の主張に水を差すようなマヤの言い草に、犬塚は気色ばんだ。

「あんなのいいかげんですよ！　嘘っぱちです」

「でも権威ある大学の研究チームが出しているデータでしたよ」

なおもマヤが畳みかける。箕浦が天神にマヤを止めろと言わんばかりに肘打ちをしてきた。

「それは……推進派にとって都合の良いデータを並べているにすぎません。その大学の教授だってやつらから賄賂をもらっているに違いないんだ。捏造に決まってますよ！」

犬塚は顔を紅潮させて主張した。さっきから顔色をコロコロと変えている。なにかと感情的な気質なのだろう。

「まあまあ、黒井さん。そんな話、ここではいいじゃないか」

箕浦が制止に入った。せっかく協力的だったのに、怒らせては台無しだ。

「そういえば車の盗難届を出されていますよね」

箕浦に従ったのか、マヤが話題を変えた。

感情を露わにしていた犬塚は、リセットボタンを押したように真顔に戻った。

盗難届に関しては先ほどの調書で確認している。

「え、ええ……去年の六月でしたかね。いまだに見つかってないんですよ」

届けが出されたのは去年の六月十一日と調書に記載されていた。

「盗難に気づいたのは六月九日だそうですね。どうして届けを出されたのが二日後だったんですか」

「そのことは警察の人にも説明しましたけど、あのころは仕事が忙しくて警察に行けなかったんです。高級外車の盗難被害は他にも出ているようで、そのうち多くが戻ってこないとも言われましたよ。窃盗のプロ集団の犯行の可能性が高いんですって。秘密のルートを通して海外に売り飛ばすみたいです」

「紺色のファブルですよね。クジミちゃんのステッカーが扉に貼ってある」

クジミちゃんというのは久慈見ワイナリーのマスコットキャラである。ぶどうを擬人化したような、いわゆるゆるキャラだ。そしてファブルとはフランスの高級自動車メーカーであるミット社が開発販売しているステーションワゴンだ。日本では滅多に見かけない車種である。

犬塚の瞳に驚きの色が浮かんでいる。

「どうして知ってるんですか？　盗難届を出したときステッカーのことを言い忘れちゃったんですよ」

「写真に写ってるじゃないですか。向かって右から三番目の」

マヤはチェストを指した。

「なるほど。さすがは刑事さんだけあって鋭い観察力ですね」

犬塚は感心した様子でチェストの写真に顔を向けた。

女性とのツーショット写真だが、二人の背後の少し離れた位置に紺色の自動車が停まっている。女性は天神も知っている。ドラマや映画で主演をはる有名女優だ。去年、雑誌『月刊ワイン通』の表紙モデルとして起用されていたという。その際に撮影されたツーショット写真だ。

天神は立ち上がると写真に近づいて確認した。

運転席の扉に、クジミちゃんが描かれた丸形のステッカーが認められる。

この写真だとどうしても女優に注目してしまう。

その背後にある車とステッカーを見落とさなかったのはさすがと言うべきか。

「この写真だと角度的に分からないですけど、クジミちゃんのステッカーはボンネットと屋根にも貼り付けてあるんです。こうやってクジミのことをいろんな人たちに知ってもらおうと思っていたんですよ」

「車好きな人たちなら注目しますものね。このファブル、かなりのレアものですよね」

「分かります？　僕のファブルはｃ80って型式の特別仕様車です。日本にも十台ほどしか入ってきてません。それなのに……」

犬塚は唇を噛みしめると肩を落とした。今でも盗まれたショックを引きずっているようだ。

「それはお気の毒です。お値段もさることながら、希少性はクジミ同然ですよね」

「刑事さん、上手いこと言いますね。ファブルはまさにクジミですよ。金持ちでもおいそれと入手することはできません」

犬塚は弱々しく微笑んだ。

それにしてもクジミなみのレア車だというわりに、そのデザインはまるで味気ない商用車を思わせる。日本の大衆車に紛れ込んでも目立ちそうにない。よほどのカーマニアでないとファブルを見かけてもレア車だとは気づかないのではないか。機能や安全性は知らないが、この車に大金を投じようとは思えない。そもそも車なんて走ればなんだってよいのだ。

「そのファブルが盗まれたのは六月九日なんですね」

「そうですね……前日には乗りましたから」

「車がないと不便でしょう」

「すぐに新車を購入しました」

新車は違うブランドの高級車を選んだという。

「納車するまで車はないですよね。移動はどうしていたんですか」

「近距離なら自転車ですが、もっぱらタクシーが多かったかな。それがなにか？　今回の事件には関係ないですよね」

「そうですね。ご協力ありがとうございました」

聞き込みは終わりらしい。マヤはゆっくりと立ち上がった。

「いえいえ。私としても伯父の命を奪った犯人を一日でも早く逮捕してほしい。協力は惜しみませんん」

犬塚も立ち上がりながら力強く応じた。

天神たちは礼を言って、クジミ出版を辞去した。

「お姫さん。やっぱりあんたは忽那町子失踪にこだわっているようだな」

天神は車に乗り込もうとするマヤに声をかけた。箕浦と浜田はすでに乗り込んでいる。

「あら、どうしてそう思うの」

彼女は天神に顔を向けると、眩しそうに目を細めた。

「犬塚のファブルが盗まれたのが去年の六月九日。町子が失踪する一日前だ」

「ふうん」

彼女は片方の口角を上げて意味深な笑みを見せた。

「そしてもうひとつ。昨日の杏野雲の言葉だ。『おそらく犯人はとんでもないミステイクを犯してます』と」

「そう言ってたわね」

「あれから俺なりにミステイクの意味を考えた。今回の件で明らかなミステイクといえば当選発表だろう。それによって当選者は犬塚から代官山さんに入れ替わってしまった。もしターゲットが犬塚だとしたら、犯人にとってこれほど大きなミステイクはない。やっぱりこの線だと思う」

「どうしてそうなったのかしら」

「俺はあの抽選には不正があったんだと思う。ワイナリーオーナーの工藤要が甥っ子である犬塚が当選するよう当選箱に細工をしたんじゃないか。しかしここでミステイクが起きてしまう。それはおそらくいくつかの偶然が重なったからだ。その点はあんたも気づいているんだろう」

「さあ、どうかしら」

　マヤは黒髪をフワリと掻き上げた。花のような香りが鼻腔をほのかにくすぐる。

「どうして細工をしたのが当選箱だと決めつけられるんだ？　抽選箱の方かもしれないだろう」

　車内からの箕浦の疑問に、マヤが呆れたように鼻から息を抜いた。

「箕浦さんねぇ、ターゲットがどんな番号を引こうがそれを当選させればいいんだから、細工をするのは当選箱だけで充分でしょ」

「ああ、そっか」

　箕浦は得心したように額に手を当てた。

「で、具体的にどう細工したの？」

　マヤが先を促す。

「当選箱の中に透明の食品用ラップが紛れ込んでいただろ。あれは仕切りだ。あらかじめ当選者十人は決められていた。先に十人以外の番号が記入されたピンポン球約四十個を当選箱の中に入れる。その山の上に仕切りとなるシートを敷くんだよ。そのシートが食品用ラップだ。さらに仕切りの上に当選者のピンポン球十個を載せる。そうすれば十個のピンポン球は他と交ざることがない」

「ちょっと待ってください。当選箱に細工をしたのは工藤なんですよね。でもピンポン球を取り出すのは神父ですよ。箱の奥の方に手を突っ込めば、あんな薄いラップの仕切りなんて意味を成さないですよ」

浜田が当然の指摘をした。

「もちろん工藤の細工は、神父も承知の上だ」

「つまり神父は不正に加担していたってことですか」

浜田はつぶらな目をさらに見開いた。

「当選箱からピンポン球を取り出すのは神父本人だ。無作為に取り出しているように見せていたが、実は仕切りより上のピンポン球を取り出していたというわけだ」

「なるほどねぇ」

箕浦が腕を組みながら感嘆している。

「そこまで手の込んだことをしたのに肝心なところでミスったわけね」

「まずは当選箱のピンポン球に記載されていた13と15の数字。あの筆跡だと読み間違いしやすい」

プレートとピンポン球に数字を記載したのは別人物でプレートに記入したのは神父、ピンポン球は須崎佳奈美《すざきかなみ》という信者スタッフだと分かっている。

「犬塚は工藤の甥っ子だ。彼を当選させることを神父も承知していたなら、13番の読み間違いに本人も気づくはずだよ。犬塚も代官様もそれぞれ抽選箱から引いたプレートの番号を神父に示してる。そのときに犬塚が15番だと認識していたはずだ。ましてや13番はキリスト教徒にとって不吉な数字だから、代官様のことは他の参加者より印象に残ってそうなもんじゃないか」

またも箕浦の指摘に、マヤがこれみよがしに息を吐く。

それを無視して天神は続けた。

「犬塚と代官山さん。事件当日、二人は似たような淡い桜色のジャケットを着ていました。二人は身長も体形も似通っている。顔立ちはそっくりとまではいかないがつくりは似てると言える。近眼でぼやけて見えれば、区別がつかないんじゃないですか。さらに抽選プレートを引く際にも二人は神父と会話をしなかったんだろう。せめて会話をしていれば少なくとも13番が犬塚ではないことに声で判別がついたはずだ。つまり今回のミステイクはさまざまな偶然が重なった結果というわけです」

「なるほどねぇ」

腕を組みながら感嘆する箕浦の姿にデジャブを覚える。

「ふふふ、天神様にしてはなかなかやるじゃない」

マヤの乾いた拍手が鳴る。

「よく言うぜ。あんたはもっと早くに気づいてたんだろ」

「さあ、どうかしら」

相変わらずとぼけた反応を見せてくれる。

「ついでに昨日、杏野雲が言っていた盲点の意味も分かった。たしかに盲点だよな」

「そうね。名張毒ぶどう酒事件にしろ和歌山毒物カレー事件にしろ普通、犯人は死ななかった人間の中にいると考える」

「犯人は生きているに違いない……これが杏野雲の言う先入観だな。その先入観が『犯人は被害者の中にいる』という盲点を生み出すというわけか」


真犯人は忽那神父である。

それが天神のはじき出した真相だ。

「動機はなんなの」

マヤが当然ともいえる質問を繰り出す。

「おそらく姪っ子の失踪がからんでいるんだろう」

聖職者である忽那神父を凶行に駆り立てるトリガーとなり得るのは、やはり愛する者を失う理不尽だろう。

「工藤要はどうなんだ？　当選箱に細工をしたんだろう。彼は共犯じゃないのか」

箕浦の問いかけに、天神は首を横に振った。

「工藤は利用されたにすぎないと思います。ましてや神父の本当の目的を知らなかった」

「ちょっと待ってくれ。思考が追いつかん。本当の目的ってなんなんだ」

箕浦は小刻みに瞬きをくり返している。

「あの抽選が仕組まれたものだとすれば、神父にとってのターゲットはクジミを口にした全員ということです。自分を含めた十二人を葬ることです」

まさか無関係の者を巻き添えにはしないだろう。

「犠牲者全員が町子の失踪に関わったというわけか？」

箕浦はさらに瞬きを速めた。

もちろん代官山は除かれる。彼はあくまでも人違いで犠牲となった。

「少なくとも高林は確実です。彼の対応のせいで警察は当初、捜索に本腰を入れなかった……と神父は考えていたはずだ。ただでさえ高林は町子につきまとっていたという話もある。神父は高林に対して強い憎しみを抱いていたに違いない」

「他の人たちは？　工藤や久慈見町の町長はどう関わっていたというんだ」

「それは……現段階ではっきり言えません。おそらく神父本人を除く十一人は、なんらかの形で町子の失踪にかかわっていたんだと思う。もちろん工藤も犬塚もです。そのことを警察に伝えなかったのは、高林のことで警察に不信感を抱いていたか、もしくは自分の手で罰を下そうと考えたから。

俺は後者の可能性が高いと思います。なぜなら神父は余命宣告されている。時間が残されていない。自分の目が黒いうちに復讐を果たしたかった。だからあんな形で決行したんだ。そのことについては日記に書かれていたんでしょう。神父には高齢の父親がいる。これほどの大それた事件を起こせば、世間も黙ってはいない。残した父親が息子の罪を背負うことになる。それだけは避けたかった。だから自分の死後、他人の目に触れぬよう日記を完璧に処分したんです。さらに言えば自分自身が被害者となることで、容疑者リストから外される。残した父親のためにも完全犯罪にする必要があったんです」

「なるほどね……そうなると神父は自殺を図ったことになる。キリスト教において自殺は深い罪よ。敬虔なクリスチャンである彼がそんなことするかしら」

マヤが愉快そうに言う。

「いつまでも白々しいな。あんただって気づいていたんだろう」

「あら？　どうしてそう思うの」

この期に及んでなおも認めない。妙なところで頑固である。

「教会の裏庭、荒らされたぶどう園だよ。ぶどうの木の枝が末端で折られていた。あんたは妙に気にしていたよな」

「それがどうかした？」

「あれはおそらく神父自身による決意表明だ」

「決意表明？」

マヤは片方の眉をつり上げた。

「分かってるくせに聞くな。棄教だよ。キリスト教の信者である限り、自殺は許されない。自殺は罪とされているからな。そもそも殺人だってそうだ。神父であればなおさらだろう。だからぶどうの枝を折ったんだよ」

イベント当日、神父は説法をしていた。『まことのぶどうの木のたとえ』だ。その中でイエスはぶどうの木、信者は木の枝とたとえていた。

神父は栽培していたぶどうの木の枝を折ることで、木の幹、つまりイエスとの訣別を図った。

もちろんぶどうの木の枝とは神父自身に当たる。

それは教義を捨てたことに他ならない。もしかするとあの説法を通して教義を捨てたことをほのめかしていたのかもしれない。神の祭壇の前で。

「工藤は神父の恐ろしい目的を知らずに細工をしたのか」

箕浦が先ほどの疑問を蒸し返す。

「もしかしたら工藤は人には言えない秘密を神父に握られて脅されていたのかもしれない。どういうやり取りがあったのかは不明ですが、工藤は目的を知らされずに神父の指示通りに細工をした。そうなると工藤は口封じのために殺されたとも考えられる。でもそれはないと思います。これまで神父の人柄については多くの人たちが証言をしています。口封じのためだけに殺すような人間性の持ち主だとはとても考えられない。そんなことをしなければならないのであれば、別のプランで決行したと思います。むしろ工藤は町子失踪に関わっていたからこそ神父のターゲットとなったんじゃないか。俺はそう考えています」

「たしかに筋は通ってる」

箕浦もうんうんとうなずいている。

「脳筋かと思っていたけど、案外やるわね。あなた、代官様より優秀かもしれないわ。ほんのちょっとだけど」

マヤはからかうように指でつまむジェスチャーをした。

「お姫さんにそう言われるとは光栄だ。つまり俺の推理に異論はないんだな」

「ええ、概《おおむ》ね私の考えと一緒ね」

天神は心の中でガッツポーズをした。

「でも推理できたのはここまでだ。不明な点も少なくない。特にターゲットとなった十一人が町子失踪にどう関わったのか。日記の削除されたページや遺書なんかが出てくればすべてが解明されると思うが、それは期待できそうにない。残された父親のためにも誰の目にも触れないように処分しただろう。二度と日の目を見ることはない」

「きっとそうでしょうね。それにしてもお父様が気の毒よ」

忽那勲の父親は高齢で現在は高齢者施設に入所している。足腰が弱く車椅子生活を余儀なくされているそうだ。そんな状態にもかかわらず、事件当時は息子が搬送された病院に駆けつけてきたという。

父親にとって忽那神父は唯一の血縁者だった。こんな年齢でその息子を失ったのだ。その絶望は察するに余りある。

だからこそ、神父は犯行をカムフラージュする必要があったのだ。

しかしそのためだけに無辜の人間の命を奪うことはさすがにないだろう。シリアルキラーの犯行ではないのだ。

その人間たちの共通点とはなんなのか。

やはり神父は自分を含めた十二人を毒殺する必要性があったのだ。

気がつけばマヤも思案気だ。彼女の中でもまとまっていない点があるのだろう。

「それはそうと丹沢はどうなるんだ」

箕浦が窓から顔を出した。

すっかり丹沢の存在を忘れていた。

「現状では起訴もできないでしょうね」

それについては浜田が答える。

丹沢の犯行とする直接的な物証や証言は、今のところなにも出てきていない。注射器の捨てられたゴミ箱を漁っていた姿と、飯田八郎の指紋が付着したパラキラールの容器だけである。

検察の連中も確実に勝訴できるケースでないと起訴しない。さすがにこれだけで公判を維持するのは難しいと判断するだろう。

「まったく人騒がせな野郎だ」

丹沢はさも自分が関わっているような口ぶりで警察を挑発していたのだ。

「あの男は犯人を知っていたのかもね」

丹沢は「絶対に証言なんてしない」と息巻いていた。いま思えば、なにか重大なことを知っていたかのようだ。

「ああいうタイプはかまってちゃんの典型だ。相手にしてもらえるなら警察でもいいっていう極端なさみしがり屋さ。多くの人間とかかわれる今の状況が心地よいんだろう」

「とりあえず丹沢に当たってみましょう」

「そうだな」

二人は車に乗り込んだ。

＊

一時間後、天神は丹沢と向き合っていた。

ここは久慈見署の取調室だ。記録係は浜田が務める。

白金の話では近日中に不起訴処分で釈放されるだろうという。思ったとおりだ。

その白金はマジックミラーの向こうから室内の様子を眺めている。他には渋谷と箕浦、そしてマヤが詰めている。もちろん丹沢は彼らの存在に気づくはずもない。

丹沢が留置されて十日近くが過ぎている。ずいぶんとやつれて見えるが瞳は以前よりさらに研ぎ澄まされ、攻撃的な光を放っている。

「俺はお前たちなんかに協力しないと言ったはずだ」

彼は天神を睨みつけた。

「あんときは疑っちまって悪かったな」

天神はデスクに手をついて頭を下げた。

今回は相手を懐柔するよう箕浦に指示された。押してダメなら引いてみろだ。

「へぇ、今は疑ってないのか」

丹沢の眼光が少し弱まった。

「少なくともあんたの犯行じゃない。俺たちもさんざん検証してみたんだが、あんたが誰にも気づかれずにパラキラールをクジミに仕込むのは不可能だ」

「そうなのか。やろうと思えばできそうなもんだけどな」

相も変わらず挑発的な口調だ。相手の反応を楽しんでいるのだろう。

「そういう思わせぶりを言うのは止めてくれよ」

ワインセラーに保管されていたクジミに農薬を仕込むことができたとしても、誰の目にも留まらずに神父宅を出るには相当な僥倖に恵まれなければならない。

「俺は飯田八郎の倉庫からパラキラールを持ち出していたんだぞ。その俺が犯人じゃないって言ってくれるのか」

丹沢が薄笑いを浮かべながら言った。

「あんたも人が悪いよな。本当は犯人を知っていたんだろ」

天神が本題に切り込むと相手は目を白黒させた。

「ほぉ、どういうことだ」

「金目の物が残ってるかもしれない。飯田は失踪したままだから問題ないと思ったんだろ。とにかくお前は飯田八郎の倉庫に足を運んだ。そうだよな」

「ああ、飯田さんの倉庫に立ち寄ったのは認めるよ。理由はあんたの推察通りだ。そもそも飯田さんには金を貸してるんだよ。行きつけの飲み屋で一緒になったとき財布を忘れたというから、俺が立て替えておいたのを突然思い出してな。今さらながらその金額分を取り返そうと思ってさ。別に悪くないよな」

充分に犯罪行為だが、天神はうんうんとうなずいて相手の主張を肯定した。

「それは事件直前だよな」

丹沢が首肯する。

「三月三十一日だ。夜の十時半くらいだったかな」

「事件の前日だね」

「飯田さんちは隣家からも離れているからあの時間なら人気がない。当然、無人だと思ったんだ」

「ところが倉庫には人影があった。違うか」

「なんだよ、分かってんの？」

丹沢は大げさにおどけるような口ぶりだ。

「いちおうあんたの口から聞きたい」

天神は素直に頭を下げた。そんな姿を見て丹沢はわずかに表情を緩ませた。

「オーケー。白状するよ。敷地に入ると倉庫の方から音がしたんだ。空き巣かと思って俺は物陰に身を潜めて様子を窺った。すると男がバールを使って倉庫の扉をこじ開けていた。ご丁寧に手袋をはめてやがった。慣れてないんだろうな。ぎこちないから手伝ってやろうかと思ったぜ」

丹沢は呵々《かか》と笑った。まるで空き巣の経験があるような口吻だが、その部分はスルーする。彼は「ノリが悪いな」と言わんばかりに舌打ちをすると続けた。

「扉が開くと男は中に入った。俺は出入口に移動して中を覗き込んだよ。しばらくペンライトで照らしながらなにやら探し物をしていたね。三分くらいかな。男は棚から容器を取り出すと蓋を開いた。すると今度はポケットから注射器を取り出して容器の内容物を吸入したんだ。男は蓋を閉めると容器を棚に戻した。それから逃げるように立ち去ったよ。俺には最後まで気づかなかったみたいだね」

「その男は知った顔なんだろう」

「もちろんだ。もっとも次の日にあんなことが起きるなんて、想像もできなかった。ましてや神父さんだなんてな」

――やはり……。

クジミに毒物を混入させたのは忽那神父だ。

「なんでそのことを言わなかった。そうすればすぐに身の潔白を証明できたはずだ。ブタ箱に十日近くもぶち込まれることもなかったんだ」

「あんたら警察が悪いんだよ。いつだってさんざん俺のことを悪者扱いしやがって。痴漢の件だって忘れたわけじゃないからな。だから俺は証言しないと言ったんだ。事件を迷宮入りさせてお前らに恥をかかせてやるってな」

天神は今すぐ飛びかかりたい衝動をぐっと抑えこんだ。

「その件については申し訳なかったと思ってる。警察を代表して俺から謝罪させてもらう」

天神は再びデスクに手をついて、先ほどよりさらに深々とお辞儀をした。

「まあ、いいよ。このことは正式に証言してやるさ」

少々歪んだ反骨精神の持ち主だが、話が分からない人物でもなさそうだ。

「それは大変ありがたい。ご協力を感謝する。ところでどうして毒物の容器を持ち出したんだ」

「さすがに聖職者ともあろう人物が少量の農薬とはいえくすねるのはマズいと思ってね。直接本人に注意してやろうと思ったんだ」

丹沢はニヤリとする。

「神父を強請ろうと考えたわけじゃないよな」

「神父といえば神に仕える身だからな。いきなり警察に突き出すのは気が引けたんだ。まさかあんなことになるとは夢にも思わなかったからな」

どこまでが本音なのか窺い知れないところだが、露悪的な性格であることは間違いないようだ。

ともかく神父を強請るつもりだったのだろう。

取調室を出て隣室に入る。丹沢は浜田に連れられて留置室に戻った。これから釈放が検討されることになるだろう。

「なんてこと……真犯人が忽那神父だったなんて」

姿を見せた白金はショックを隠しきれないようで唇を震わせていた。

取り調べ前に彼女には天神たちの推理を報告した。その時点では半信半疑だったようだ。

それでも丹沢の取り調べを許可してくれた。

「白金管理官。驚くには早すぎるんじゃないですか。現時点で事件解決にはほど遠いですよ」

マヤの小馬鹿にするような言い草に白金は整った眉をつり上げた。

「そんなの分かってます。そもそもどうして十一人も命を落とすことになったのか。犠牲者たちの共通点はいったいなんなのか。すべてを明らかにできての真相です」

「少なくともここまでは私たち特務係のお手柄ですよね」

マヤは白金に近づいて顔を覗き込んだ。

「そ、そうですね。それは認めましょう」

彼女は唇をキュッと引き締める。

「そんな功労者がいまだにオブザーバー扱いですかね」

今度は天神が詰め寄った。箕浦もうなずいている。

「あなたたちにはあなたたちの職務がありますから、我々と同等の捜査を認めるわけにはいきません」

「ちぇ。そう来るかよ」

「天神巡査、態度を慎みなさい。ただ、特務係の職務に必要とあらば、この限りではありません」

「必要だよ、必要！　本件は名張毒ぶどう酒事件と同じ性質のケースです。あの名張だって真犯人は被害者の中にいたかもしれないんだ。それらを解明するにはまずは犯人の動機を突き止めることが不可欠です」

我ながら牽強付会な理屈だと思うが、白金はコクリと顎を引いた。

「名張の事件が本件のモデルケースになるというのなら捜査の参加を認めないわけにはいかないですね」

「さすがは白金管理官だ。話が分かる」

箕浦が「調子に乗るな」と言わんばかりに肘打ちをしてくる。

「逐一、本部に捜査状況を報告することが条件です」

「感謝します。白金管理官、部下の無礼をお許し下さい」

箕浦が前に出て敬礼で応えた。

――こんなときばかり上司アピールかよ。

「それと黒井巡査部長」

「なんでしょう」

「今回も期待してますよ。結果を出しなさい」

白金は踵を返すと、天神たちから離れていった。

「お姫さん、あんたはいつだって警視庁の期待の星なんだな」

「まったく……あのオバサンは『言うは易く行うは難し』という諺《ことわざ》を知らないのかしら」

マヤは小さくなっていく白金の背中を見つめながら嘆息した。

15

次の日。

「ここですね」

カーナビを指し示す浜田に従って、天神は車を路肩に寄せて停めた。

浜田と箕浦、そしてマヤが車を出る。

「今日も天気がいいな」

箕浦が快晴の空を見上げながら、大きく息を吸い込んでいる。

「ここからワイナリーと飯田八郎の家が見えますね」

家といっても今では廃墟同然だ。対して久慈見ワイナリーは瀟洒な石造りの建物である。ちょっとしたヨーロッパの古城を思わせる、人々の目を惹くデザインだ。観光客が目にすれば立ち寄ってみようと思うだろう。

天神たちが立っている位置からワイナリーは二百メートル、飯田の家屋跡は五十メートルほど離れている。

そしてこの二車線ほどの道路はワイナリーで行き止まりとなっている。つまりこの先の道路はワイナリー専用といっていい。

道の両側にはソメイヨシノの木が等間隔で並んでいる。シーズンになれば花見客で賑わうことだろう。

周囲は平原が広がっているため見通しが良い。民家や建物は飯田宅とワイナリー以外にはない。ワイナリーが休業中ということもあってか、車通りも人通りもまったくない。中心街から離れているため喧噪とも無縁である。耳を澄ませば聞こえてくるのは小鳥のさえずりだけである。生ぬるい春風が天神の頬を撫でた。

「あのペンダントはおそらくこの辺りに落ちていたのね」

マヤが足下の路上をじっと見つめている。アスファルトには何かで引っ掻いたような痕が認められた。

朝の捜査会議を終えてマヤが「天神様、車を出して」と言ってきた。

「どこに行くんだよ」

「ここ」

彼女はスマートフォンを取り出すと、画面を天神に向けた。

そこには忽那町子の写真の裏側に描かれていた模様が映っている。マジックペンで描かれたものだろう。緩やかに蛇行した曲線の先に楕円形。さらに曲線の中間点付近に「×」が打たれている。

それと同じ形状がカーナビにも見出された。

「そういうことか」

言われたとおり「×」を目的地に登録する。

「あれは地図の略図だったんだな」

気づいたのは、やはりマヤだ。

緩やかに蛇行する曲線は道路、その先端にある楕円形はワイナリー。

そして「×」は神父がペンダントを拾ったポイントだ。彼は失踪した町子の足取りを追っていた。その執念が神に通じたのか、単なる偶然か。どちらにしても大いなる手がかりを得ることになった。それが町子のペンダントだ。

腕の曲げられたイエス像に、ちぎれたチェーン。

それがここに落ちていたのだろう。

「ここで町子に何かが起きたんだな」

箕浦がアスファルトの引っ掻き傷を見下ろしながら言った。

「路上ですからね。おそらく車でしょう」

浜田の見解に全員がうなずいた。町子はここで車両に轢《ひ》かれた。言うまでもなく神父も同じ結論に到ったはずだ。

忽那町子が失踪したのは、去年の六月十日。調書によればその日、神父は夕方五時に町子と教会で待ち合わせの約束をしていた。二人で祭壇の清掃をする予定だった。

夜になっても現れないので電話を入れるが連絡がつかない。彼女のアパートに行ってみたが不在だった。彼女の友人知人に当たるも、誰一人心当たりがないという。アパートの隣人が、ランニング姿で部屋を出て行く町子を目撃している。

彼女はランニングを日課としていた。部屋を出たのが昼過ぎだというから、小一時間ほどランニングしてきてから、シャワーを浴びて教会に向かうつもりだったと思われる。

おそらく彼女はランニング中にトラブルに巻き込まれたのだ。

「ここで車に轢かれたわけか……」

小鳥のさえずるメロディに合わせるように箕浦がつぶやいた。

「故意か事故かは分からない。少なくとも運転者は救急車を呼ぶこともしなかったってことね」

「つまり連れ去った……」

失踪したのだからそういうことになるだろう。その時点では生きていたのだろうか。どちらにしても犯人は事故の隠蔽を図ったのだ。

「おそらく忽那神父もそう考えたでしょうね」

「もしそうならこの桜の木が証人ってわけか……うん？」

幹の肌に手を当てていた箕浦が、突然身をかがめて一同の注目を集めた。

「どうしたんですか」

浜田が声をかけると箕浦は木の根元から何かを拾い上げた。

「文庫本だ」

それは食品保存に使われる厚めのナイロン袋に入っていた。袋はファスナーでしっかりと封がされている。

本のタイトルは『エマ』。著作者はジェーン・オースティンとある。

「ジェーン・オースティンの小説は神父宅二階の客間にも置いてありましたよ」

浜田が指を鳴らす。

「覚えている。『高慢と偏見』ね。おそらくこれを置いたのは神父ね。天国の町子が退屈しないよう、彼女の好きな小説を雨に濡れても大丈夫なように袋に詰めてここに置いたんだわ」

本の表紙を見つめるマヤの瞳は、心なしか悲しそうだった。

ペンダントを見つけた時点で、神父は町子の生存を諦めてしまったのだろう。

金属の腕が折れ曲がってしまうほどの衝撃だ。さらに血液も付着していた。即死の可能性が高いと考えるのが普通だ。

しかし神父はそのことを警察に報告しなかった。そのころには自分の手で復讐を果たすことを決意していたのだろう。

「もしここで轢かれたとすれば、運転者はワイナリーに行き来していた人間ですね」

ここから先の道はほぼワイナリー専用道路だ。分岐もないし、ワイナリーの駐車場で行き止まりとなる。

「ところでちょっと調べてみたんですけど、久慈見ワイナリーの創立記念日って町子が失踪したとされる六月十日だったんですよね。もちろん単なる偶然でしょうけど」

浜田の言葉にマヤの瞳がキラリと輝いた……ように見えた。

「去年の六月十日。その日にワイナリーに出入りした人間の中に彼女を轢いた運転者がいる可能性が高い。とりあえず調べてみよう。行くぞ」

箕浦の号令で天神たちは車に乗り込んだ。

「姫様、行きますよ」

浜田がいまだ外に立っているマヤに声をかけた。

「おまたせ」

彼女はすぐに後部席に乗り込んできた。

天神がキーを回すとエンジンが始動した。

発車させる直前、天神はマヤが見つめていた方角に視線を向けた。

そこには周囲の風景にはまるでそぐわない、黒い廃墟と化した飯田の自宅がぽつねんと佇んでいた。

＊

二日後。

聞き込みの結果、町子失踪当日の情報が集まってきた。

町子にはランニング仲間がいて、アプリを通して互いに情報交換していた。

そのことを突き止めたのは浜田だ。

町子のことをネット検索していたら、彼女がランニングアプリ「ランナーメーター」の利用者であることが分かった。アプリの公式ページに彼女の書き込みを見つけたのだ。

さらに有志が運営しているランナーメーターのコミュニティＳＮＳにも、町子の登録が認められた。

アプリを通じたコミュニティなので、メンバーの多くは面識がないが、オフ会を通しての知り合いもいた。

同じ久慈見町内に住む秋吉澄佳《あきよしすみか》という女性は、町子と同年代ということもあってたまに一緒にランニングをしていた間柄だったようだ。ＳＮＳでも頻繁にやりとりをしている。

天神たちはさっそく秋吉に話を聞きに出向いた。

町子と秋吉はあくまでランニングだけで、プライベートでの深い親交はなかったようだ。

彼女によれば町子が失踪してからしばらくして、神父が話を聞きたいと連絡を取ってきたという。天神たちと同じように、失踪当日の町子のランニングルートを聞いてきたらしい。

町子が日課としていたランニングコースを天神が聞くと、いくつかのコースがあって、彼女はその日の気分で使い分けていたようだと秋吉は答えた。

その中に自宅からワイナリーを往復するコースがあったという。桜が満開となるシーズンに一緒に走ったことがあるとも秋吉は言った。

ただ失踪当日、彼女がどのコースを走っていたかまでは分からない。

ランニングアプリを使っていたなら、GPSによるルートの記録が残されているはずだ。しかしそのアプリがインストールされたスマートフォンが見つからない。おそらくランニング時に携行していたのだろう。彼女と一緒にスマートフォンも失踪してしまったというわけである。

「失踪当日、ワイナリーコースを走っていた可能性は高い」

天神の報告を受けて、箕浦が久慈見町の地図を開いた。町子の自宅からワイナリーまで四キロほどの距離である。往復で八キロ。ランニングには短すぎず長すぎずといったところだろうか。

「当日のことを聞き込みかけてみますか」

「一年近く前の話だ。あまり意味はなさそうだな」

天神も去年の六月十日、自分がどこで何をしていたか、正確には思い出せない。

突然、浜田がスマートフォンを取り出した。

「ビンゴですよ」

「何がビンゴなんだ」

箕浦が眉根を寄せる。

「ですから町子は失踪当日にワイナリーコースを走ってます」

「なんでそんなことが分かるんだ」

「アプリの運営会社に問い合わせたんですよ。たった今、報告がありました」

「でかした浜田くん」

箕浦は浜田の頭をよしよしと撫でた。浜田も浜田で、とても嬉しそうだ。相変わらず額の包帯は血が滲んでいるが。

天神は浜田が向けてきた画面に目を通した。そこには日付とルートの略図が表示されており、たしかに町子は六月十日、ワイナリーコースを選んでいる。実際に走ったルートの軌跡もリアルタイムに記録されるが、それは途中で切れていた。

「文庫本が落ちてた地点じゃないか」

箕浦の指摘通り、ルートは写真裏に記載された略図の×に当たる地点で途切れている。

「衝突の衝撃でスマートフォンが壊れたか、運転者によって電源が切られたんだと思います」

何らかの理由によりシャットダウンされれば、当然アプリは機能しなくなる。

「目撃情報が出ていないということは付近には誰もいなかったんだろうな。運転者にとっては不幸中の幸いともいえる。いや、やっぱり不幸だな。目撃者が出ていれば隠蔽なんて犯罪行為に走らなかったわけだから」

「目撃者がいないとは限らないわよ」

マヤが箕浦の話の腰を折った。

「どういうことだ」

彼はむっとした様子で尋ねる。

「目撃者に強請られていたのかも」

マヤの返答にピンとくるものがあった。

「飯田八郎かっ！」

「天神様もだんだん鋭くなってきたじゃない」

マヤがニヤリとする。

先日、彼女が車に乗り込む前に、飯田の廃墟となった自宅を見つめていたことを思い出した。彼女はあの時点で、飯田のことも疑っていたのだ。

「なんで飯田なんだ」

箕浦は心当たりがない様子だ。

「そっかあ、飯田が羽振りよさげなことを言っていたのは、そういうことだったのか」

浜田も天神と同じ推察に到ったようだ。

「つまりこういうことか。六月十日、飯田八郎は町子が轢かれる瞬間を目撃した。周辺は見通しがいいから、飯田の家からも充分に視界に入る。運転者は町子をトランクに詰め込んでどこかに運び、人目につかないよう処分したんだろう。そんな相手を飯田は強請った。しかし返り討ちにあった」

箕浦が彼なりの総括をする。天神の見立てと相違ない。

「家に火を放ったのは証拠を抹消するためでしょう」

家ごと燃やしてしまえばどこに何が隠されていようと焼き去ることができる。そういう目論見があったのだろう。

「そうなると今ごろ、飯田は生きてないだろうな」

「ま、そうでしょうね。死体がいまだに上がってこないところをみると、相当に上手く処分したんでしょう」

「都心と違って、この辺は隠せそうな場所がたくさんあるだろうからな」

そもそも都心であれば、事故の目撃者が出てこないということも滅多にない。

「飯田はなにかに怯えていたようだと、木嶋社長が言ってましたよね」

と浜田。

木嶋自動車販売の木嶋歩は飯田から高級車の購入を相談されていた。強請って得た金で購入しようとしていたのだろう。

「車に細工されるみたいな話か。その時点で脅迫した人間から命を狙われている気配を感じていたんだな」

「で、実際にそうなった」

マヤが愉快そうにオチをつける。

「そうなるとやっぱり神父は町子を轢いた人物を特定できなかったということになる。余命宣告を受けた彼は自分の目が黒いうちに復讐を遂げたかった。そこでその時点で絞り込めた犯人候補全員を毒殺した」

天神はさらに推理を展開させた。マヤがヒュッと口笛を鳴らした。

「いくら復讐のためとはいえ、自分を含めて十一人の命を奪うなんて異常だ」

箕浦の嘆息が絶望を思わせる。

「そのために何よりも重んじていた信教を捨てたんです。たしかに異常かもしれません。それはともかく毒殺された十人と犬塚はどうしてターゲットに選ばれたのか」

高林がリストに入っているのは理解できる。捜索をないがしろにした彼を許せなかったのだろう。ほかの十人はどうなのか。もちろん代官山は除かれる。

「六月十日の彼らの動向を調べてみよう」

箕浦の指示に全員がうなずいた。

*

次の日。

駅前のファミレス。

天神はテーブルを挟んで小太りの中年男性と向き合っていた。浅黒い肌は脂汗でテカっている。白髪の交じる頭髪の隙間から頭皮が覗いていた。

氏名は酒匂光義《さかわみつよし》、四十四歳というが五十過ぎに見える。離婚歴ありの現在独身。

事件の被害者、相模公三郎町長の秘書を務めていた。相模が亡くなったことにより現在、求職中だという。

突然の失職のせいか、天神たちと向き合う瞳に覇気が感じられない。ときどき疲れたように息をつく。

四人掛けのテーブルなので、天神とマヤが事情聴取を担当することになった。箕浦と浜田は駐車場に停めてある車内で待っている。

「酒匂さんは例の教会イベントには参加していなかったんですね」

天神が尋ねると、酒匂はコーヒーに口をつけながら小さくうなずいた。天神も口をつけたが不味《まず》くてそれ以上飲む気がしなかった。

「本当はついて行くはずだったんですけど、当日は熱を出してしまいまして。ずっと寝込んでました」

すでに他の捜査員によって調書が取られている。そこでも同じ質問をされて同じ回答を返していた。もっとも彼の名前が捜査線上に浮上したことは一度もない。

「酒匂さんにとっても、大変なことになってしまいましたね」

「容疑者は釈放されるらしいという噂を聞きましたけど」

酒匂の言う容疑者とは、もちろん丹沢虎太郎のことだ。まだ釈放はされておらず検討中となっている。

それにしても小さい町だ。どこから漏れたのか情報が回るのが思った以上に速い。

「ええ。捜査上のことなので、詳しい話はできないんですが」

「誤認逮捕ってことですよね」

酒匂の目つきが鋭くなる。

「すみません。詳しいことは話せません」

天神は丁寧に頭を下げた。酒匂は嘲笑するように口元をゆがめる。

「私は疑われているんですか」

「そんなことはありません。ただお話を聞きたいだけです」

「他の刑事さんに何度も話しましたけどね」

酒匂も度重なる事情聴取にはうんざりしているようだ。それは他の関係者たちも同じである。

「クジミ出版の社長さんが相模先生の熱心な支援者だと聞きました」

「あ、ああ……犬塚さんですね」

酒匂の顔色がさっと変わった。

「犬塚さんは古くからの支援者なんですか」

今度は天神に代わってマヤが質問する。

「い、いえ……具体的にお付き合いが始まったのは去年あたりだったかな……」

明らかに酒匂の表情に動揺が浮かんでいる。先ほどまで覇気のなかった瞳が今はうろうろと泳いでいるではないか。

「去年？　具体的にはいつからでしょうか」

「暑くなってきたころだから、六月の半ばあたりか……そのくらいだと記憶してます」

彼はハンカチを取り出すと額の汗を拭った。

「かなり熱心だったと聞きますけど」

「ええ。一番の大口でしたよ。相当の支援をしていただきました。献金額など詳しいことはこちらもそれ以上話せませんけど。そもそもどうして犬塚さんの話をされるんですか」

「我々はイベントに参加していた人たちのことを徹底的に調べています。今回もその一環だと思ってください」

「僕は参加してませんよ」

酒匂は強い口調で主張した。

「分かってます。我々は酒匂さんが容疑者だとは考えていませんからご安心下さい」

マヤにしては優しい口調である。しかしニコリともしない。

「そ、そうですか……」

それでも彼の顔色は変わらない。むしろ警戒の色が濃くなっているようにも見える。

「それにしても相模先生は町長を長く務めているのに、どうして今になって犬塚さんは支援する気になったんですかね」

「さあ？　それはご本人に聞いたらいかがですか」

酒匂はまたも額の汗を拭っている。店内はそんなに暑いわけでもない。動揺を隠せない様子だ。

「車のことですけど」

「車？」

突然のマヤの切り出しに、酒匂は甲高い声で聞き返した。

「聞いてませんか。犬塚さんの車が盗まれたって」

「さ、さあ……初耳ですねぇ」

彼は引きつった笑みを浮かべつつ、何度も首をひねった。何かを隠しているように思える。

「去年の六月十日の午後三時ごろ。相模先生がどこでなにをしていたか、秘書である酒匂さんならご存じですよね。記録を取っているはずです」

マヤは突然、身を乗り出して顔を相手に近づけた。

「な、なんでそんな……先生は被害者ですよ。関係ないでしょう。それに去年の六月十日って……意味が分からない」

「捜査にご協力ください。それともここでは話せないやましいことでもあるんですか」

「そ、そんなことあるわけないでしょう！　その日は久慈見ワイナリーのイベントに参加されています」

天神とマヤは顔を見合わせた。

「一年近く前の、それも当日のことがピンポイントで出てくるなんてすごいですね」

「そ、それはたまたま覚えていただけです。秘書という職業柄、記憶力だけは自信があるんで」

酒匂はしきりに額を拭っている。脂汗が止まらないようだ。

「では八月十三日はどうですか」

「え、ええっと……」

しばらく待ってみたが「その日のことは思い出せません」と降参したように頭を下げた。さらにマヤは少し離れた他の日のことを尋ねてみる。いずれも答えられなかった。

「どういうわけか六月十日のことだけは覚えていらっしゃるようですね。そのイベントは酒匂さんに強い印象を残した、そういうことですかね」

「ま、まあ、そうかも……しれませんね」

酒匂は額を拭いながらぎこちない口調で答えた。

「ところでどんなイベントだったんですか」

「クジミの試飲会です。私は現地まで先生をお送りしました」

「他にどんな人が参加してましたか」

「それが……分かんないんですよ」

　酒匂は一回だけ首を横に振る。

「どういうことですか」

「不定期に開かれるシークレット試飲会です。先生はシークレット会員だったんです」

「なんですか、そのシークレット会員って」

「読んで字のごとしですよ。基準はよく分かりませんが、ワイナリーに選ばれた特別待遇の会員です。たまに開催されるクジミの試飲会に参加することができます」

「そんな試飲会があったなんて聞いたことがないです。捜査会議でも報告されてない」

　当然、毒入りワインの提供者である久慈見ワイナリーにも捜査が入ったが、そんな話は出てこなかった。

「当然です。ワイナリーのオーナーはクジミに関しては完全な秘密主義を貫いていましたから。試飲会も会員もシークレットとつくだけに、互いの素性も分からないようになっています」

「どうやったらそんなことができるんですか」

　マヤが問いかけると酒匂は咳払いをして間を置いた。

「試飲会で会員は仮面の着用を義務づけられます。他人との会話どころか私語すら禁じられてる。さらに会員同士、立ち位置も距離を取らなければなりません。だから互いの素性も知らない。当然、秘密厳守がルールです。家族や友人知人にも自分がメンバーであることを知らせてはなりません。ルールを破ったことが発覚すれば即座に会員資格を剥奪されます。駐車場の出入りにも厳密なルールがあります。まずは来場時刻ですが、おのおのずらされているんですよ。そうすることで駐車場で会員同士がかち合わないようになっています。会員専用の駐車スペースはそれぞれがシャッター付きの個室となっていますから、そこでも顔を合わせることがありません。車内で仮面を着用してから入場ということになります。もちろん時間厳守で、一分でも遅れたらその日の試飲会は辞退を余儀なくされます。敷地内には複数の監視カメラが設置されているので、ルールを破ればすぐに分かります」

「メンバーは誰が管理していたんですか」

「すべてを把握していたのはオーナーだけだと聞きます。会員リストも門外不出。会員数すら窺い知れません。そのうち毎回十名ほどが試飲会に招待されるシステムです。招待客の選別もオーナーがします」

「ワイナリーのスタッフはどうなんですか」

「彼らは試飲会のことを知らされていません。とはいえさすがにオーナー一人での運営は難しいですから、その日参加する会員の誰かがスタッフとしてサポートしていたようです」

「そこまで徹底していたんですか。まるで映画やドラマに出てくる秘密結社みたいじゃないですか」

警察ですらシークレット会員や試飲会のことは摑んでいない。これも徹底された秘密主義のたまものだろう。

「だからこそ幻のワインになり得るわけです。クジミがあそこまでウルトラレアになれたのはすべてオーナーの演出と手腕によるものですよ。そのオーナーも亡くなってしまいましたからね。そうなるとクジミの希少性を今までのように維持できるか心配です」

「酒匂さんも会員だったんですか」

「私が？　まさか」

酒匂は即座に否定した。

「でも秘密の会員や試飲会のことを知っているじゃないですか」

マヤが天神の疑問を代弁する。

「相模先生はワイナリーの運営にも関与してました。実はシークレット会員も試飲会も先生のアイデアなんですよ。さらにいえばワイナリーにとって先生のコネと政治力は必要不可欠ですからね。行政からかなりの補助金が出ているのもそういうことです。久慈見はぶどうで成り立っているような町です。それだけにクジミの存在は大きい。どうしたって幻のワインでなければならないわけです。私もいろいろとお手伝いをさせていただいたので、シークレット会員制度の概要くらいは知らされています。こう見えて口は堅い方なんです。さすがに試飲会には参加させてもらえませんよ。当日は車内で先生が戻ってこられるのを待っていました」

相模の秘書もオーナー公認の特別扱いということらしい。

「そういえばワイナリー客の飲酒運転が横行しているという噂が立ってますよね。当日もそういう客を見かけませんでしたか」

天神が問いかける。

「何度も言いますけど、会員同士の接触は固く禁じられています。イベントが終わってから一人一人時間をおいて会場を出るのがルールですからね。一度も他の会員の姿を目にすることはありませんでした。でも、あったんじゃないですか、飲酒運転。あのワイナリーは交通の便が悪いですからね。車で訪れる客がほとんどです。中には運転してきた客もいたかもしれません。そういえば以前、ワイナリーに立ち寄った久慈見署の署長が飲酒運転してたと聞きましたよ。それで見過ごされてきたんじゃないですか」

「ま、まあ、噂は噂ですよ」

天神は咳払いでごまかした。

ワイナリーの取り締まりはしないようにと、署長直々のお達しが交通課に出ていたという話もある。もちろん署長は頑なに否定していたが、怪しいものだ。ここ数年、ワイナリー客の飲酒運転は一件も報告されていない。

「それにしても、シークレット会員のことを証言されて大丈夫なんですか」

「もう先生もオーナーもいませんから……。それに先生の命を奪った犯人を一刻も早く捕まえてほしいです」

酒匂は口調を強めて頭を下げた。それだけは本心だと伝わってくる。

マヤが人差し指を立てると、酒匂は顔を上げた。

「最後にもう一つ」

「飯田八郎をご存じですか」

彼は目を見開いたまま、喉仏を大きく上下させた。

＊

酒匂が店を出て行くと入れ違いに三十代の男性が入ってきた。時間ぴったりだ。

男性はマヤたちを認めると嬉しそうな顔で席に近づいてきた。白のワイシャツにワイン色のネクタイを締めている。口元から覗く前歯の変色が気になる。

「黒井マヤさんですよね。僕、大ファンなんです。本物と会えるなんて光栄です」

久慈見町に来てからもマヤは町民たちに握手や撮影を求められている。もちろん彼女は応じない。

「わざわざご足労いただいてありがとうございます」

天神とマヤは席を立つと頭を下げた。

相手はマヤに握手を求めてきた。天神は「応じてやれ」と目配せする。ここで相手の機嫌を損ないたくない。彼女は一瞬だけ彼の手に触れて、それを握手とした。それでも相手は満足そうだ。

天神はほっと胸をなで下ろす。マヤと組んでいるとこうやってヒヤヒヤしなければならない場面に幾度となく遭遇する。代官山の苦労が窺える。

そのあと名刺交換をする。名刺には「クジミ出版　佐山宗佑《さやまそうすけ》」と印字されていた。業務内容を尋ねると小さな出版社なので編集も営業も広報もオールマイティーにこなすと答えた。今の自分だったらどこの出版社でもやっていけると、聞いてもいないのに豪語した。

「やっぱりあの事件のことですか」

佐山は先ほどまで酒匂が座っていた席に着くなり問いかけてきた。

「ええ。いろいろ聞き込みをしてまして」

「容疑者が釈放されるんですよね。真犯人は別にいるということですか」

「まあ、捜査上の秘密ということで」

いつものように言葉を濁す。ここに来てからよく使う台詞のナンバーワンとなってしまった。それほどまでに町民たちから捜査について聞かれることが多い。

忽那神父に疑惑が向けられていることや、丹沢の釈放が検討されていることは伏せられている。警察関係者が漏らしたとしか思えない。

「それにしてもなんで僕なんですか。あのイベントには立ち寄ってないし、仕事でも関わっていませんよ」

「ワインのイベントなのに、取材にはいかなかったんですか」

マヤが問いかけると佐山の表情がだらしないレベルで緩む。

ここから先は彼女に任せたほうが良さそうだ。

「本当は僕が手がける予定だったんですけど、社長が直々に担当することになったんですよ」

「犬塚圭さんですね」

「社長と僕は同じ年齢なんですよ。あちらは社長で僕は平社員。嫌になっちゃいますよ」

マヤが苦笑を覗かせる。

「社長さんに仕事を取られちゃったわけですね」

「そうなんですよぉ。いきなりでしたから驚きました。もっともクジミを提供したワイナリーのオーナー、工藤さんは社長の伯父さんですからね。そういうことでインタビューが取りやすいんですよ。でもインタビューのスキルは僕の方がずっと上なんですけどね。工藤さんには話だけ通して、取材は僕に任せてくれればいいんですよ」

「でもよかったですよね、社長さん。抽選に当選していたら今ごろ大変なことになってたでしょう」

「そうなんですよねぇ。当選者の顔ぶれを見ると、僕が取材をしたことがあるワイン通の人たちばかりなんですよ。相模町長も入っていたでしょ。だから抽選は出来レースだったという噂も根強いですね」

当選箱に施された細工のことまでは、外部に漏れていないようである。当選箱についてはあらためて鑑識が分析を始めている。

「佐山さんは出来レースだったと思いますか」

マヤの問いかけに、佐山は背もたれに背中を押しつけて天井を眺めた。

「どうかなあ……それだったらオーナーの甥っ子である社長が入りそうだし、他にも真っ先に選ばれそうな有力者が何人もイベントに参加していたけど、当選してませんからね。不正があったとしたら人選が微妙なんですよね。それに不正が発覚したら、教会にもワイナリーにもダメージが大きいですよ。信用も信頼も地に墜ちます。特に聖職者である神父にとっては、致命的でしょう。それでもやるなら、教会やワイナリーにとってメリットのある人選をすると思うんですよ。当選者を見る限り、リスクを冒すほどメリットのある人選とは言えないです。メリットをもたらしてくれる人物といえばせいぜい相模町長と、ワイン評論家の月島郁郎くらいじゃないですか。主催者はあの忽那神父でしょう。あの人の性格を考えると、出来レースはなかったんじゃないかなあと思いますけどね」

しかし当選箱には細工がしてあった。

当選者十人は忽那神父に選ばれた者たちだ。そこに工藤が加わる。彼らの共通点はなんなのか。

「ところで久慈見ワイナリーには、秘密の会員制度があるのはご存じですか」

「なんですか、それ」

佐山は両目をパチクリとさせた。

「そういう噂を聞いたので。もしかしたらオーナーの親族である社長さんも会員だったのかなあと思いまして」

「いやあ、聞いたことがないですね。あのワイナリーにそんな秘密結社めいたものがあったんですか」

佐山は本当に知らないようだ。もっとも会員は家族にすら明かすことを許されていない。犬塚もシークレット会員のルールを厳守していたのだろう。むしろ自分たちしか知らないことに特権意識や優越感を抱いていたのかもしれない。

「いえ、あくまでも噂を耳にしただけです。きっとガセネタだと思います」

説明するのが面倒なのだろう。マヤは早々に打ち切って話題を変えた。

「そういえば社長さんは亡くなった町長さんの熱心な支援者らしいですね。なんでも久慈見の自然環境を守るために、リゾート開発反対派の町長さんを支持してると聞きましたよ。社長さんは環境問題に関心がおありなんですね」

「いやあ……そんなはずないんですけどね」

「どういうことですか」

マヤの瞳がキラリと光った。

「社長はいろんなゴルフ場を渡り歩いているゴルフ愛好者です。むしろ新しいゴルフ場を歓迎すると思うんですけどね。それに環境問題に関心があるだなんて、聞いたことがないですよ。最近、レジ袋の有料化が始まったじゃないですか。その話になったとき社長は『実にくだらない』って吐き捨ててましたからね。そんな人が地球環境なんかを意識しますかね」

佐山は不思議そうな顔をして答えた。

＊

きれいに舗装された二車線道路は深い森林に囲まれている。しばらく走っていると山道に入ったのか東側の傾斜が大きくなっていた。

『土砂崩れのため通行止め』

立て看板と一緒にフェンスを並べたバリケードが道路を遮断していた。看板には迂回路が図示されている。

道路の傍らに停車させると天神たちは外に出た。周囲は鬱蒼とした木々に覆われて昼間なのに薄暗い。

フェンスをまたいで先に進む。

百メートルほど歩くと、それまでとは違った風景が目に飛び込んできた。

「これはひどいなあ」

東側の急斜面が土砂崩れを起こしており、土砂や木々の残骸が道路になだれ込んでいる。広範囲にわたって起きたようで、その光景は森林の廃墟といった様相だ。木々の多くはなぎ倒されて、斜面は赤土をあらわにしている。ところどころ地下水が流れ出ていた。通行車や歩行者が巻き込まれたらひとたまりもないだろう。

去年の六月二十日、久慈見町は記録的な集中豪雨に見舞われて、ニュースにもなった。土砂崩れはそのときに起きたものだ。以前からその危険性は指摘されていたが、ずっと放置されてきた。幸いにも深夜だったので通行する車両や人間はおらず、また近隣に民家がないことから人的被害は出ていない。

記事に掲載された上空からの写真だと、土砂崩れの起きた部分の木々が見事に根元からえぐり取られて、そこだけ地面がむき出しになっていた。

「一年近くも放置されているんだな」

箕浦は荒れた斜面を見上げながら言った。

「普段から交通量がほとんどないみたいですから、不便はないんじゃないですか。そのわりにメチャクチャきれいに舗装されてますよね」

事前に調べたところ、二年前に改修工事が行われている。

「ゴルフ場建設計画が持ち上がっているから、それに合わせるつもりなんじゃない？　ここらも開発エリアに指定されているみたいだから、このタイミングでの復旧工事は無駄になるわ」

「たしかにそうだな。まあ、なんにしてもこれではしばらく立ち入り禁止だ」

箕浦は大きく傾いた木の肌に手を当てた。根っこが地面から浮き上がっている。流れ込んできた土砂の凄まじさが窺い知れる。被害者が出なくて本当に良かったと思える。

「リゾート開発推進派の町長選候補者は、建設に当たって土砂崩れ防止の補強をすることを主張していましたね」

浜田の言うことは久慈見町の広報誌にも書かれていた。その号は次期町長選についての特集だった。

「そりゃあ、大きな利権が動いてるだろうからな。推進派の連中は、それはもう必死だろう。相模公三郎は以前、環境大臣の補佐をしていたから反対の立場を取った。そんなところだろう」

「まあ、これだけの森林だから地元民としては守りたくなりますよね」

深閑とした深い緑と木陰に彩られた森は精霊の存在を感じさせる、神秘性に満ちあふれている。当地では平安から室町時代にかけてシャーマニズムが根付いていたという郷土史の文献もあるそうだが、うなずけるものがある。

「反面、大型レジャー施設は大きな産業をもたらす。そうなれば町は潤っていく。いくら町民でも守りたいと思う者ばかりではないはずだ」

「だけど姫様、どうしてこんなところに来たんですか」

浜田が土砂崩れの惨状をじっと眺めているマヤに問いかけた。

「こんなところにタイムカプセルを埋めた人がいたら気の毒ね」

数十年後の自分に今の自分の思いを伝えるタイムカプセル。天神も小学校のときにクラスメートたちと校庭に埋めたことを思い出した。たしか、学級菜園の近くだったはずだ。今でも埋まっているのだろうか。

「ここまでぐちゃぐちゃになっちゃうと、いくら目印をつけておいてもどこに埋めたのか分からなくなりますよね。でもこんなところにタイムカプセルを埋める人なんているのかな」

浜田が荒れた斜面を見つめながら首をひねる。

突然、頭の中で火花がはじけたような気がした。

——そういうことか……。

点と点が次々とつながっていき、やがてそれは長い一本の線となった。

マヤと目が合う。

天神の心中を察したのか、ふわりと微笑むとゆっくりとうなずいた。

16

三日後。

天神たちはクジミ出版の社長室にいた。おのおのが先日と同じ配置でソファに腰掛けている。しばらくすると犬塚社長が入ってきた。

「おまたせいたしました。企画会議が長引いてしまって申し訳ありません」

彼はネクタイを緩めると、デスクの椅子に腰を下ろして天神たちと向き合った。

「何度も押しかけてすみません」

箕浦が一同を代表して頭を下げた。

「いえいえ。事件のことでなにか分かりましたか」

「はい、真犯人が判明しました」

天神が答えると、犬塚は瞼《まぶた》がちぎれるのではないかと思うほどに目を見開いた。

「だ、誰なんですか。伯父の命を奪った犯人は、いったい誰なんですか」

彼は勢いよく立ち上がると、ソファ席に詰め寄った。

「落ち着いてください。これからきちんと説明しますから」

「し、失礼……」

天神が声をかけると、犬塚は再び自分の椅子に腰を下ろした。

「本件はマスコミでも久慈見町毒ぶどう酒事件と呼ばれています。犯人は意外な人物でした」

「もったいつけないでください！　誰なんです」犬塚はバンバンとデスクの天板をはたいた。

「イベント主催者であり、久慈見教会の神父……忽那勲です」

名前を告げると、しばらく魂が抜けたように犬塚は呆然となった。

「ま、まさか……そんなこと……あり得ない」

彼の顔はみるみるうちに青くなっていく。

「このことはまだマスコミには発表されていません。犬塚さんも発表があるまで口外しないでください。社員はもちろん、家族にもです」

「どうして神父さんなんですか。あの人が十人もの人たちの命を奪ったというんですか。そもそも神父さんは被害者ですよね」

「どちらにしても忽那は余命幾ばくもない身でした。思いを遂げたことで自らの命を絶った。そうすれば犯人とは思われない。残される父親を思ってのことだと考えられます」

「敬虔なクリスチャンである神父が自殺をするなんてあり得ないでしょう」

「忽那は密かに棄教の儀式を執り行ってます。その証拠も出てきました」

言うまでもなく農園のぶどうの木である。枝を折ることでイエス・キリストとの断絶を表明した。その後も祭服を纏っていたが、すでに神父ではなかったのだ。

「神父は伯父になんの恨みがあったというんですか。二人に交友はなかったはずです。被害者の中には神父のかかりつけ医の大島先生もいましたよね。余命宣告を受けたからってそのドクターを殺しますか」

犬塚は納得できないといった風情で声を荒らげた。

「人のことは窺い知れません。知らないうちに他人から憎まれていても、それに気づかない。仲のいい友人だと思っていても、相手がそう思っているとは限らない。そういうものでしょう」

「いやいやいや……そんな解釈で納得できるわけないでしょう。手口はともかく動機が分かってないんですよね？」

「今回はそれを確かめるために話を聞きに来ました」

「ど、どういうことですか……そもそもどうしてマスコミにも伏せている、こんな重要な話を僕にしてくれるんですか。伯父が被害者だからですか」

天神は一呼吸置いて告げる。

「違います。忽那勲の本当のターゲットが、犬塚さん、あなただったからです」

「はあ？」

犬塚は表情を崩して素っ頓狂な声を上げた。

「神様か悪魔のいたずらなのか分かりません。真のターゲットであるあなたが生き延びて、関係のない十人が命を落とし、一人はいまだ意識不明の重体です」

「な、なんで僕が神父のターゲットになるんですか」

犬塚は唇まで青紫に変色している。

その唇も震えていた。

ほんの数分前まで健康そのものだったのに、今では大きな病を抱えているように見える。

「そういえばファブルは出てきましたか」

「い、いいえ、警察からは連絡がありません」

「盗難にあったのは六月九日だと記録にありますけど、間違いありませんよね」

「は、はい……間違いありません」

いつの間にか犬塚の額に脂汗の粒が浮かんでいる。彼は手のひらで乱暴に拭った。

「実は手がかりが見つかったんですよ」

「えっ⁉」

犬塚は顔をこわばらせた。

「嬉しくないんですか」

「い、いや、ちょっと驚いただけです」

今度は引きつった笑みを浮かべる。

「久慈見町には無許可でドローンを飛ばしている不届き者のネオチューバーがいましてね。その人物に接触して六月十日の動画を見せてもらったんですよ」

二日前に天神たちは川口洋七の自宅を訪れた。以前、ドローンの映像を提供してもらったネオチューバーだ。彼は毎日のようにドローンを飛ばして撮影をしていた。

忽那町子が失踪した六月十日のことを尋ねると、その日もワイナリー周辺を撮影していたと答えた。天神たちが動画データの提供を願い出ると、トラブルにしたくないという思いがあったのだろう、快く応じてくれた。

二時間ほどに及ぶ動画だったが天神たちはつぶさに確認した。

すかさず浜田がタブレットを取り出して、犬塚のデスクの上に置いた。その状態で動画を再生させる。

ドローンによる上空からの俯瞰映像だ。「六月十日、十四時二十二分」とタイムスタンプが表示されている。

「この道は久慈見街道です。ほら、この車」

天神は道を走行する自動車を指した。俯瞰なので屋根とボンネットが写っている。形状からステーションワゴンであることが分かる。

しかし画面に収まっているのは十五秒ほどだ。

「色合いも形状も犬塚さんのファブルと一致しています。少なくとも専門家によればファブルc80に間違いないそうです。盗難にあったのが六月九日ですから、運転しているのは盗難した人間ということになりますかね」

「この映像だけでは僕の車だと断定できませんよ。たしかに僕のファブルに似てるけど、別人の車かもしれません。日本には僕の他にオーナーが十人くらいいます。もっともそのうち何人が紺色なのかまでは知りませんけど」

「そんなレアな、それも同色の車が二台もこんな小さな町でかち合いますかね。トム・クルーズとブラッド・ピットがたまたま同じ時期に久慈見町を訪れていたみたいなことですよ」

「そりゃあ、あり得るでしょう。少なくともゼロじゃない。この映像だけで僕の所有車だと断定するのはいくらなんでも乱暴すぎます」

「そうですか……せっかくの手がかりだから喜んでもらえるかと思ったのになあ」

「こんな映像だけでは、むしろ肩透かしです」

犬塚はぷいとそっぽを向いた。

「もちろん我々警察はそこまでマヌケではありません。この映像を科捜研で解析してもらいました。その結果が先ほど報告されたんですよ」

犬塚の喉仏が上下に大きく動いた。

「そ、そうだったんだ……刑事さんも人が悪いなあ」

「こちらは映像のワンシーンを拡大した画像です」

浜田が画面をタップすると車を拡大した写真が表示された。大きく拡大されているので細部がぼやけて見える。

「ほら、ボンネットと天井に丸い模様が見えるでしょう」

天神が指した部分に円状の模様らしきものが認められる。しかし画像が粗くて詳細までは判別できない。

「これじゃあ、なんだか分かりませんよ」

犬塚も当然の主張をする。

「科捜研の画像分析班が特殊な技術を使って鮮明にしてくれたんです。それがこちら」

浜田が再度、画面をタップすると今度は鮮明な画像に切り替わった。

それを目にした犬塚の呼吸が突然荒くなる。

「これ、クジミちゃんのステッカーですよね。犬塚さん、以前言ってましたよ。ボンネットと天井にもステッカーを貼ってあると。ここまで一致するともはや犬塚さんのファブルじゃないと考える方に無理がある。間違いなく犬塚さんの車ですよ」

「き、きっと盗んだ人間が乗っていたんでしょう」

「本当にそうでしょうか」

「これは六月十日の映像なんだろう。盗難にあったのはその一日前だ」

「この久慈見街道ですけど、車の進行方向にワイナリーがあるんですよ」

「ワイナリーに向かったとは限らないだろう」

「地図で調べてみたんですけど、ここからだと行き先が限られるんですね。この先はちょっとした陸の孤島といいますか、林に囲まれ閉塞された地域になってまして自動車で通り抜けることができません。この先に進んでもいずれまたここに戻ってくる必要があります。まあ、それでも目的地があるとするならワイナリー、クジミ霊園、いくつかのぶどう農園、そして数軒の民家くらいです」

「じゃあ、盗難犯人はそのいずれかに向かったんだろう。民家の住民かもしれない」

犬塚は顔を背けながら言った。彼の頬を一筋の汗が伝っている。

「一応聞いておきますけど、去年の六月十日十四時から十六時の間、どこでなにをしてましたか」

「そんな前のこと、覚えているわけないでしょう」

「だったら確認してください」

「強制するのか」

天神は立ち上がると犬塚に近づいた。彼はなおも顔を合わせようとしない。

「問題ないでしょう。犬塚さんは被害者ですし、我々は盗難車の行方を追っているだけです。それともなにかやましいことでもあるんですか。そんな態度を取られると狂言ではないかと疑ってしまいます」

「分かりましたよ」

犬塚は投げやりな様子でデスクの引き出しを開くとシステム手帳を取り出した。スケジュール帳の六月のページを開くと天神に差し出した。

そこにはWのアルファベット文字、さらにその直下に六月十日、十四時五十五分と記されていた。他のページをめくると同じような記述が八ヶ月前にもある。

「おそらくですけど、Wとはワイナリーのことでは？」

「なんだったのか思い出せません。もしかしたらそうかもしれない」

犬塚は曖昧な返答をした。しかし動揺は隠しきれていない。両肩を大きく上下させている。

「そうですか……」

「そんなことより教えてください。どうして神父さんはあんな……十人もの人を殺したんですか」

「質問はそれなんですか」

「え？」

天神が聞き返すと、犬塚は瞬きをくり返した。

「この場合、『どうして神父は僕を殺そうとしたのか』という質問が真っ先にでると思うんですけど。まるで心当たりがあるみたいですね」

「そ、それは……」

消え入るような声だ。

「犬塚さん。これは長年警察官を務めている者としてのアドバイスみたいなもんですが、後ろめたいことがあるなら早いうちに話しておいた方がいいですよ。いろいろと発覚したあとでは取り返しがつかないこともあります。もちろんやましいことがあるならの話ですが」

やり取りを見守っていた箕浦が諭すような口調で言った。

それでも犬塚は唇に力を入れている。視線は不安定に泳いでいる。彼の頭の中ではものすごい速さで思考が駆け巡っているに違いない。

しばらく沈黙が続いた。

突然鳴った電子音がその沈黙を破った。

着信音だ。

スマートフォンを取り出したのはマヤだった。彼女はそれを耳に当てた。

「はい、こちら黒井です。そうじゃなくて、特務係の黒井ですけど……ええ、マジですかぁ。それはとんでもないことになりましたね。はい、全員に伝えます」

彼女はスマートフォンをポケットに戻した。

「なんだ？」

箕浦が問いかける。

「本部からです。神白《かみしろ》山林の土砂崩れ跡から、白骨死体が出てきたそうです」

マヤが告げると、犬塚がビクンと体をのけぞらせた。

「白骨か。町内の歯科医院を当たる必要があるな」

箕浦はやれやれとつぶやきながら後頭部を搔いた。

「あともう一つ。相模公三郎の秘書だった酒匂光義がゲロったようです」

犬塚は、今度はガクンと音が聞こえそうな勢いでうなだれた。

そのタイミングでマヤと浜田、箕浦がソファから立ち上がる。

「そんなわけで犬塚さん。我々は行かなければなりません。盗難車のことはまたお話を聞きに……」

「待ってください！」

突然、犬塚が声を張り上げた。

「どうしたんです？」

「僕が……やりました」

彼は白目を真っ赤に充血させて、声を震わせながらもはっきりと言った。

エピローグ

遠くの方で声が聞こえる。

聞き覚えのある女性の声。

ブラックホールのように光を吸収する漆黒の長い髪、そして陶器を思わせるなめらかな乳白色の肌。切れ長の瞳に通った鼻筋。小ぶりな唇。

女性のイメージが浮かんでくる。

そうだ、黒井マヤだ。

「あんなんで犬塚が落ちるとは思いませんでしたよ」

声変わりをしていない子供のような声。

これはきっと浜田だ。

「あんなことしなくても、いずれは落ちてたんじゃないのか」

男性的な野太い声はたしか天神だ。

「ああいう騙し討ちみたいなやり方は後々、マスコミ連中がこぞって非難してくるんだよ」

いつもなにかを心配している気弱な声。

箕浦に違いない。

声は聞こえるのに目の前には闇が広がっている。自分はいったいどこにいるのか。ずっとこの闇をさまよい続けてきたが、人の声を聞いたのは初めてだ。

「結果オーライでしょう。犬塚の自白で事件の全貌が明らかになったわけだし」

「そうですよ、箕浦さん。姫様の機転がなければ、捜査はさらに長引いていましたよ」

浜田がマヤをフォローする。彼らのやり取りも懐かしく感じる。その中に加われないもどかしさに歯がゆさすら覚える。

どこまでこの闇が続くのか。

「それにしても忽那町子があの森林に本当に埋められていたなんて驚いたな」

忽那町子？　埋められた？

なんのことだ？

「箕浦さん、まだ死体が出てきたわけじゃないわ。犬塚ですらどこに埋めたか特定できないほどよ」

「土砂崩れで現場は変わり果てただろうからな。明日から重機を投入して捜索を始めるそうだ」

忽那町子の死体、土砂崩れ。何のことだろう。

犬塚という名前にも心当たりがない。

「それにしても犬塚のやつ、町子さんを轢いたとき、すぐに救急車を呼べば助けられたかもしれないわけでしょう」

「本人曰く、すでに呼吸がなかったから死んだと決めつけてしまったようだ。とにかくそのときはどうやって隠蔽するかで頭がいっぱいだったと言っている。とりあえず町子をトランクに詰めてワイナリーに向かった。試飲会を欠席すれば疑われてしまうかもしれないと考えたんだろう。試飲会が終わってその日の深夜に神白山林に死体を埋めた。車は本栖湖《もとすこ》湖畔にある別荘のガレージに隠して、警察には前日の六月九日に盗まれたと届け出た。しかし死体を埋めた神白地区にゴルフ場建設計画が持ち上がっていることを知る。そんなことをされれば死体が掘り起こされてしまう。計画を推進しているのが次期町長選に出馬する立花隆史だ。なんとしてでも建設を阻止したい犬塚は対立する現職町長の相模に支援を申し出た。相模は開発反対派の急先鋒だからな」

「そのタイミングでさらに想定外の出来事が起きてしまうわけですね」

「ああ、去年の六月二十日の集中豪雨な。当時、神白地区では一時間に百ミリを超える大雨が降ったそうだ。それによって大規模な土砂崩れが起きて、死体を埋めた位置が分からなくなってしまった。さらに八月に入ると飯田八郎が犬塚の前に現れる。飯田は自宅から一部始終を目撃していたんだな。町子を車のトランクに詰め込む犬塚の姿を写した動画を見せて強請りをかけてきた。困り果てた犬塚は、意を決して相模に事の経緯を打ち明けて相談した。犬塚は久慈見町でも有名な資産家の子息だからな。相模としても大口の支援者を失いたくない。相模の指示を受けた酒匂は飯田八郎も証拠動画も葬ったというわけだ。別荘のガレージに隠していた車を密かに処分したのも酒匂らしい。それにしてもお姫さんよ、とっさに思いついたにしては見事なブラフだったな。上手くいったなんて驚きだ」

天神が珍しく感心したような口ぶりである。

自分が知っている天神はマヤに対してもっとよそよそしかったはずだ。

「実は私もよ。ダメ元でやってみようって思ったの」

「町子があそこに埋められていることも、酒匂が闇組織を動かして飯田八郎を拉致殺害、自宅に火を放って証拠隠滅を図ったことも、あの時点では憶測に過ぎなかったからな」

「僕も本部からの電話は本物だと思ってました」

浜田のおどけたような口ぶり。

「あれは実は間違い電話だったんだよね。それでとっさに演技をすることにしたの。誰だか知らないけどあのタイミングで電話をかけてくれた人には感謝ね」

「姫様、演技上手すぎ、オスカーものですよ」

浜田の拍手が聞こえる。

どうやらとっさのアドリブでマヤは容疑者をはめたようだ。いかにも彼女らしい。

その容疑者が犬塚という人物だ。

「犬塚の言うとおりのことが真相だとしたら、忽那神父は浮かばれない。信仰も命もなげうった一世一代の大仕掛けが空振りに終わったんだ。真のターゲットは仕留められず、代わりに多くの命を奪った。完全犯罪は遂げられず、残された父親の余生は厳しいものとなった。人を呪わば穴二つというが、そんなもんじゃない。いったいいくつの穴を掘ったんだ」

箕浦の声は悲嘆に暮れていた。

忽那神父とはあの神父のことだろうか。

その神父が命をなげうった？　多くの命を奪った？

「抽選に当選したのは六月十日のシークレット試飲会に参加していたメンバーなんですかね。今のところ被害者たちの当日の足取りを追い切れてないそうですが、それでも何人かはワイナリーに立ち寄っていた可能性が高いようです」

シークレット試飲会？

またも聞き慣れないワードが出てきた。

「それについてはこれからの捜査で明らかにされていくでしょうけど、私はそう確信してる。ネックレスが落ちていた×地点からして、町子を轢いた運転手は当時ワイナリーに行き来していた誰かということになる。六月十日、ワイナリーにとっては創立記念日でもあるわけだけど、一般客向けには休業となっていたわ。代わりにシークレット試飲会が開催されていた」

「犬塚の証言ですね。だけど全員、仮面をつけていたから犬塚も試飲会に参加したメンバーが誰なのか今でも分からないようです。だからこそ毒殺被害者のメンツを見ても試飲会の参加者だとは気づかなかったと言ってます」

先ほどから出てくる犬塚という名前。いったい何者？

「姪っ子を轢き殺した犯人は誰なのか。忽那神父は密かに調査を展開していた。当時、ワイナリーで試飲会が開催されていたことを突き止めた。もしかしたらシークレット会員の存在も把握していたのかもしれない」

「お姫さんよ、警察でもシークレット会員や試飲会のことは突き止められなかったんだぞ。徹底的に秘匿されていたんだ。捜査の素人である神父がそれをできると思うか」

「可能性はゼロじゃない。たとえば神父のかかりつけ医の大島。彼も熱心な信徒よ。なにかと神父と接触する機会も多い。カトリックには告解ってあるじゃない。家族によれば相当に潔癖な性格だったみたい。だから自分がシークレット会員であることを家族にも隠していることにやましさを覚えて、神父に告白したのかもしれない。大島も大島で、相手は余命幾ばくもない神父だし、そもそも告解の内容は表に出ることはないから、バレないと思ったんじゃないの」

「なるほど……大島医師による告解か。それで神父は六月十日にワイナリーでシークレット試飲会が開催されていたことまで突き止めることができた、と。たしかに筋は通る」

「でもおそらく行き着いたのはそこまでね。シークレット試飲会の参加者の誰かが犯人であることは確定したけど、それが誰なのかまでは特定できなかった。大島医師も犬塚と同じで、他のメンバーが誰であるかまでは把握できない。神父としては試飲会に出席したメンバーを突き止めた上で、その中から町子を轢き殺した真犯人を特定しなければならない。そんなタイミングで、神父は想定外の運命に見舞われることになった。それが余命宣告よ」

マヤの解説でなんとなく話の全容が見えてきた気がする。

神父は杖をつきながら辛そうに足を引きずっていた。あれはそういうことだったのか。

マヤの話を引き継ぐ形で、今度は箕浦が続けた。

「もはや自分には犯人を特定できるだけの時間が残されていない。それでクジミを目玉とするワインイベントを開催して、全員の命を奪うことを決意したというわけか」

クジミが振る舞われるとなれば、シークレット会員の連中は万難を排してイベントに参加するはず。もちろん六月十日の試飲会に参加したメンバーも例外ではないと神父は見越していた。被害者たちは自分の意思で以《もっ》てイベントに参加したのだから、毒入りワインを口にしたのは最悪の悲運に見舞われたに過ぎない、つまり無差別な殺戮だと警察は思い込むに違いない……そう考えただろうし、実際にそうなった。どちらにしてもこの手口なら罪なき多くの犠牲者が出てしまうけど、最低限、復讐という悲願は遂げられる。さらに自分自身が犠牲者となることで容疑者リストから外され、残された父親の余生は護られる。まさに悪魔の所業そのものじゃないか。聖職者のくせに、忽那はそれを良しとしたのか」

箕浦が声を震わせた。

「だからこそ信教を捨て去ったのよ。もはや狂気ね。実に愉快だわ」

マヤが声を弾ませた。

相も変わらずの不謹慎発言が、妙に懐かしく思える。

「でもまだ分からないところがある。六月十日の試飲会に参加した、犬塚でも把握できてない参加者のことを、神父はどうやって特定したんだ」

天神が疑問を挟み込む。

依然、誰の姿も見えない。暗闇が広がっているだけだ。人の気配すらない。

それどころか自分自身の身体すら認識できない。抜け出した魂が重力も感じられない漆黒の空間をさまよっている。そんな感じだ。

マヤたちの声は、聞こえるというより、意識の中に響いてくる。

自分は幽霊なのか。そうなのかもしれない。

「神父は教会創立イベントを復讐の手段として開催した。まずは工藤にクジミを提供してくれるよう持ちかけた。余命宣告を受けたことを告げて、工藤の同情を買おうとするもなかなか工藤は了承しなかったんでしょう。独占欲が強い工藤はクジミが不特定多数の人の口に入ることを嫌っていたと犬塚も言ってたよね。でもそれも神父にとっては好都合。神父は工藤の選んだメンバーが当選するよう、取り計らいを提案したのよ」

「工藤が選ぶとなると、間違いなくシークレット会員の連中だろう。何人いるのか知らんが、その中からさらに六月十日の試飲会に参加したメンバーを絞り込む必要があるぞ」

　天神がつっこむ。

「その点についてはもうこの世にいない二人の間のやり取りだから窺い知れないけど、神父はなんらかの方法でその十人に当たるように誘導したのよ」

「なんらかの方法ってなんだよ」

　天神が尋ねる。

「六月十日は奇しくも久慈見ワイナリーの創立記念日でもあるわ。たとえば神父は『工藤さん、六月十日にまつわるメンバーに当選させましょう』と提案したとか。もしくは六月十日はカトリックにおいて重要な日だとかでっち上げて、六月十日の試飲会に参加したメンバーを選ばせたとか。とにかく神父は六月十日の試飲会に参加したメンバーが誰なのかまでは突き止められなかったと思う。把握しているのは工藤だけよ」

「六月十日のシークレット試飲会に立ち会ったのは本当に会員とオーナーだけなのか」

「試飲会の存在は、従業員も知らされてないから彼らは除外される。次にシークレット会員だけど、家族にすら秘密厳守を課せられている。だから試飲会に同伴者を連れてくることはあり得ない。メンバーは家族にも内緒でワイナリーを訪れたはず。そうなると交通手段はタクシーか、自身が運転する自家用車ということになる。ワイナリー客の飲酒運転は黙認されているそうだから自家用車を使った会員も少なからずいたでしょう。その日、一般客向けには休業日とされていたから、直通バスは運休だった。もしタクシーが町子を轢いたとすると、隠蔽は考えられない。乗車客である会員が隠蔽に加担するはずがない。そうなると町子を轢いたのは、会員自身が運転する自家用車と考えるのが自然ね。もっとも相模だけは例外。秘書の酒匂が運転してるからね」

「高林も例外ですよね。彼はシークレット試飲会に参加していませんよ。六月十日は慰安旅行で軽井沢にいた」

浜田が報告を挟んだ。

「高林は別枠よ。町子を侮辱して行方不明者届をないがしろにした警察官を、神父は許すことができなかった。きっとそういうことでしょう」

神父の穏やかで優しそうな顔が浮かんでくる。

あの神父は警察官の命も奪ったのか。

「オーナーの工藤も被害者になったのは、当然、試飲会に立ち会った彼も、町子を轢き殺した容疑者になり得るからというわけか」

「そうね」

マヤが天神の問いかけに応じた。その声に強い確信を感じる。彼女がそう言うならきっと正解なのだろう。

「そんなこと言ったら酒匂だってそうだろう。当日、車で相模をワイナリーまで送り届けているんだ。その道中で轢いてしまった可能性はある。どうして酒匂はターゲットにならなかったんだ？」

「シークレット会員も試飲会も徹底的な秘密主義で秘匿されている。神父にシークレット会員や試飲会の情報をもたらしたのが大島医師だとするなら、彼も酒匂のことまでは把握できてなかったんでしょう。そう思うと一見緻密ではあるけど、ツッコミどころ満載の杜撰なプランだったと言えるわね。もっともその杜撰さが我々を混乱させたとも言えるわ。未解決事件ってこうやって作られていくのね」

「ああ、俺たちもミスリードにはまっちまった。丹沢には悪いことをした」

天神の嘆息が聞こえる……意識の中に響く。

「あれはしょうがないわよ。丹沢は自分が犯人に思われるように仕立てたんだから。まっ、ああいう奇矯な人間もいるってことで、警察にとってもいい教訓になったんじゃない」

「それにしても肝心の犬塚が元気でいるというのに、なんでこうなってしまうんだ」

箕浦の言葉がこちらにも向けられているように感じた。

「運命のいたずらにもほどがありますよ。代官山さんが本件の最大のミスリードでしたからね」

——えっ、俺？　どういうこと？

突然、光が見えた。

少し離れたところに光の輪が見える。

この世界に迷い込んでから光を見るのは初めてだ。

近づけば近づくほどその輪は急速に大きくなる。輪の中は暗くはなっていたが、すべてを塗りつぶす漆黒とは違う。

輪の中の先には奥行きを感じた。

どうやら通路になっているようだ。

「うふふ、そういう意味で代官様は持ってるって言えるわ。今回の事件をここまでミステリアスに面白くしてくれた張本人ですもの。このまま目が覚めないってのもなにかの童話みたいにロマンティックでいいじゃない」

「姫様、聞こえていたら怒りますよ」

――ばっちり聞こえているんですけど……。

「キスしたら目覚めるかな」

「そういうのは王子様のキスでお姫さんが目覚めるもんだろ。立場が逆だぜ」

天神が鼻で笑っている。

「たまにはそういうのもいいんじゃない。ちょっとやってみる」

「ちょ、ちょっと姫様っ！」

浜田の甲高い声が炸裂する。

同時に光の輪の中に飛び込んだ。

＊

「嘘……」

ぼんやりと曖昧だった風景の輪郭が、徐々に浮かび上がってつながっていく。

やがてそれは女性の顔を形成した。

マヤだ。彼女が思いきり顔を近づけている。

「マジかよ……」

「ミラクルが起きた……」

「クリスマスでもないのに」

天神、箕浦、浜田と男性陣の声が重なった。

「お、俺はいったい……」

声がかすれて上手く言葉にならない。

「せ、先生っ！」

跳ねるように椅子から立ち上がった浜田が部屋を飛び出して行く姿が目の端に入った。

周囲を見渡す。白い天井に白い壁に白いカーテン。どうやら自分はベッドに横たわっているらしい。

ベッドサイドには心電図らしき波形や各種数値を表示しているモニター。

ここは病院だ。

真上からマヤが見下ろしている。顔が近い。彼女の髪の毛が頬を撫でた。すぐ近くに天神と箕浦の姿も見える。

「おかえりなさい、だ・い・か・ん・さ・ま」

マヤはほんのりと笑みを浮かべながら顔を離すとささやくように言った。

「た……ただいま」

妙な気恥ずかしさを覚えながら、そう答えた。

本書は「小説幻冬」VOL.70～VOL.76に掲載されたものに、
加筆・修正を加えたものです。

カバーデザイン　bookwall
カバーイラスト　ワカマツカオリ

〈著者紹介〉
七尾与史　1969年6月3日、静岡県浜松市生まれ。『死亡フラグが立ちました！』で2010年7月にデビュー。近著に『イーヴィル・デッド　駄菓子屋ファウストの悪魔』『無邪気な神々の無慈悲なたわむれ』『全裸刑事チャーリー』などがある。

ドS《エス》刑事《デカ》
事実は小説よりも奇なり殺人事件
2023年3月30日　第1刷発行

著　者　七尾与史
発行人　見城 徹
編集人　森下康樹
編集者　高部真人

発行所　株式会社 幻冬舎
〒151-0051 東京都渋谷区千駄ヶ谷4-9-7
電話：03(5411)6211(編集)
03(5411)6222(営業)
公式HP：https://www.gentosha.co.jp/

印刷・製本所　中央精版印刷株式会社

検印廃止

ISBN978-4-344-04086-1 C0093

この本に関するご意見・ご感想は、
下記アンケートフォームからお寄せください。
https://www.gentosha.co.jp/e/